Hartmut Ganzke | Thomas Horschler

FRITZ STEINHOFF

Der vergessene Ministerpräsident –
Aus Hitlers Kerkern zum Staatsmann

Horschler Verlagsgesellschaft

1. Auflage 2023

www.horschler.eu

Titelgestaltung unter Verwendung einer Grafik
des Duisburger Künstlers Cyrus Overbeck

Satz und Gestaltung:
Horschler Kommunikation GmbH
Friedrich-Ebert-Straße 19, 59425 Unna
www.horschler.eu

Druck und Bindung:
Druckverlag Kettler GmbH, Bönen
www.verlag-kettler.de

Buchbinderei Terbeck GmbH, Coesfeld
www.terbeck-buchbinderei.de

Printed in Germany
Papier: Lessebo Design, 115 g/m² 1,3fach, FSC®

ISBN: 978-3-944430-22-5

„Wie schön ist es, dass niemand einen Moment warten muss, um die Welt zu verbessern."

Anne Frank (1929–1945)

DEUTSCHLAND ZU STARKER DEMOKRATIE GEMACHT

Fritz Steinhoff war von 1956 bis 1958 Ministerpräsident in einer Zeit außerordentlicher Herausforderungen: Der Wiederaufbau nach dem Krieg, die Integration der Heimatvertriebenen, Arbeitskräftemangel im Wirtschaftswunder. Das alles in weltpolitisch angespannter Lage: Die Teilung Deutschlands und Europas verschärfte sich immer weiter und es gab die berechtigte Angst davor, dass der Kalte Krieg heiß werden könnte.

Beim Blick in die Geschichte beeindruckt mich immer wieder, wie die ersten drei Ministerpräsidenten unseres Landes mit diesen Herausforderungen umgegangen sind. Rudolf Amelunxen, Karl Arnold und Fritz Steinhoff teilten eine gemeinsame Grundeinstellung: Lösungen finden, anpacken, unermüdlich weiterarbeiten. Sie wussten: Nur ein handlungsfähiger Staat, der die Probleme der Menschen löst, wird sie von der Demokratie überzeugen.

Deutschland zu einer starken Demokratie zu machen und diese tief in der Gesellschaft zu verankern, das hatte sich Fritz Steinhoff schon in den 1920er-Jahren zur Lebensaufgabe gemacht. Er leistete früh Widerstand gegen das Erstarken der

Nazis und musste deshalb ganz besonders unter ihrer Barbarei leiden. Fritz Steinhoff überstand Gestapo-Folter und die sogenannte Schutzhaft, als KZ-Häftling überlebte er auch den Todesmarsch aus Sachsenhausen. Seine Gesundheit war danach ruiniert, seine demokratischen Überzeugungen hingegen unerschütterlich gestärkt.

Nach dem Krieg gehörte er zu denen, die unsere Demokratie mitaufgebaut haben. Auf der kommunalen Ebene als Oberbürgermeister von Hagen, im Land als Abgeordneter des Landtags, Vorsitzender der SPD-Fraktion und Minister und als Bundestagsabgeordneter auch im Bund. Gegenseitiger Respekt und Pragmatismus, Verbindlichkeit und Verlässlichkeit prägten den politischen Stil des überzeugten Sozialdemokraten und verschafften ihm über Parteigrenzen hinweg großes Vertrauen und Anerkennung.

Als Ministerpräsident setzte Fritz Steinhoff politische Akzente vor allem in der Modernisierung des Landes. Wir verdanken ihm unter anderem das Forschungszentrum Jülich und den Vorläufer des heutigen BAföG. In der Kunst- und Kulturförderung legte er Grundlagen, auf denen sein Nachfolger Franz Meyers aufbauen konnte.

Ich danke Hartmut Ganzke und seinem Team ganz herzlich dafür, dass sie Fritz Steinhoff als Menschen und als Politiker mit diesem Buch würdigen! So erinnern sie an seine Verdienste und sein Wirken für unser Land.

Hendrik Wüst MdL
Ministerpräsident des Landes Nordrhein-Westfalen

VORBILD FÜR DEN AUFRECHTEN GANG

Fritz Steinhoff wusste, wie sich Hunger anfühlt. Er wusste, was Armut ist und welch schmerzhafte Schinderei die Arbeit unter Tage bedeutet. Er hatte das alles selbst erlebt, immer wieder aufs Neue: als Sohn eines Bergmanns, als Jugendlicher, als erwachsener Mann. Mehr noch: Der Sozialdemokrat wurde von den Nazis verfolgt, inhaftiert und gefoltert. Die letzten Monate des Krieges verbrachte er im Konzentrationslager Sachsenhausen. Kurz vor der Befreiung durch die Rote Armee zwang die SS die Gefangenen auf einen Todesmarsch. Steinhoff überlebte knapp, aber vollständig gesund wurde er Zeit seines Lebens nicht mehr.

Fritz Steinhoff hat viel Leid und Unrecht erfahren müssen. Das hat ihn geprägt. Gebrochen hat ihn das nicht. Die Geschichte des Fritz Steinhoff ist vor allem eine Geschichte über Tapferkeit und Widerstand, über Hoffnung, Tatkraft und Ehrgeiz. So groß die Entbehrungen aber auch waren, so groß die Gefahren und so niederschmetternd die Rückschläge, am Ende siegte der Mut Steinhoffs über die Verzweiflung. Das war der Stoff, aus dem so viele (Sozial-) Demokratinnen und Demokraten seiner Generation gemacht waren: Sie waren durch die

Hölle gegangen, überlebten durch Willen und pures Glück, resignierten nie und erbauten schließlich die Demokratie, die – aller Defizite zum Trotz – den Idealen der Aufklärung und der Arbeiterbewegung nähergekommen ist als alle Staatsgebilde vor und neben ihr.

In dieser Demokratie wird es möglich, dass ein ehemaliger Bergarbeiter und KZ-Häftling zum Regierungschef eines deutschen Bundeslandes gewählt werden kann. So geschehen am 20. Februar 1956. Fritz Steinhoff führt eine Koalition aus SPD, FDP und Zentrum. Es ist die erste sozial-liberale Koalition überhaupt und Steinhoff der dritte Ministerpräsident des Landes Nordrhein-Westfalen. Er bleibt es aber nur gut zwei Jahre, weil die CDU bei den Landtagswahlen von 1958 die absolute Mehrheit erringt. Die relativ kurze Regierungszeit ist wohl der wichtigste Grund dafür, dass das Leben und Wirken des ersten sozialdemokratischen Ministerpräsidenten von Nordrhein-Westfalen bisher so wenig wissenschaftliches und öffentliches Interesse zuteilgeworden ist. Völlig zu Unrecht. Denn zum einen konnte die Regierung Steinhoff in ihren 24 Monaten Amtszeit beachtliche Erfolge erzielen. Zum anderen ist es der Lebensweg dieses Mannes, der unsere Aufmerksamkeit verdient.

Es ist eine spannende und aufregende Geschichte, von der wir sehr viel lernen können: über die Zeit, in der sie sich ereignet, aber vor allem über die Kraft, die entsteht, wenn Freiheitsliebe auf die Solidarität von Gleichgesinnten trifft. Die Lebensgeschichte von Fritz Steinhoff erzählt uns von der Macht und dem Wert dessen, was ich solidarischen Individualismus nenne: Denn es ist die Solidarität der Arbeiterbewegung, die dem Aufstiegswillen des jungen Fritz den Weg nach oben ebnet. Einmal mehr zeigt sich: Erst die Solidarität einer Gemeinschaft ermöglicht ein freies und selbstbestimmtes Leben für den Einzelnen.

Der Historiker Jörg Engelbrecht wird später schreiben, dass die erste sozial-liberale Koalition gar kein sozial-liberales Profil gehabt habe, auch weil Steinhoff weder willens noch fähig war, seiner Koalition den Charakter eines Projekts zu geben: „Der

Preis des Pragmatismus ist der Mangel an Visionen." Da ist etwas dran, aber ich würde es anders formulieren: Das Wesensmerkmal der Sozialdemokratie ist die Verbindung von Pragmatismus und Vision. Das Bindeglied zwischen beiden Polen ist die Vernunft: die Fähigkeit in Alternativen für eine bessere Welt zu denken und diese Alternativen gleichzeitig auf ihre Realisierbarkeit hin zu überprüfen, sowohl abstrakt als auch konkret. Sozialdemokratische Ideen müssen sich stets für konkrete Menschen in konkreten Situationen bewähren. Die Vision gibt dem Pragmatismus Ziel und Richtung und verhindert ein Abgleiten in die Beliebigkeit. Das Pragmatische wiederum verhindert das Abgleiten ins Phantastische und unterstellt das sozialdemokratische Handeln einer politischen und moralischen Kontrolle: Die Vision ist wertlos, wenn sie sich nicht – und sei es nur in kleinen Schritten – realisieren lässt. Die Utopie wird zur Dystopie, wenn der Preis ihrer Verwirklichung zu hoch ist, wenn die abstrakte Freiheit einer abstrakten (Arbeiter-) Klasse mit der individuellen Freiheit echter Menschen bezahlt werden soll.

Fritz Steinhoff lag das Visionäre oder gar Pathetische nicht. Seine Sache war die konkrete Problemlösung, der Kompromiss, der uns einen Schritt weiterbringt und beweist, dass die Demokratie für uns alle besser ist als alles, was ihre Feinde zu bieten haben. Wer so viel Leid gesehen und erlitten hat wie er, der weiß um den Wert des Spatzen in der Hand. Seine kurze Zeit als Ministerpräsident hatte nicht den Glanz und die Aura des Aufbruchs wie jene von Heinz Kühn oder Johannes Rau. Es ist die Lebensgeschichte dieses Menschen, die glänzt, beeindruckt und uns noch heute ein Vorbild sein sollte: Vorbild für den Willen zum aufrechten Gang, Selbstermächtigung und Solidarität. Es ist eine verdammt gute Geschichte. Und es ist gut, dass dieser Band sie erzählt und dafür danke ich den Initiatoren ganz herzlich.

Jochen Ott MdL
Vorsitzender der SPD-Fraktion im Landtag
des Landes Nordrhein-Westfalen

Ölbildnis Fritz Steinhoff

DER VERGESSENE MINISTERPRÄSIDENT

Nachbarn, die den Mann durch seinen Garten auf den Emster Höhen streifen sehen, gelegentlich seine Dackel streichelnd und die Blumen bewundernd, wähnen ihn am Ziel. Tatsächlich hat Fritz Steinhoff in seinem Leben, gemessen an den Zeitumständen und seinem Herkommen, unglaublich viel erreicht: Bis zum Ministerpräsidenten des bevölkerungsreichen Landes Nordrhein-Westfalen hat er es gebracht, ganz nebenbei die erste sozial-liberale Koalition auf Landesebene geschmiedet und so den späteren Weg der Sozialdemokraten in die Regierungsämter auch auf Bundesebene mit bereitet. Ganz zu schweigen von den vielen Themen und Aufgaben, denen er sich in den vergangenen sieben Jahrzehnten unaufhörlich widmete.

Wer ihn ansieht, blickt auch auf eine zufrieden scheinende Physiognomie: sanfte Lippen mit hochgezogenen, ein Lächeln andeutende Mundwinkel, lebendig-entschlossene Augen unter schweren Lidern, eine zumeist in denkerische Falten gelegte hohe Stirn – dieser Mann scheint trotz seiner wechselvollen Geschichte mit sich im Reinen zu sein. Tatsächlich hat er hier „auf Emst", wie sie in dem Hagener Stadtteil sagen, auch einen Ruhepol gefunden. Er bewohnt zusammen mit seiner Frau seit 1953 ein damals neu errichtetes Einfamilienhaus in idyllischer Lage mit einem großzügigen Garten – ganz so, wie es viele in der eher gehoben-bürgerlichen Nachbarschaft können. Und tatsächlich ist die Emster Höhe ein bisschen symbolisch zu deuten: Die vor rund 360 Millionen Jahren als Barriereriff aus Massenkalk gebildete Hochebene erstreckt

Das frühere Steinhoff-Wohnhaus in Hagen-Emst

sich vom Hönnetal über Iserlohn, Letmathe und Hohenlimburg bis zum Volmehang, reicht im Westen sogar noch weiter über Schwelm und Wülfrath bis hin zum Neandertal. Viele, die hier im heutigen Hagener Stadtteil Emst leben, können sich abgerückt fühlen von den Mühen der Arbeiterinnen und Arbeitern, die in den Handwerks- und Industrieunternehmen in den umliegenden Hagener Tälern einer zumeist körperlich zehrenden Tätigkeit nachgehen. Beschaulich geht es in Steinhoffs Nachbarschaft zu, in geradezu dörflicher Gemeinschaft, mit viel Grün rundum, und unweit der kulturell bedeutsamen Jugendstilvilla „Hohenhof", jenem Knotenpunkt im europäischen Kulturnetzwerk moderner Kunst, die nach Entwürfen von Henry van der Velde für das Sammler- und Mäzenaten-Ehepaar Gertrud und Karl Ernst Osthaus als Gründer des Folkwang-Museums errichtet wurde.

Doch wie Hagen im Großen, so ist auch Emst im Kleinen ein Ort der Gegensätze. Nicht unweit von Steinhoffs Haus wird im Übergang der 1950er zu den 1960ern das Baugebiet

Emsterfeld erschlossen. Die hier entstehenden Mietwohnungen helfen, die immer noch große Wohnungsnot zu lindern. Fritz Steinhoff wohnt also in der Nähe der Arbeiter und Angestellten, deren Anliegen die seinen sind.

Ist Fritz Steinhoff hier im Frühjahr 1969, inzwischen Bundestagsabgeordneter, wirklich angekommen am Ziel seiner persönlichen und politischen Ambitionen? Wer sich mit der Persönlichkeit näher beschäftigt, mag es bezweifeln. Denn zu diesem Zeitpunkt, gerade einmal ein Jahrzehnt nach seinem Ausscheiden aus dem Ministerpräsidenten-Amt, in das er unter spektakulären Umständen gelangte, interessiert sich für den Mann schon kaum noch jemand. Er gerät in Vergessenheit, selbst enge Wegbegleiter haben sich bereits zurückgezogen oder leben nicht mehr. Die Parteizeitung „Vorwärts" charakterisiert ihn später sogar als „Auslaufmodell". Da ergeht es Fritz Steinhoff nicht anders als vielen anderen herausgehobenen Politikern, die während ihrer aktiven Zeit vor lauter Begegnungen und Kontakten kaum zu einem Moment der Muße kommen; abrupt aber, kaum sind sie aus Amt und Würden ausgeschieden, schnell und gründlich vereinsamen sie. Das gilt umso mehr für das Ehepaar Käthe und Fritz Steinhoff: Beide kommen zwar aus Familien mit zahlreichen Angehörigen, doch die Kontakte selbst im Verwandtenkreis sind über die Jahre abgeflacht, eigene Nachkommen hat das Ehepaar Steinhoff nicht. Innere Ödnis lässt sich da für die späten Jahren als zunehmende Folge der äußeren Kontaktarmut erahnen.

Fritz Steinhoff wird denn auch bisweilen als der „vergessene Ministerpräsident" charakterisiert. Und tatsächlich sind die Quellen, die über seine Persönlichkeit und ihren Werdegang berichten, eher spärlich. Aus dem öffentlichen Bewusstsein ist er längst verschwunden. Und mancher, der an der lebensgroßen, von Walter Grüntgens geschaffenen Skulptur am zentral-belebten Friedrich-Ebert-Platz, links am Rathausturm in Hagen vorbeikommt, fragt sich: Fritz Steinhoff – wer?

Dabei bietet die Biografie Fritz Steinhoffs durchaus Anknüpfungspunkte, die ihn beispielhaft für eine ganze Generation erscheinen, ja vielleicht sogar zu einem Vorbild mindestens für politisches Handeln werden lassen.

Da ist zunächst einmal sein Werdegang, der durch und durch vom sozialdemokratischen Aufstiegsversprechen geprägt ist: Er kommt aus einfachsten Verhältnissen einer Bergarbeiterfamilie und kämpft sich nicht nur selbst nach oben, kommt persönlich voran und lässt keine Chance zur (Fort-)Bildung aus; er kämpft auch für die Gemeinschaft. Sein ganzes Leben stellt er in den Dienst der Solidarität, ohne sich einseitig politisch zu engagieren, stets den Ausgleich und das Miteinander suchend und den Kompromiss als unverzichtbare Voraussetzung für alles demokratische Handeln verstehend.

Da ist zum anderen der Mensch, der zu seinen, zu den Grundwerten der demokratischen Gesellschaft steht. Die hat er nicht zuletzt aus dem persönlichen Erleben großer Umbrüche gewonnen: durch die Teilnahme am Ersten Weltkrieg, durch die Inflation 1923 mit großer wirtschaftlicher Not in der Folge, durch die Weltwirtschaftskrise 1929 ff., durch die Leiden unter dem Nationalsozialismus, nicht zuletzt durch den materiell schwierigen Neuanfang nach dem Zweiten Weltkrieg. Er bringt viele persönliche Opfer dafür, vor allem geht er erst in den Widerstand und dann in die Gefängnisse und Konzentrationslager der Nationalsozialisten, dafür gefährdet er sein Leben, dafür nimmt er auch andere in Schutz.

Über alle wechselvollen Zeiten ist der zierliche und doch zähe Mann zum „Stehaufmännchen" geworden: Nichts kann ihn wirklich unterkriegen. Allein die Stationen, die dem Broterwerb dienen, sind kaum an den Fingern zweier Hände abzuzählen. Nie gibt er auf, immer wieder rappelt er sich nach Niederlagen auf und sucht seine Existenzgrundlage abzusichern. Reich wird er nie: Denn die materielle Seite ist nur die eine einer Lebensmedaille, auf deren anderer Seite stets das politische Engagement steht. Und das ist über weite Strecken hinweg ein ehrenamtliches, selbst seine Aufgaben als Abgeordneter und Regierungsvertreter waren in den 1950er und 1960er-Jahren keinesfalls von Reichtümern begleitet. Nicht einmal eine halbwegs solide Alterssicherung hat er sich damit aufbauen können und ist bis zuletzt wohl auch von Existenzsorgen verfolgt.

Schließlich und nicht zuletzt: Fritz Steinhoff zählt – wie mancher andere prominente Name auch – zu den herausgehobenen Köpfen, die unserem Gemeinwesen nach dem Weltkrieg Art und Form gegeben haben. Damit tritt er in eine Reihe mit nordrhein-westfälischen Persönlichkeiten wie Konrad Adenauer (Köln), Karl Arnold (Düsseldorf), Berthold Beitz (Essen), Joseph Kardinal Frings (Essen), Liselotte Funcke (Hagen), Gustav Heinemann (Schwelm), Fritz Henßler (Dortmund), Lambert Lensing (Dortmund) oder Willi Weyer (Hagen), wie sie auf unterschiedlichen Gebieten unsere Nachkriegswirklichkeit mitgeprägt haben.

Es gibt also viele Gründe, gerade heute den Scheinwerfer einmal gründlich auf das Leben von Fritz Steinhoff zu lenken. Dem sind leider Grenzen gesetzt: Denn ein Großteil des Nachlasses ist aus den unterschiedlichsten Gründen verlorengegangen. Die Quellenlage ist insgesamt eher als bescheiden einzustufen. Viele Zeugnisse sind eher zufällig überliefert. Wer sich also mit der Geschichte dieses Politikers beschäftigt, ist gut beraten, gleich zweimal hinzuschauen. Diejenigen, die an der Entstehung dieses Bandes beteiligt waren, haben sich dieser Mühe unterzogen. Sie haben auch den Versuch unternommen, die Biografie von Fritz Steinhoff in die Zeitumstände einzubetten, sie zu bewerten und an mancher Stelle eine atmosphärische Verdichtung oder eine Interpretation der jeweiligen Ereignisse vorzunehmen. Dabei haben sie sich strikt an den vorliegenden Fakten orientiert, sich an keiner Stelle darüber hinweggesetzt. Besonders erfreulich ist es, dass gerade über die Zeit des Nationalsozialismus und der Inhaftierung Fritz Steinhoffs neue und bislang unberücksichtigte Zeugnisse herangezogen werden konnten.

So entsteht das Bild einer Persönlichkeit, die über die Zeit des aktiven politischen Engagements hinaus appellativen Charakter besitzt: Demokratie verlangt den nüchtern-sachlichen Einsatz des Einzelnen, der von der Gemeinschaft her denkt, seine persönlichen Interessen hinter der Aufgabe zurückstellt, der das Verbindende sucht und sich klar von den Feinden unserer Grundwerte absetzt.

Ganz in der Nähe von Steinhoffs Haus gibt es eine Straße, deren Name als Adresse wie für ihn gemacht gewesen wäre: „Auf dem Boden" – denn auf diesem ist er stets geblieben.

STETS BEGIERIG AUF JEDES MEHR AN BILDUNG

„Ich bin ein typischer Westphälinger. Ich komme aus der Dortmunder Gegend, bin in der früher selbständigen und jetzt zu Dortmund gehörenden Gemeinde Wickede geboren und in einer kinderreichen Bergarbeiterfamilie gross geworden. Ich bin nach der Schulausbildung und einigen Jahren bäuerlicher Tätigkeit als Ackerknecht Bergmann geworden."

In ärmsten Verhältnissen aufgewachsen

Unmittelbar nach seiner Wahl zum Ministerpräsidenten Nordrhein-Westfalens am 20. Februar 1956 schildert Fritz Steinhoff im Interview mit dem WDR seine Herkunft und Jugendzeit. Sie beginnt am 23.November 1897; Fritz Steinhoff erblickt als zweites von elf Kindern der Eheleute Heinrich und Ida Steinhoff, geborene Grune, das Licht der Welt. „Wir waren sehr viele Kinder zu Hause", teilt er in einem WDR-Interview im Jahre 1966 zu seiner Familie befragt, mit. Die wirtschaftliche Situation der Familie Steinhoff muss um die Jahrhundertwende als eher prekär beschrieben werden.

Der Vater, gelernter Bergmann, kann diesen Beruf nur beschränkt – so die Angaben des Sohnes – ausüben und auch keine Akkordarbeiten durchführen, weil er an einem Augenleiden leidet. Hierbei handelt es sich höchstwahrscheinlich um das bei Bergleuten verbreitete „Augenzittern", das heute eine anerkannte Berufskrankheit ist. Ursache der Erkrankung ist wahrscheinlich die Verunreinigung der Luft mit Methangas, kombiniert mit der Dunkelheit, die untertage herrscht. Nach Angaben der Familie muss Heinrich Steinhoff die 13-köpfige

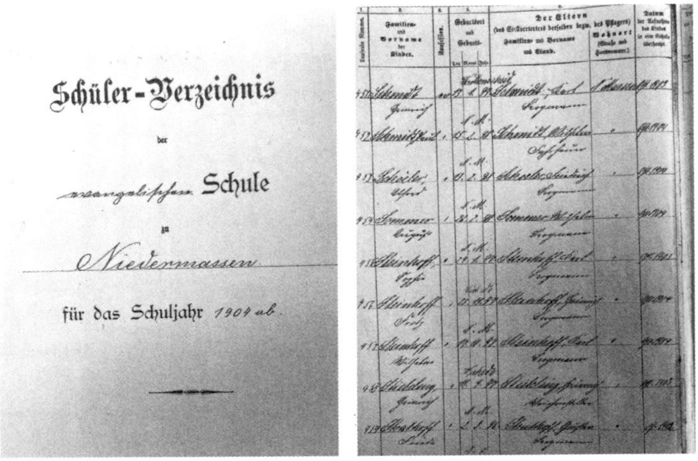

Blick in ein Zeugnis von Fritz Steinhoff, erworben an der evangelischen Volksschule im heutigen Unna-Massen

Familie mit einem Schichtlohn von fünf Mark durchbringen.

1904 wird Fritz in die Evangelische Schule Niedermassen eingeschult und verlässt diese am 1.April 1912 mit 14 Jahren. Während er in den Fächern Religion, Lesen und Rechnen ein „gut" erhält, wird er im Schreiben mit „mangelhaft" benotet. Fritz' Lehrer Haase aus Pelkum erinnert sich im Jahre 1959 für einen Beitrag in der Zeitung „Das Parlament" an seinen Schüler: „Ich bin stolz, dass ich den Grund für die geistigen Fähigkeiten des Ministerpräsidenten legen durfte. Fritzken Steinhoff war schon als Lernanfänger in Massen ein fixer Junge, der mir damals Freude machte."

Fritz Steinhoff wird hineingeboren in eine Zeit großer Umbrüche (übrigens ebenso wie Persönlichkeiten wie Sepp Herberger oder Ludwig Erhard, die im selben Jahr das Licht der Welt erblickten): Die Jahrzehnte vor dem Ersten Weltkrieg waren eigentlich voller Neuanfänge: wissenschaftlich, technologisch, kulturell, soziologisch, ja sogar politisch. Handel und Industrie stellten bis dahin ungeahnte Ressourcen und Perspektiven zur Verfügung – und vernetzten die Welt zu einer ersten Globalisierung. Da wurden Grundlagen gelegt, die bis heute spürbar sind. Und doch war die Welt noch ganz anders, als wir sie heute kennen: Elektrischer Strom existierte um 1900 nur in den wenigsten Haushalten; allenfalls gab es in gut ausgestatteten Häusern einen Gasanschluss. Eher wurde auf offener Flamme gekocht und nutzten die Menschen Petroleumlampen für die Nacht. An Waschmaschinen, Geschirrspüler oder Kühlschränke war überhaupt noch nicht zu denken. Ohnehin existierte kaum irgendwo fließendes Wasser. Und statt Radio gab es Hausmusik in vertrauter Runde.

Trotzdem war allenthalben eine Aufbruchstimmung spürbar. Und wie das immer in solchen Fällen ist: Veränderungen, zumal tiefgreifende Umbrüche verunsichern die Menschen. Je nach Gemütslage und Empfinden nannten die Zeitgenossen die Epoche um die Jahrhundertwende denn auch in der damals schicken französischen Ausdrucksweise „Belle Époque" oder „Fin de Siècle", eben (auf gut Deutsch) „Schöne Epoche" oder „Ende des Jahrhunderts".

Diese Epoche mit all ihren Beschwernissen prägte den Einzelnen. Seit seinem zwölften Lebensjahr verdiente auch „Fritzken", wie er aufgrund seiner geringen Körpergröße gerufen wird, seinen Unterhalt selbst, musste ihn selbst verdienen – in seiner freien Zeit, überwiegend durch Arbeit beim Bauern. Natürlich gibt er seinen Lohn zu Hause ab und unterstützt damit die große Familie. Nach der Schulentlassung verdingt er sich als Ackerknecht bei verschiedenen Bauern im Kreis Unna und in Soest. Aus der Evangelischen Kirchengemeinde wird Heinrich Steinhoff vorgeschlagen, den offenkundig talentierten und durch weit überdurchschnittliche Leistungen auffallenden Sohn doch zu einer weiterführenden Schule zu schicken und ihn Pfarrer oder Lehrer werden zu lassen. Heinrich – so wird überliefert – soll stolz mit dem Bemerken abgelehnt haben, „er könne seine Kinder allein erziehen und sein Sohn werde seinen Weg schon gehen." Damit ist klar, dass mit dem Schulabgang im Jahre 1912 die formale „Bildungskarriere" von Fritzken Steinhoff zunächst endet. Neues Wissen

Gut trainiert: Fritz Steinhoff (links stehend) im Kreis junger Sportler gemeinsam mit Max Tillmann in Unna-Massen

wird er trotzdem ein Leben lang weiter begierig und wie ein Schwamm aufsaugen.

Schwerste Arbeit unter Tage

1912 gibt es für den Sohn eines Bergmanns, der im östlichen Ruhrgebiet aus der Schule kommt und der nach einer Zeit als Ackerknecht mehr Geld verdienen will, kaum eine Alternative, als ebenfalls in den Bergbau zu gehen. So nimmt Steinhoff am 26. Mai 1915 im Alter von 17 Jahren die Arbeit in der Zeche Massen auf. In dem WDR-Interview aus dem Jahr 1966 antwortet er auf die Frage, ob die Zeit als Bergmann mit dazu beigetragen hat, ihn später einer politischen Partei nahezubringen, wie folgt: „Das hat sehr dazu beigetragen, weil die Arbeitsverhältnisse damals im Bergbau gar nicht vergleichbar sind mit den heutigen. Es musste alles mit Muskelkraft geschafft werden, wo heute die motorischen Dinge stark eingesetzt werden."

In der Tat erlebt er einen tiefgreifenden Umbruch mit: Die traditionellen handwerklichen Werkstätten und Fabriken und die Heimarbeit werden durch modernere Produktionsstätten

Ein prekärer Arbeitsplatz: Auf der Zeche Massen fand Fritz Steinhoff einen Broterwerb.

ersetzt, in denen gleichwohl der körperliche Einsatz in der Regel noch eine dominierende Rolle spielt und die Anforderungen immer weiter steigen: Fach- und zunehmend Hilfsarbeiter stellen immer kompliziertere Maschinen und Gerätschaften her. Dabei ist die Arbeitssituation allzu häufig von brutaler Ausbeutung gekennzeichnet. Dafür sorgen eben nicht nur die körperlichen Anstrengungen, sondern auch überlange Arbeitszeiten, kurze Verschnaufpausen und generell gefährliche Arbeitsbedingungen ohne jeden Arbeitsschutz.

Das gilt zu dieser Zeit insbesondere und gerade auch für den Steinkohlenbergbau: Harte körperliche Anstrengung und das Schaffen unter Tage in Dunkelheit, Schmutz, Enge und Feuchtigkeit waren mit erheblichen Gefahren verbunden. Unzureichende Grubenbewetterung, der Kohlenstaub und das Arbeiten in der feuchten Umgebung führten zu chronischen Erkrankungen und häufig genug zur Invalidität und zum frühen Tod. Die Bergleute arbeiteten in der Regel in Kameradschaften unter der Führung eines Steigers im sogenannten „Gedinge". Der Lohn resultierte aus der Anzahl der abgelieferten Steinkohlewagen. Daraus resultierte wiederum erheblicher sozialer Druck untereinander. Denn „Wagennullen“ (um nur ein Beispiel zu nennen) und damit Loren, die nicht vollständig mit Kohle gefüllt waren, wurden erst gar nicht auf die Tagesleistung angerechnet.

Anders verhielt sich das auch nicht auf der Zeche Massener Tiefbau, deren Gründung in das Jahr 1859 fiel und die zu den Gründungsmitgliedern des Rheinisch-Westfälischen Kohlen-Syndikats zählte. Die „Gewerkschaft Massener Gesellschaft für Kohlenbergbau“, wie die offizielle Bezeichnung des Unternehmens lautete, erwarb ein Grubenfeld zwischen Massen und Wickede - eben im Bereich der heutigen Stadtgrenzen zwischen Unna und Dortmund. Das Feld hatte eine Größe von rund 23 Quadratkilometern. Das Abteufen der ersten beiden Schächte begann 1855, vier Jahre später lief die Förderung an. Auf dem Bergwerk wurden leichte Fettkohlen mit einer allerdings nur mittleren Qualität gefördert.

Mit dem Bergbau veränderte sich auch die soziale Struktur der Landschaft entlang des Hellwegs: Waren hier noch zwischen den größeren Städten in der ersten Hälfte des 19. Jahrhunderts reine Bauernschaften angesiedelt, also agrarisch geprägte Siedlungsflecken, war dies mit fortschreitendem Steinkohlenabbau und der damit einhergehenden Industrialisierung bald vorbei: Die damals noch politisch selbstständigen Ortschaften wuchsen bisweilen beträchtlich, ohne den immensen Bedarf an Wohnraum und öffentlicher Infrastruktur auch nur annähernd befriedigen zu können.

In dieser Umgebung wächst Fitz Steinhoff nicht nur auf, sondern macht auch wichtige Arbeitserfahrungen: Man mag sich den von Statur her kleinen, eher schmächtigen Jugendlichen kaum vorstellen, wie er der anstrengenden Arbeit unter Tage gewachsen sein kann und sie durchhält. So ist er im Laufe seiner Bergbautätigkeit als Schlepper, Bremser und Hauer tätig. Die Arbeit auf der Zeche Massen endet – vorerst – am 29. März 1917, als Fritz – nach seinen Angaben durch einen Zufall – zum Kriegsdienst bei der Marine eingezogen wird.

Torpedoboote im Ersten Weltkrieg

Europa schliddert in den Ersten Weltkrieg

Seit 1914 tobt in Europa nun der Erste Weltkrieg, der ausgelöst wurde durch das Attentat von Sarajevo, bei dem der österreichische Thronfolger Erzherzog Franz Ferdinand und seine Gemahlin Sophie von einem Angehörigen der revolutionären Untergrundorganisation Mlada Bosna ermordet wurde. Das Motiv: die Befreiung Bosnien-Herzegowinas von der österreichisch-ungarischen Herrschaft. Dieser Anlass darf freilich nicht darüber hinwegtäuschen, dass das Großmachtstreben Deutschlands die tieferen Ursachen bietet; das Reich stürzt sich in einen Zwei-Fronten-Krieg im Westen insbesondere gegen Frankreich und England, im Osten gegen Russland. Er gerät schnell zu einer überdimensionalen und menschenverachtenden Abnutzungsschlacht. Die Marine spielt auf deutscher Seite eine besondere Rolle: Der deutsche Kaiser Wilhelm II. hat sie in den Jahren vor 1914 immer weiter ausgebaut in dem Streben, Deutschland in eine (koloniale) Großmachtsrolle hineinzubringen. Etwa 17 Millionen Menschen kostet dieses wahnhafte Ziel am Ende das Leben – zugleich wälzt es endgültig die gesellschaftliche Ordnung des 19. Jahr-

Fritz Steinhoff als Matrose im Ersten Weltkrieg

hunderts um.

So weit ist es aber noch längst nicht, als Fritz Steinhoff nun – im Alter von 19 Jahren – zum Dienst in der Zweiten Torpedodivison in Wilhelmshaven eingezogen wird. Die 74 Meter langen, sogenannten großen Torpedoboote (ein Dutzend schickt das Reich zunächst in die Schlacht) gelten ebenso wie ihre Besatzungen als „schwarze Gesellen": Die vergleichsweise große Maschinenanlage stößt viel Ruß und Staub aus, überdies sind die Schiffe für den Nachteinsatz schwarz angestrichen. Die Arbeit auf ihnen ist kräftezehrend und risikoreich (auch wenn erstaunlicherweise während des Krieges letztlich nur ein Topedoboot versenkt wird).

Hier schiebt Fritz Steinhoff – zumindest zeitweise – Dienst im I. Zug der 8. Kompanie. Seine Aufgabe ist die eines Kohletrimmers bzw Heizers auf einem Torpedoboot, zeitweise auf dem Boot „V 1", wobei es sich höchstwahrscheinlich um das Große Torpedoboot 1911 handelte, das am 12. Januar 1912 in Dienst und Ende März 1929 außer Dienst gestellt wird. Steinhoff selbst unterschreibt im Jahr 1917 Postkarten an seinen besten Freund Max Tillmann mit „Heizer" Fritz Steinhoff. Soweit in Veröffentlichungen über Fritz Steinhoff die Tätigkeit als Kohletrimmer angegeben wird, so kann auch dies – jedenfalls für eine Zeit - durchaus stimmen. Im Gegensatz zum Heizer, der die eigentliche Feuerung der Kessel zur Dampf-

Postkarte aus dem Kriegseinsatz an den Jugendfreund Max Tillmann im heutigen Unna-Massen

erzeugung und damit zum Antrieb des Schiffes übernahm, hatte der Kohletrimmer die Aufgabe, das schwarze Heizmaterial aus den teilweise weit vom Kesselraum entfernten Kohlebunkern herbeizuschaffen und dabei das Schif in der Balance zu halten. Da jedoch etliche Feldpostkarten, die sich im Besitz der Tochter Max Tillmanns befinden, mit „Heizer“ Steinhoff beschriftet sind, ist davon auszugehen, dass Steinhoff relativ zügig die Rolle des Heizers eingenommen hat.

Neben Postkarten von Torpedobooten schickt Steinhoff unter dem 20.August 1917 auch eine Karte vom Kleinen Kreuzer SMS Stettin, wobei jedoch aufgrund der Absenderangabe „V 1“ auf der Postkarte davon auszugehen ist, dass er zu der Zeit Dienst auf dem Torpedoboot schiebt und die Postkarte lediglich „zufällig“ aussucht, um seinem Freund Max Tillmann in Massen Grüße auszurichten.

Steinhoff sagt wenig über die Zeit seines Kriegsdienstes, so im WDR Interview 1966 lediglich: „Und bei der Marine, da gab es Leute, die sich den Wind haben um die Ohren schlagen lassen.“ Auf den Einwurf des Journalisten: „Den politischen Wind, sicher nicht den Seewind" antwortet Steinhoff: „Sicher, und von daher war ich politisch interessiert, und als ich zurückkam aus dem Ersten Weltkrieg, habe ich dieses politische Interesse auch draußen weiter lebendig gehalten und habe von der Pike auf, also Ortsgruppenkassierer bis zum Parteisekretär, gedient."

Freund Max – oder: Die Verbindung mit Unna-Massen

„Es war mein Onkel Steinhoff" – während sie das sagt, merkt man Helga Tillmann an, dass die Erinnerung sie berührt. Die Erinnerung an eine tiefe Freundschaft zwischen ihrem Vater, dem 1899 geborenen und im Dezember 1943 auf der Zeche Massen tödlich verunglückten Max Tillmann und dem zwei Jahre älteren Fritz Steinhoff, dem Ministerpräsidenten. „Massener Jungs seien sie gewesen", so die 1940 geborene ehemalige Angestellte des Kreises Unna. Jungs, die sich seit der Schulzeit kannten, die gemeinsam in der Turnerriege der Sportgemeinschaft Massen unter Karl Gross Sport trieben und die „einfach Freunde waren". Während Helga Tillmann dies sagt, blättert sie in den zahlreichen Feldpostbriefen und Postkarten, die Fritz Steinhoff an den „lieben Freund Max" schrieb. Feldpostkarten aus Wilhelmhaven, wo Fritz im Ersten Weltkrieg im I. Zug der 8. Kompanie der II. Torpedodivision Dienst schob.

So schreibt Steinhoff im Mai 1917 an den Freund: „Hoffentlich geht es Dir noch gut. Dasselbe kann ich Dir auch von mir mitteilen. Es geht immer besser man gewöhnt sich an alles. Lass mal wieder was hören von Dir." Unter der Korrespondenz gibt es auch mehrseitige Briefe aus den 20er Jahren an den Freund , wie unter dem 1. Juli 1922, der wie folgt beginnt: „Es ist wirklich schön, wenn man (…) einen Menschen besitzt, dem man sein Herz richtig ohne Umschweife ausschütten kann (...)"

Die gemeinsame Schulzeit, der Turnverein, die Arbeit unter Tage, all das hat die beiden Freunde zusammengeschweißt. Der Tod von Max im Dezember 1943 muss Fritz Steinhoff nahegegangen sein. Wie sonst ist zu erklären, dass er für die Tochter seines Freundes da war, sie und ihre Mutter nach dem Krieg immer mal wieder in Massen besuchte. „Er hatte eine liebe Art, er hat mich in den Arm genommen, wollte wissen, wie es in der Schule geht und er brachte Zeit mit", erinnert sich Helga Tillmann. Die Pucky-Bücher, die „Onkel Steinhoff" ihr geschenkt hat, zu Weihnachten eine Puppe und eine Wiege aus Holz, zur Konfirmation 1955 kam ein Päckchen.

Aufhebens hat Fritz Steinhoff anlässlich der Besuche nicht gemacht.... meist kam er allein im schwarzen Mercedes, manches Mal auch mit Fahrer. „Ihr seid das, was mir von Max noch geblieben ist", hat er gesagt – und er war gern in Massen, aß Marmorkuchen und trank, wenn „Böhnchen" da waren, einen Malzkaffee, gemischt mit Kaffeebohnen. „Lichtblicke meines Kinderlebens" waren die Besuche von Fritz Steinhoff in Massen, „er hat meiner Mutter und mir sehr geholfen", schwärmt die 83-jährige Helga Tillmann im Gespräch. Ohne Onkel Fritz hätte es das Haus im Grünen Weg nicht gegeben; er hat die Mutter bei den Bauanträgen unterstützt. Viel habe sie ihm zu verdanken; gelernt habe sie beispielsweise „daß der Mensch etwas wert ist, nicht das Drumherum".

Zum Staatsakt der Landesregierung NRWs für den am 22. Oktober verstorbenen „Onkel Steinhoff" haben sie und ihre Mutter eine Einladung der Staatskanzlei erhalten und Helga Tillmann zeigt stolz das Büttenpapier, auf dem die Einladung gedruckt ist. „Meine Mutter war dort, ich musste arbeiten, aber an dem Tag habe ich daran gedacht, dass Onkel Steinhoff jetzt bei seinem Freund Max ist."

Das Erlebte macht Steinhoff zum homo politicus

Macht Steinhoff zu der erlebten Zeit während des Ersten Weltkriegs nur sehr spärliche Angaben (so wird es übrigens auch für die Erlebnisse während der Nazidiktatur und des Zweiten Weltkrieges sein), so scheint jedoch gesichert zu sein, dass er während seiner Zeit bei der Marine erstmals Sozialdemokraten kennenlernt und sich der sozialistischen Ideenwelt zuwendet. Das Ende des Ersten Weltkriegs sowie den Matrosenaufstand im Jahr 1918 erlebt Steinhoff an Bord des Zerstörers V 116. Am 11. November 1918 endet der Erste Weltkrieg mit dem Waffenstillstand von Compiegne, das Kaiserreich zerbricht überraschend schnell – und mit ihm nicht nur die politische, sondern auch die bis dahin bekannte gesellschaftliche Ordnung.

Schon am 14.November 1918 ist die (Wieder-) Beschäftigung von Fritz Steinhoff auf der Zeche Massen aktenkundig, jedoch nur bis zum 25. des Monats. Sodann heuert Steinhoff wiederum bei der Marine an, wahrscheinlich folgt er dem Ruf Gustav Noskes, SPD-Politiker und während der Novemberrevolution an der Spitze des Arbeiter- und Soldatenrates in Kiel und von Dezember 1918 bis Februar 1919 Mitglied des Rates der Volksbeauftragten mit Zuständigkeit für Demobilisierung, Heer und Marine, der die demokratisch-republikanischen Kräfte noch einmal zum Dienst rief.

Bis 1919 transportiert Steinhoff auf dem Zerstörer V 116 Post zur internierten deutschen Flotte im schottischen Gewässerabschnitt Scapa Flow. Hier in den schottischen Küstengewässern versenkt der Befehlshaber der dort festgesetzten Deutschen Marine, Admiral Ludwig von Reuter, im Juni 1919 52 deutsche Kriegsschiffe und markiert einen Schlusspunkt der Deutschen Kriegsmarine.

Ab dem 23. Juni 1919 fährt Steinhoff wieder auf der Zeche Massen ein, die zu diesem Zeitpunkt mit circa 3.500 Beschäftigten pro Jahr um die 490.000 Tonnen Steinkohle fördert und damit einen Höhepunkt ihrer Produktivität erreicht, ein.

Jedoch: Der politische Sinn des Friedrich Steinhoff ist geweckt, 1919 tritt er dem „Alten Bergarbeiterverband" (der Bergarbeitergewerkschaft), 1920 der SPD bei, wo er in der Zeit zwischen 1921 und 1923 Ortsgruppenkassierer in Massen war. Innerhalb der SPD wendet sich Steinhoff dem „Hofgeismarer Kreis" der Jungsozialisten zu, welchem unter anderem der spätere Iserlohner Oberbürgermeister Werner Jacobi, der spätere Frankfurter Oberbürgermeister Walter Kolb sowie

Gustav Dietrich Dahrendorf der Mitbegründer der Jungsozialisten angehörten. Letzterer forderte, dass es in Deutschland zu einer grossen Linkspartei kommen müsse, die für alle Gewerkschafter und Genossenschaftler politische Heimat sei.

Überliefert durch die Welt am Sonntag vom 19. Februar 1956 ist über diese Zeit ein Zitat Steinhoffs: „Wir rauchten nicht, wir ließen uns die Haare nicht schneiden, wir liefen mit offenem Kragen herum, wir waren jung und alle sollten wissen, dass wir jung waren." Jungsozialisten, mit denen Steinhoff im Hofgeismarer Kreis zusammenarbeitet, beschreiben ihn als „Nichtraucher, mit Schillerkragen (einem offenen Hemdkragen, der über dem Jackenkragen getragen wird), langer Mähne und unbändiger Diskutierfreude".

Jede Chance zur Fortbildung ergriffen

In den Jahren 1922 bis 1924 besucht Fritz Steinhoff umfangreiche politische Schulungskurse, so unter anderem an der Heimvolkshochschule Dreissigacker bei Meiningen in Thüringen in den Jahren 1921 und 1922. Dieser Aufenthalt dort wird von Steinhoff als für seine Gesamtentwicklung fruchtbar und bedeutsam bezeichnet – nicht ohne Grund: Die Heimvolkshochschulen lösen sich vom traditionellen Verständnis von Lernen und Lehren, sie verfolgen eine Didaktik des Lernermöglichens und stellen dabei folgende Aspekte in den Vordergrund:

- Handlungsorientierung: Nicht die Wissensvermittlung ist vorrangig, sondern die Lernenden zum selbständigen Handeln anzuregen bildet das zentrale Anliegen.
- Teilnehmerorientierung: Im Zentrum stehen die Ausgangsbedingungen der Teilnehmenden, d. h. ihre Erfahrungen, Deutungen und Einstellungen.
- Interessenbezug: Die Lernziele ergeben sich aus den Erwartungen der Lernenden, den gesellschaftlichen Anforderungen und dem Selbstverständnis des Erwachsenenbildners.

- Problembezug: Die Lerninhalte sind eng verknüpft mit den Handlungsmöglichkeiten in der Arbeits- und Lebenswelt. Die Themen sind, entgegen fertiger Wissensbestände, an den Handlungsanforderungen der Lernenden orientiert.
- Methodenoffenheit: Eine Vielfalt an Methoden, die an den Lernzielen und Gegenständen anknüpfen, beeinflusst die Lernmöglichkeiten im positiven Sinne.
- Selbsttätigkeit: Das Prinzip der Handlungsorientierung ist für die Lernsituation sinnstiftend. Das in eigener Tätigkeit erarbeitete Wissen eröffnet dem Lernenden Vertrauen in die eigenen Kräfte.
- Gruppenbezug: Die Bearbeitung von gemeinsamen Problemen ist ebenso relevant wie die Probleme einzelner Individuen.

In der Summe wird auch in Dreissigacker durch die Lehrenden besonders das kritische Denken der Schüler gefördert. So ist anzunehmen, dass gerade in diesem Aufenthalt ein Grundstein für Steinhoffs späteres Politikverständnis gelegt wird.

Nach den Aufzeichnungen der Versicherungsanstalt Westfalen hat Steinhoff im Jahr 1921 lediglich zehn Wochen auf der Zeche gearbeitet, so dass die Vermutung naheliegt, dass er im Jahr 1921 umfangreiche Schulungskurse durchläuft. Im Jahr 1922 sind insgesamt acht Wochen Arbeit im Bergwerk vermerkt, 1923 vier. Auf Veranlassung des „Alten Bergarbeiterverbandes" wird Steinhoff nach Frankfurt zur 1921 gegründeten Akademie der Arbeit geschickt, um sich dort in „sozialen Fragen" weiterzubilden. Im Jahr 1923 nimmt Steinhoff ein zweisemestriges Studium an der Akademie, die mit Unterstützung der sozialdemokratisch orientierten Freien Gewerkschaften" an der Universität Frankfurt gegründet wurde, auf. Dort hört er Vorträge über Wirtschaft und Politik vor allem bei den Soziologen und Nationalökonomen Franz Oppenheimer sowie Erik Nölting, dem ersten Wirtschaftsminister Nordrhein-Westfalens, mit dem Fritz Steinhoff in den

Jahren 1949 bis 1950 als Wiederaufbauminister am Kabinettstisch unter dem CDU-Ministerpräsidenten Karl Arnold sitzen wird.

Nach seinen Studienaufenthalten in Frankfurt und Rückkehr nach Massen fährt Fritz Steinhoff im Jahre 1924 noch einmal für die Dauer von zehn Wochen ins Bergwerk ein, das jedoch schon bald nicht mehr rentabel arbeiten kann und 1925 schließt. Steinhoff geht nach Berlin und schreibt sich an der im Jahr 1920 gegründeten „Deutschen Hochschule für Politik" ein. Hier muss er als „Werksstudent" seinen eigenen Unterhalt verdienen, so unter anderem durch Zeitungsaustragen und die Bedienung einer Adressiermaschine in einem Verlag. Später bekommt er nach eigenen Angaben jedoch auch Zuschüsse vom Parteivorstand der SPD. In Berlin hört der knapp dreißigjährige Steinhoff besonders Vorlesungen bei Theodor Heuss, dem späteren Bundespräsidenten, über den er 1956 in einem WDR -Interview sagt: „Wir spürten, dass Heuss nicht nur aus dem Verstand heraus lehrte, sondern mit dem Herzen dabei war."

Heuss, der der Weimarer Nationalversammlung angehörte und 1920 als junger Abgeordneter in den Reichstag einzog, mag den aufstrebenden Fritz Steinhoff ebenfalls geprägt haben: Der Novemberrevolution stand der spätere Bundespräsident zwar skeptisch gegenüber, weil er die bürgerliche Ordnung gefährdet sah. Doch zur Kaiserzeit mochte er nicht zurückkehren, deren Eliten er für die militärische Niederlage und den Umsturz verantwortlich machte. Ohnedies habe das alte System versagt und keinen Rückhalt in der Bevölkerung. Aus diesem Grund bekämpfte er auch die „Dolchstoßlegende" der Republikgegner.

In Heuss' Denken waren die Nation und die Demokratie eng miteinander verflochten: Er unterstützte eine parlamentarische, auf dem Wettstreit der Parteien beruhende Demokratie, die sich eine gewählte Regierung mit umfangreichen Machtbefugnissen gibt. Eine starke Exekutive sollte den Staat handlungsfähig machen, vor allem in Krisenzeiten, die über viele Jahre in der Weimarer Republik herrschten. Einen allmächtigen Staat wollte Heuss aber nicht, sondern die Bindung an eine liberale Freiheits- und Rechtsordnung, an frei gewählte Parlamente und unabhängige Gerichte. Dreh- und Angelpunkt waren dabei für ihn nicht die Institutionen, sondern das Engagement des Individuums, sein Einsatz in einer Kultur der Fairness und der Toleranz im politischen Miteinander.

In der Berliner Zeit besucht Fritz Steinhoff übrigens auch zahlreiche Reichstagssitzungen, was einen Gegensatz zu den Vorlesungen bildet, wahrscheinlich aber auch seine Interessen „hin ins praktische Umsetzen" der erworbenen politischen Theorie verlagert.

JUNGER PARTEISEKRETÄR MIT HOHEM GESCHICK

Früh hatte sich Fritz Steinhoff für das gewerkschaftliche und politische Leben interessiert und entsprechend fortgebildet. Es sieht ganz so aus, als hätte er sich auch in jungen Jahren bereits für ein hauptamtliches Engagement in der Sozialdemokratie entschieden und gezielt darauf vorbereitet. Die Pfade der Wirklichkeit sind in der Regel verschlungener und von vielen Zufällen abhängig. Fest steht: 1928 wurde Steinhoff von seiner Partei nach Hagen geschickt und fand hier im besten Sinne und in vielerlei Beziehung seine künftige Heimat – so gerne er auch später noch nach (Dortmund-) Wickede oder (Unna-) Massen zu kurzen Besuchen zurückkehrte.

Zunächst eine solide Zeitungsausbildung

Über den beruflichen Werdegang Steinhoffs herrscht streckenweise Unklarheit – aber auch nicht zuletzt aufgrund eigener Aussagen bisweilen regelrechte Verwirrung. Sie wird noch verschärft durch die sehr lückenhafte Quellenlage, die gerade für die 1920er-Jahre eher spärlich ausfällt. In jedem Fall führte der Weg in den Beruf des Politikers über berufliche Zwischenstationen.

Während Fritz Steinhoff in dem WDR-Interview 1966 davon spricht, dass er „mit 29 Jahren, als die Semester zu Ende waren, Parteisekretär in Hagen“ wird, führt er anlässlich seines Wiedergutmachungsantrages Mitte der 1950er-Jahre aus, dass die hauptamtliche Beschäftigung bei der SPD als Sekretär erst 1928 erfolgte. Diese Darstellung wird auch durch die

Quellenlage gestützt. Es ist davon auszugehen, dass Steinhoff ab Anfang Januar 1928 als hauptamtlicher SPD-Sekretär in den Unterbezirk Hagen-Schwelm geschickt wird und hier auch die Unterbezirke Ennepe-Ruhr und Lüdenscheid-Altena mit betreut.

Vor der hauptamtlichen Parteitätigkeit beginnt der aus Berlin wieder ins Ruhrgebiet übergesiedelte knapp 30-jährige Steinhoff in den Jahren 1926/1927 ein dreijähriges Volontariat bei der „Westfälischen Allgemeinen Volkszeitung", der Tageszeitung der Dortmunder SPD. Formulieren zu können, Artikel zu verfassen, Themen zu beobachten und zuspitzend zu beschreiben, ist keine zwangsläufige Qualifikation für nachrückende Funktionäre. Doch kann es in vielen Situationen sehr hilfreich sein – schon bei der Vorbereitung von Reden. Leiter des politischen Ressorts der Tageszeitung ist übrigens Fritz Henßler, schon länger und erfolgreicher politisch aktiv und späterer Oberbürgermeister Dortmunds, der für Steinhoffs weiteres Leben ein wichtiger Ratgeber werden wird. So treffen beide Sozialdemokraten unter anderem auch 1944/45 als Häftlinge im Konzentrationslager Sachsenhausen wieder aufeinander. Steinhoff bewährt sich und wird (das ist längst kein Automatismus bei Parteizeitungen und schon gar nicht in den wirtschaftlich angespannten Zeiten der Weimarer Republik) nach dem Volontariat übernommen. Allerdings arbeitet er fortan im dortigen Verlag – ein Hinweis darauf, dass er auch mit betriebswirtschaftlichem Know-how ausgestattet werden soll oder sich selbst dafür interessiert. Welche Funktion er genau im Verlag ausübt, bleibt im Dunkeln: In jedem Fall scheint er zunächst mit Vertriebsaufgaben betraut gewesen zu sein. 1927 wird Steinhoff Geschäftsführer des Dortmunder Zeitungsgroßvertriebes „CEBU", wie sich aus seiner beim Landtag NRW hinterlegten Biographie ergibt. Hier scheint er sich das letzte wichtige Rüstzeug für eine Parteitätigkeit geholt zu haben – in Dortmund wurde auch der Bezirk Westliches Westfalen auf Fritz Steinhoff aufmerksam und unterbreitete ihm das Angebot, an die Volme zu gehen.

Das klingt aus der Rückschau verlockend, muss aber für den jungen Politiker von vornherein eine große Herausforderung gewesen sein, wenn nicht sogar ein regelrechtes Himmelfahrtskommando. Denn Hagen mit seiner breit angelegten Industrie und seinem hohen Arbeiteranteil steht traditionell links – sehr weit links. Die KPD hat hier vor allem das Sagen; dann spielt die USPD eine bedeutende Rolle, und zuletzt kommen die Sozialdemokraten. Alle sind untereinander heillos zerstritten, und die SPD (von den Kommunisten lautstark als „Sozialfaschisten" beschimpft) ist auch noch in zwei Lager aufgeteilt, die permanent um die jeweilige Vorherrschaft kämpfen. Der linke Flügel hat dabei meist die Vorherrschaft und steht aus den unterschiedlichsten Gründen auf Kriegsfuß mit dem Bezirk. Der wiederum hat das alleinige Recht, Parteifunktionäre seiner Wahl in die Unterbezirke zu schicken. Das behagt den Hagen-Schwelmer Genossen so gar nicht – ebenso wenig wie die Tatsache, dass eben diese hauptamtlichen Mitarbeiter auch noch über ein Stimmrecht bei Delegiertenkonferenzen haben. Sie sehen darin (nicht ohne Grund) eine Manipulation der parteiinternen Demokratie durch einen allzu machtvollen Apparat.

In verzwickter Situation häuslich eingerichtet

Wir sehen: Es ist eine höchst verzwickte Situation, auf die sich der gerade einmal 31 Jahre alte Fritz Steinhoff zu Jahresbeginn 1928 einlässt – als überzeugter Sozialdemokrat, geprägt durch Kriegsteilnahme und harter Arbeit unter Tage, politisiert durch immer wieder stattfindende Schulungen in Gewerkschaft und Partei. Aufenthalten in Berlin und Dortmund. Dabei steht er eher im Lager der Traditionalisten, eben der rechten Sozialdemokraten. Revolutionäre Überlegungen kommen ihm nicht einmal in kühnen Träumen. Er beginnt im traditionell „linken" Unterbezirk Hagen seine hauptberufliche Tätigkeit für „seine" SPD, der er seit acht Jahren als Genosse angehört, auch unter denkbar schlechten persönlichen Voraussetzungen. Mancher andere vor ihm ist da schon ge-

Der junge Parteisekretär Fritz Steinhoff

scheitert. Aber Fritz Steinhoff tritt offenkundig mit viel Optimismus an: Denn seinen Wohnsitz nimmt der zunächst noch unverheiratete Parteisekretär sofort in Hagen, richtet sich also gewissermaßen gleich häuslich ein.

Das Salär kann ihn nicht gelockt haben. In den Akten findet sich eine Entlohnung in Höhe von 400 Reichsmark monatlich. Umgerechnet entspricht das gerade einmal gut tausend Euro in der Gegenwart. Diese Angabe Steinhoffs aus dem Antragsverfahren für ehemalige Häftlinge des Konzentrationslagers steht im Gegensatz zu den richterlichen Feststellungen des Urteils des OLG Hamm vom 14. August 1938, Az. 5 O Js 104/38, in welchem sogar nur von einem Betrag in Höhe von 240 Reichsmark die Rede ist. Da Steinhoff die Angabe, er habe 400 Reichsmark monatlich erhalten, auch gegenüber dem Amt für Wiedergutmachung im Jahre 1956 wiederholt (dort schreibt er fälschlicherweise „400 DM"), ist davon auszugehen, dass es sich bei dem Tatbestand des Urteils um einen (Übertragungs-) Fehler handelt.

Fritz Steinhoff macht sich in Hagen an die Arbeit und findet sich schnell in die Verhältnisse ein. Ihm bleibt auch keine Alternative. Denn es ist eine Zeit permanenter politischer Unruhe: In der Reichshauptstadt geben sich bald die Regierungen gegenseitig die Klinke in die Hand. Niemand verfügt in der Reichspolitik über eine wirklich stabile Mehrheit, alle politischen Kräfte misstrauen sich untereinander oder bekämpfen sich sogar aktiv. Und mit der KPD und der NSDAP sitzen gleich zwei extremistische, ja verfassungsfeindliche Parteien im Reichstag, die sich wiederum auf den Straßen mit brutaler Gewalt und vielen Todesopfern in der Folge bekämpfen.

Nicht viel anders sieht die Situation auf kommunaler Ebene aus: Als Steinhoff kommt, sitzen für die SPD gerade einmal drei Mitglieder in der Stadtverordnetenversammlung. Zwar wächst die Fraktion nach und nach auf sieben Köpfe an, weil sich unzufriedene KPD- bzw. USPD-Stadtverordnete von ihren Parteien lossagen und zu den Sozialdemokraten wechseln. Doch für Stabilität sorgt das auch nicht gerade in der Fraktion. Dabei hätte die allen Grund, sich gut aufzustellen: Die Nationalsozialisten gewinnen in Hagen außerordentlich schnell an Boden, die Unzufriedenheit der Menschen wächst noch mit den Folgen der Weltwirtschaftskrise, die 1929 mit dem New Yorker Börsenkrach beginnt, schnell um sich greift und das unter anderem von Reparationszahlungen ohnehin gebeutelte Deutschland besonders stark trifft. Die Kritik richtet sich auch gegen das örtliche Rathaus: Die Stadt Hagen ist so stark unterfinanziert, dass sie sich viele Leistungen überhaupt nicht erlauben kann.

Überliefert sind einige Beschreibungen der Steinhoffschen Rolle in der politischen Auseinandersetzung mit der KPD sowie der aufstrebenden NSDAP. So wird in der Hagener Tageszeitung „Volksstimme" Mitte Januar 1928 nach einem Vortrag des jungen Parteisekretärs über politische Agitation und Gestaltung von Parteiversammlungen festgestellt: „Das Parteileben wird reger." In der darauffolgenden Woche schreibt die gleiche Tageszeitung über „einige anfeuernde Worte" Steinhoffs zu seiner Partei. Insgesamt kann Steinhoff den Unterbezirk mit seiner zupackenden Art, aber auch mit seiner rhetorischen Begabung davon überzeugen, dass er der richtige Sekretär für eine Ende der 20er-Jahre angespannte Situation der Regierungspartei SPD im Land war.

Die Entwicklung zeigt: Fritz Steinhoff gelingt es in Hagen sehr schnell, trotz aller Verwicklungen und Widerstände auch in der eigenen Partei, nicht nur anerkannt zu werden, sondern auch Menschen auf einen gemeinsamen Weg zu führen. Ver-

Wahlkampfwagen der SPD Hagen im Jahr 1928 mit Fritz Steinhoff (zweiter von rechts), damals emsiger Parteisekretär

bogen hat er sich dabei ebenso wenig wie er unnötig taktierte: Er weiß um seine inhaltlichen Positionen und verfolgt sie auch hartnäckig.

Die Reichstagswahl 1928 führt aufgrund überraschender SPD-Stimmengewinne und einem Anwuchs auf einen Stimmanteil von circa 30 Prozent dazu, dass der Sozialdemokrat Hermann Müller als Reichskanzler im Rahmen einer Großen Koalition ein Kabinett mit Vertretern der Zentrumspartei, der DDP, der Bayerischen Volkspartei sowie der Deutschen Volkspartei anführt. Die Koalition gerät zu Beginn ihrer Amtszeit in eine große Krise anlässlich der Auseinandersetzung um den Bau des Panzerkreuzers A. Ohne tiefer in diese Materie einzusteigen, führt gerade dieser Konflikt zu großen Unruhen innerhalb der Mitgliedschaft der SPD, die noch mit der Parole „Kinderspeisung statt Panzerkreuzer" in den Wahlkampf gezogen war und nun in der Regierung aus Gründen der Staatsräson für die Aufrüstung stimmt. Nun stehen sich Regierung und sozialdemokratische Reichstagsfraktion nahezu unversöhnlich gegenüber. Die SPD – auch in den Unterbezirken – gerät mithin in eine Zerreißprobe. So ist es Fritz Steinhoff und seinem Einsatz bei unzähligen Versammlungen in Westfalen zu verdanken, dass der Unterbezirk Hagen in dieser für die SPD kritischen Phase nicht restlos auseinanderfällt. Der starke linke Parteiflügel, manche von den Genossen einer USPD nahestehend, wird mehr und mehr „eingebunden": Unter dem Strich steht die Hagener SPD am Ende plötzlich gar nicht mehr zerstritten da. Diese ausgleichende Arbeit innerhalb der Partei führt auch bei der Ende 1929 stattfindenden Stadtverordnetenwahl in Hagen dazu, dass die SPD von der Mehrheit der Hagener Bevölkerung gewählt wird und damit erstmals die stärkste Ratsfraktion bildet. Bei einer Wahlbeteiligung von 68,5 Prozent erreichen die Sozialdemokraten 23,2 Prozent der abgegebenen Stimmen und verweisen damit das Zentrum mit 20,4 Prozent sowie die Kommunisten mit 15,3 Prozent auf die weiteren Plätze. Die NSDAP erreicht bei der Wahl vom 17. November 1929 noch lediglich 3,9 Prozent. Die SPD, mit 13 Stadtverordneten (von insgesamt 54) ins Rathaus eingezogen, bildet dort eine schwarz-rote Koalition.

Fritz Steinhoff hat offenbar früh gemerkt, worum es in diesen Jahren für die Sozialdemokraten und viele andere freiheitsliebende Kräfte wirklich geht: um die Rettung der Weimarer Verfassung, die liberalste Grundordnung bis dahin auf deutschem Boden. Die „formale Demokratie, der Parlamentarismus" sei auf jeden Fall zu erhalten, „weil das unser bester Kampfboden ist. Und weiter: Wir haben alle Ursachen, den Faschismus von der Macht fernzuhalten". Damit steht bereits das „Programm Steinhoff" in groben Zügen, das er im Laufe seines Lebens immer weiter ausgestalten, für das er vor allem eintreten wird. So deprimiert die Parteimitglieder auch immer wegen des Kurses der Regierung Müller in Berlin sind, es geht doch um Höheres.

Da trifft er sich mit den Linken in seiner Partei. Es mobilisiert überdies, wenn Fritz Steinhoff in seinen frühen Hagener Jahren mit großem Organisationsgeschick Demonstrationen

SPD-Wahlkampfplakat in den 1930er-Jahren

der SPD (zum Teil auch zusammen mit den Gewerkschaften, dem republikanischen Reichsbanner Schwarz-Rot-Gold und der Eisernen Front) auf die Beine stellte, in denen die Menschen für den Rechtsstaat und gegen den aufkommenden Nationalsozialismus eintraten. Die letzte große Kundgebung sollte am 12. Februar 1933 stattfinden – mit immerhin rund

3.000 Teilnehmern: Da trat er auch zum letzten Mal während der Weimarer Zeit als Redner auf: „Genosse Steinhoff, der die Kundgebung der Eisernen Front mit ‚Freiheit' eröffnete, erntete stürmischen Beifall, als er darauf hinwies, daß die immer wieder totgesagte Eiserne Front in Hagen noch lebe (…) und zeige, dass sie gewillt sei, die Interessen der Arbeiterschaft zu vertreten", hieß es in der Hagener Volksstimme tags darauf. Nicht nur im öffentlichen Raum, sondern auch vor den Gerichten stritt er im Übrigen gegen die Nationalsozialisten, gegen den aufwallenden Antisemitismus und für die freie Meinungsäußerung der SPD-Mitglieder.

Ehrenamtliches Mitglied des Magistrats

Weil er eben häufig den richtigen Zungenschlag trifft, Menschen mitzunehmen versteht, die Organisation im Griff hat und fleißige Sacharbeit leistet, ist Fritz Steinhoff in Parteikreisen anders als seine Vorgänger schnell unumstritten. Auch für ihn persönlich geht es politisch weiter vorwärts, im Dezember 1929 wird er – so schildert er es selbst – „ehrenamtliches Magistratsmitglied". Dieses Amt im aus hauptberuflichen und ehrenamtlichen Kräften zusammengesetzten Stadtvorstand, heute am ehesten mit den Aufgaben eines Dezernenten vergleichbar, widmet sich im Kern dem Aufgabenbereich Jugendpflege; aber auch für den Sport und die Stadtgärtnerei ist Steinhoff jetzt zuständig. Und das neben seiner Tätigkeit bei der SPD; er wird nicht zusätzlich besoldet.

Die Betreuung von Jugendorganisationen und -einrichtungen ist der Schwerpunkt von Steinhoffs Arbeit im Rathaus, die Unterstützung von Vereinen und ihren Aktivitäten. Das ist nicht ganz leicht – aus gleich zwei Gründen: Zum einen fehlt der Kommune das nötige Kleingeld, um wirklich viel bewegen zu können. Selbst für die Finanzierung der Pflichtaufgaben muss der frischgebackene Magistrat immer wieder zur Bezirksregierung reisen und dort zusätzliche Gelder eintreiben: „Vor 1933 war in der kommunalen Praxis meine wichtigste Aufgabe, Geld zu besorgen, damit die Stadt

Hagen wenigstens die Arbeitslosenunterstützung auszahlen konnte. Jeden Monat fuhr ich nach Arnsberg, um dort zu schnorren. Staatsgelder waren die einzige Möglichkeit, den Gemeindebankrott aufzuhalten.“ Zum anderen zieht sich die politische Zersplitterung und Radikalisierung in den letzten Jahren der Weimarer Republik auch durch die Vereine. Selbst die Linke ist sich da nicht grün, wie es so schön heißt: Waren die Arbeiter ursprünglich, egal welcher Parteizugehörigkeit, in gemeinsamen Arbeitersportvereinen organisiert, teilen sie sich zunehmend je nach Couleur in eigene Organisationen auf.

Nebenbei findet Fritz Steinhoff Zeit für grundsätzliche Betrachtungen, etwa in der „Volksstimme“ in einer Jubiläumsausgabe im Jahr 1931, wo er sich mit der Rolle der politischen Führung auseinandersetzt: „Die ideale Vollkommenheit der Demokratie wäre, wenn jeder sein eigener Führer sein könnte.“ Steinhoff war überzeugt, dass in der Demokratie die wahren Führer diejenigen seien, die aufgrund ihrer Fähigkeiten und Kenntnisse das „Vertrauen Gleichgesinnter erworben haben“. Damit unterschieden sie sich deutlich von den „obrigkeitlichen Befehlern alter Zeit“. Durch einen Kontakt zur Basis und durch die „Wechselwirkung zwischen Führer und Masse“ könne erfolgreiche Politik betrieben werden. Ziel sei „die Abstellung vorhandener Nöte, um Wohlstand zu schaffen und damit Kräfte lebendig zu machen für neue Kämpfe und Besserungen (....) Nicht irgendwo im luftleeren Raum, nicht im Bereich der Theorien oder gar Illusionen spielt sich die Politik ab, sondern auf dem harten Boden des realen und nüchternen Lebens“. Schon hier wird überdeutlich, wie wenig betonharte Ideologie Steinhoff interessiert. Kleine Schritte zur Verbesserung der Lebensverhältnisse hat er sich auf die Fahnen geschrieben, nicht Wolkenträume und schon gar nicht Barrikadenkämpfe, die viele andere Linke gerade umtreiben. Nur wenn es um die Rettung der Demokratie an sich geht, dann ist auch Fritz Steinhoff bereit, mit fliegenden Fahnen auf die Barrikaden zu gehen.

Anfang der 1930er-Jahre ist die Auseinandersetzung mit dem aufkommenden Nationalsozialismus und die damit einhergehende Agitation gegen den politischen Gegner immer mehr die Hauptaufgabe Steinhoffs. Zwar hält der Parteisekretär theoretisch einiges von einem Bündnis zwischen SPD und KPD, um die „braune Flut“ einzudämmen, doch grenzt er sich immer wieder von der KPD ab, der er vorhält, „Folie für die russische Staatspolitik“ zu sein. Wie viele seiner Genossen in der Partei lehnt er Gewalt als Mittel politischer Auseinandersetzung strikt ab und hofft, dass es dem sozialdemokratischen Reichsbanner und der Eisernen Front gelingt, das Abgleiten des Landes in den Nationalsozialismus zu verhindern. Doch mit der Machtergreifung Ende Januar 1933 wird schnell klar, welchen Weg Deutschland geht.

Der Parteisekretär versucht, auch unter widrigen Umständen aktiv zu bleiben. Doch er bekommt schnell seine Grenzen von den neuen Machthabern aufgezeigt: Bereits zu Beginn des Jahres 1933 wurden bei Fritz Steinhoff die ersten Hausdurchsuchungen durchgeführt und etwa hundert Bücher beschlagnahmt. Der Mann soll eingeschüchtert, seine Arbeit soll erschwert werden. Er ahnt, dass die Zeiten des Parteisekretärs ihrem vorläufigen Ende zugehen. Damit ist nicht nur die Demokratie am Ende, sondern auch seine bisherige wirtschaftliche Basis, so schmal sie vielleicht auch bemessen war. Steinhoff muss sich, wie Millionen andere Menschen in Deutschland auch, völlig neu orientieren.

UNTER DEM TERROR DES NS-REGIMES

Jeglicher Widerstand hat im Spitzelstaat Deutschland seinen Preis. Wer nur die falsche Bemerkung über Herrschaft und Herrschende macht, wer sich ihnen gar mehr oder minder widersetzt, der bekommt die ganze Brutalität des NS-Regimes zu spüren. Dafür wird Recht gebogen bis zum Gehtnichtmehr. Noch viel häufiger tritt Willkür an die Stelle des Rechts. Das bekommt der aufrechte Fritz Steinhoff zu spüren: Er hat nicht etwa Bomben gelegt oder die Schergen des Regimes bedroht, er hat Flugblätter verteilt.

Die Repressionen beginnen schnell

Unmittelbar nach Hitlers Machtergreifung werden freie Zeitungen, darunter viele sozialdemokratische Tages- und Wochenzeitungen verboten, Parteihäuser werden besetzt, Funktionäre von SPD und KPD müssen um ihr Leben fürchten, Verfolgung bis hin zur Ermordung schürt in allen Parteien eine Stimmung nackter Angst. Die Reichstagswahl vom 5. März 1933 ist unter diesen Umständen alles andere als eine „freie Wahl". Viele Politiker von SPD und KPD fliehen außer Landes, werden in Schutzhaft genommen oder gehen in der Regel sehr schnell in die Illegalität.

Am 23. März 1933 lehnt die Reichstagsfraktion der SPD als einzige Partei Hitlers Ermächtigungsgesetz im Berliner Reichstag ab, Parteichef Otto Wels begründet dies trotz Gefahr für sein eigenes und das Leben aller anwesenden Abgeordneten in einer einzigartigen Art und Weise mit den Worten: „Freiheit und Leben kann man uns nehmen, die Ehre nicht!"

Kurz darauf fasst der Parteivorstand den Beschluss, die Vorstandsarbeit der SPD ins Ausland zu verlegen, falls eine geordnete politische Arbeit nicht mehr möglich ist. Anfang Mai 1933 werden die Gewerkschaften zerschlagen, daraufhin fliehen Teile des Parteivorstandes mit Otto Wels und Erich Ollenhauer zunächst in das noch sichere französisch besetzte Saarbrücken, bevor der Sitz der SPD nach Prag verlegt wird. Am 22. Juni 1933 erfolgt das Verbot der SPD, die zur „volks- und staatsfeindlichen Organisation" erklärt wird. Wenige Tage später, am 14. Juli, ergeht das „Gesetz gegen die Neubildung von Parteien", das Deutschland zum Ein-Parteien-Staat unter der Knute der Nationalsozialisten macht. Das Ende der parlamentarischen Demokratie ist besiegelt, auch wenn der Reichstag noch gelegentlich zusammentritt, um die Führung zu bejubeln. Anstrengungen, „den organisatorischen Zusammenhalt einer anderen politischen Partei aufrechtzuerhalten oder eine neue politische Partei zu bilden", waren fortan mit Zuchthausstrafen bis zu drei Jahren bedroht. Reihenweise wurden daraufhin zuvor politisch aktive Bürger verhaftet und meist in sprichwörtlich kurzen Prozessen abgeurteilt. Nur zu schnell hatte sich auch die Justiz dem Druck der Nationalsozialisten gebeugt.

Und Fritz Steinhoff? Ausweislich seiner Eintragungen und Angaben im sogenannten „Entnazifizierungsverfahren" vom 12. Dezember 1945 bezieht Steinhoff bis zum 31. Mai 1933 noch Angestelltengehalt von der SPD, sodann „Erwerbslosenunterstützung", die sich auch in den Jahren bis 1937 auf 624 Reichsmark jährlich beläuft. In einem Antragsformular für frühere KZ-Häftlinge vom 16. April 1946 führt Steinhoff aus, dass er schon ab dem 1. April 1933 aus der Stelle des Parteisekretärs „durch nationalsozialistische Gewaltmassnahmen" entlassen wird. Betrachtet man das von Steinhoff im Rahmen des Entnazifizierungsverfahrens angegebene Gesamteinkommen für das Jahr 1933 aus Angestelltengehalt plus Erwerbslosenunterstützung, welches er insgesamt mit 1670 Reichsmark angibt, so ist davon auszugehen, dass seine Angabe, schon zu Anfang April von seinem Arbeitsplatz als Sekretär der Hagener SPD „vertrieben" worden zu sein, zutrifft. Dafür spricht, dass das Parteibüro in Hagen am 10. Mai 1933 durchsucht wird, die Konten werden gepfändet und das weitere Parteivermögen der Hagener SPD beschlagnahmt. Inwieweit er noch Gehalt seiner Partei über den Monat April 1933 erhalten hat, ist nicht zu ermitteln und vor dem Hintergrund der Beschlagnahme aller Gelder nicht vorstellbar.

Seiner Stellung als ehrenamtliches Mitglied im Hagener Magistrat wird Steinhoff nach der Machtübernahme durch die Nazis ebenfalls enthoben.

Dass bedeutet nun wahrlich nicht, dass der Politiker die Hände in den Schoß legt. Die meisten SPD-Mitglieder zogen sich schlicht in die Passivität zurück, versuchten unter dem neuen Regime nicht mehr aufzufallen. Sie behielten aber durchaus ihre sozialdemokratische Gesinnung. Ein kleinerer Teil ging wiederum in den aktiven Widerstand – und da wiederum versuchten die meisten, wenigstens die alten Kontakte einigermaßen aufrechtzuerhalten, Informationen auszutauschen und wenigstens in Worten gegen die Gewaltherrschaft anzugehen. Der Zusammenhalt sollte aufrechterhalten werden, die sozialdemokratische Kultur wenigstens im Untergrund weiter bestehen; öffentlichkeitswirksame Aktionen nach dem Muster der KPD fanden in sozialdemokratischen Kreisen keinen Widerhall. Stattdessen galt es eher, anderen Verfolgten zu helfen, wenn sie plötzlich ihre Arbeit verloren oder aus der Haft kamen, wenn ihre Angehörigen Unterstützung benötigten.

Fritz Steinhoff unternahm bald nach der sogenannten Machtergreifung erste Versuche, Menschen um sich zu scharen, ihnen Halt und Orientierung zu geben. Und tatsächlich gruppierte sich der größte Teil der in den Widerstand gegangenen Genossen hinter ihrem bisherigen Funktionär. Es entstand ein Netz, in dem Flugblätter und Zeitungen der Exil-

SPD, die aus dem Ausland herbeigeschmuggelt wurden, rege zirkulierten. Diskutiert wurden die Inhalte freilich allenfalls in kleinen Gruppen: Jeder zusätzliche Kopf bedeutete auch ein zusätzliches Risiko, das die Menschen unter den bald einsetzenden Repressionen naturgemäß scheuten.

Erste Verhaftungen und Verhöre in der Steinwache

Dreimal sei er im Jahre 1933 verhaftet worden, so Steinhoffs Angaben im Dezember 1945 gegenüber der britischen Besatzungsmacht. Drei Tage Schutzhaft im Mai 1933 – so sagt es das Urteil des OLG Hamm aus, mit welchem der Sozialdemokrat im Jahre 1938 zu drei Jahren Zuchthaus wegen der Vorbereitung eines hochverräterischen Unternehmens verurteilt wird.

In der Wiedergutmachungsangelegenheit, die im Jahr 1961 durch eine Vergleichszahlung in Höhe von 18.000 DM wegen erlittener Schäden am Eigentum und am beruflichen Fortkommen ihr Ende findet, gibt Steinhoff an, dass bei ihm im Jahr 1933 bei „Haussuchungen von Nationalsozialisten ca. 100 Bücher geplündert“ wurden. Den Schaden der „geplünderten Bücher“ schätzt er auf ca. 750 Reichsmark. Nach seinen Angaben befanden sich unter den Büchern eine große Anzahl wertvoller Bücher allgemein geschichtlicher und politischer Art, die er sich zu Zwecken der Weiterbildung angeschafft hatte. In einem Vermerk des zuständigen Regierungspräsidenten vom 16. Juni 1961 wird folgendes niedergeschrieben: „Hinsichtlich der Schadenshöhe besteht kein Anlaß, an den Angaben des Antragstellers, welcher über 10 Jahre Oberbürgermeister der Stadt Hagen, zwischenzeitlich Wiederaufbauminister und Ministerpräsident des Landes Nordrhein-Westfalen war und der heute Fraktionsführer der SPD im Landtag von Nordrhein-Westfalen ist, zu zweifeln.“ Somit wird der Schaden in Höhe von 750 Reichsmark rechtskräftig festgestellt.

Soweit in weiteren Literaturveröffentlichungen von weiteren Verhaftungen auch im Jahr 1934 berichtet wird, so ist deren Wahrheitsgehalt nicht gesichert. So ist in den Haftbüchern der Steinwache in Dortmund für die Jahre bis 1937 kein Eintrag über Fritz Steinhoff zu finden. Daher spricht einiges dafür, dass er auch die drei Tage Schutzhaft, die das OLG Hamm ausführt, jedenfalls nicht in der berüchtigten Dortmunder Steinwache verbracht hat. Das Haftbuch der Steinwache weist Steinhoffs Inhaftierung zwischen dem 14. Januar und 18. März 1938 aus.

Die Dortmunder Steinwache, im Norden der Stadt und damit in einem klassischen Arbeiterbezirk gelegen, gilt heute als eine der berüchtigten Polizeiwachen der NS-Zeit. Die „Geheime Staatspolizei" nutzte sie nicht nur als Gefängnis für politisch Verfolgte, sondern insbesondere auch als Ort brutaler Verhöre und Folterungen. Scheinheilig wurden insbesondere Sozialdemokraten und Kommunisten aus ganz Westfalen zu Tausenden in „Schutzhaft" genommen und hier gequält – häufig genug in einer Durchgangsstation auf dem Weg in Zuchthäuser oder Konzentrationslager. Bald galt die Steinwache unter Zeitgenossen als „Hölle von Westdeutschland".

Steinhoff selbst äußert sich nicht über konkrete Zeiten der Verhaftung oder Orte seiner Inhaftierung in den Anfangsjahren des Nationalsozialismus. Jedoch lässt er sich in dem WDR-Interview 1966 zur Frage der illegalen Widerstandsarbeit relativ ausführlich ein: Für den 36-jährigen Parteisekretär ohne Job, der in den 1930er-Jahren mit der 1903 geborenen Käthe (geborene Brakel) die Liebe seines Lebens kennenlernt und diese am 25. November 1933 ehelicht, fängt die politische Betätigung im Untergrund „erst richtig an". Er– Steinhoff – resigniert nicht, sondern arbeitet – jetzt illegal – weiter. Er hält es für seine Pflicht, in der Illegalität zu arbeiten, Informationen zu lesen und weiterzureichen, weil er fest daran glaubte, dass „nicht alle Deutschen Nationalsozialisten geworden waren oder sich einfach gebeugt haben". Darauf angesprochen, wie Steinhoff mit den Freunden in Verbindung bleiben konnte, ohne aufzufallen, antwortet dieser, dass man Treffen mit „zuverlässigen Mitarbeitern" ausmache, Informationen austausche und versuche, mit denjenigen, die mit dem Regime nicht einverstanden waren, Kontakt zu halten, „um die nicht mutlos werden zu lassen."

Nach seinen Angaben gibt es auch Besprechungen gelegentlich mit anderen Parteien, jedoch sehr begrenzt, weil man immer damit rechnet, dass die Gespräche frühzeitig der Gestapo bekannt werden. Druckschriften, die zunächst selbst gelesen werden, bevor sie weiter verteilt werden, kommen „von auswärts". Nach Angaben Steinhoffs werden diese Druckschriften abgeholt, bevor sie in klar bestimmten und aufgeteilten Bezirken von vertrauenswürdigen Personen verteilt werden „Das klappte auch die erste Zeit ganz gut", so Steinhoff im WDR-Interview. Mit mehreren Gleichgesinnten zieht er einen Seifenhandel auf. Seifenhandel deshalb, weil man mit einem Gewerbeschein „überall hingehen konnte", ohne dass Verdacht geschöpft wird. In den Jahren nach seinem Berufsverbot versucht Fritz Steinhoff sich in unterschiedlichen Vertreterberufen, Ende 1937 unterhält er ein Herd- und Ofenreinigungsgeschäft, welches jedoch lediglich einen Nettobetrag in Höhe von etwa 80 Reichsmark monatlich abwirft. Käthe Steinhoff trägt zum Haushaltseinkommen durch Putz- und andere Gelegenheitsarbeiten bei.

Die illegale Betätigung durch Steinhoff erstreckt sich auf jeden Fall über das Jahr 1934 bis in den August, ob auch in späteren Jahren eine Verbreitung von illegalen Schriften erfolgt, ist eher wenig wahrscheinlich.

Am 17. Januar 1938 erlässt die Gestapo Dortmund einen Schutzhaftbefehl gegen Fritz Steinhoff, „zum Schutz von Volk und Vaterland" wird der 40-jährige schon am 14. Januar in Schutzhaft genommen. Wie kommt es dazu? Auskunft darüber gibt der in der Dortmunder Steinwache ausgestellte „Lagebericht für den Monat Januar 1938 der Geheimen Staatspolizei – Staatspolizeistelle Dortmund vom 31. Januar 1938, der wie folgt lautet: „Ende 1937 wurden in Dortmund

6 Personen festgenommen, die im Verdacht standen, illegal für den Widerstandskreis Nikisch tätig zu sein. Diese Gruppe hatte im Sommer 1935 in Dortmund eine Zusammenkunft mit den früheren SPD-Funktionären Osterroth, Steinhoff und Kattwinkel. Im Verlauf der Ermittlungen konnten im Berichtsmonat 9 weitere Personen festgenommen werden, die nachweislich bis Ende 1935 illegales Schriftenmaterial der SPD erhalten und weiterverbreitet hatten."

Durch die Festnahme der ebenfalls in der Illegalität tätigen Funktionäre Heinrich Baumeister und Werner Jacobi im November 1937 und die Verbindung zu der Zusammenkunft im Jahre 1935 lässt sich vermuten, dass aus diesem Grund der Schutzhaftbefehl gegen Fritz Steinhoff erfolgt.

Brutale Misshandlungen durch die Gestapo

Fritz Steinhoff spricht nicht über die Zeit in der Steinwache, spricht nicht über Misshandlungen, wirft niemandem vor, ihn gequält zu haben. Und doch muss er gerade im Polizeigefängnis Dortmund, in der Steinwache, in der er zur Vorbereitung des am Oberlandesgericht Hamm durchgeführten Prozesses zwischen dem 14. Januar und 18. März 1938 in Untersuchungshaft sitzt, Folter und Misshandlungen erlebt haben. Hilfreich, um die Umstände der Untersuchungshaft zu beleuchten, ist eine im Rahmen des Wiedergutmachungsverfahrens zur Akte gereichte Bestätigung der Polizei Dortmund vom 28. Oktober 1949. Hier wird dem Antragsteller Fritz Steinhoff bescheinigt, dass er (lediglich) in der Zeit zwischen dem 14. Januar 1938 und dem 18. März 1938 im Polizeigefängnis, also der Steinwache, eingesessen habe. So sei er am 18. März 1938 „vorgeführt" worden. Nach Studium des Urteils des Oberlandesgerichts in Hamm ist ersichtlich, dass Steinhoff im Rahmen des Vorverfahrens mindestens zweimal polizeilich und auch einmal durch den „Vorführungsrichter" vernommen wird. Nach dem Vernehmungstermin beim Richter ist Steinhoff wieder rücküberführt worden, wofür auch seine Angaben im Wiedergutmachungsverfahren spre-

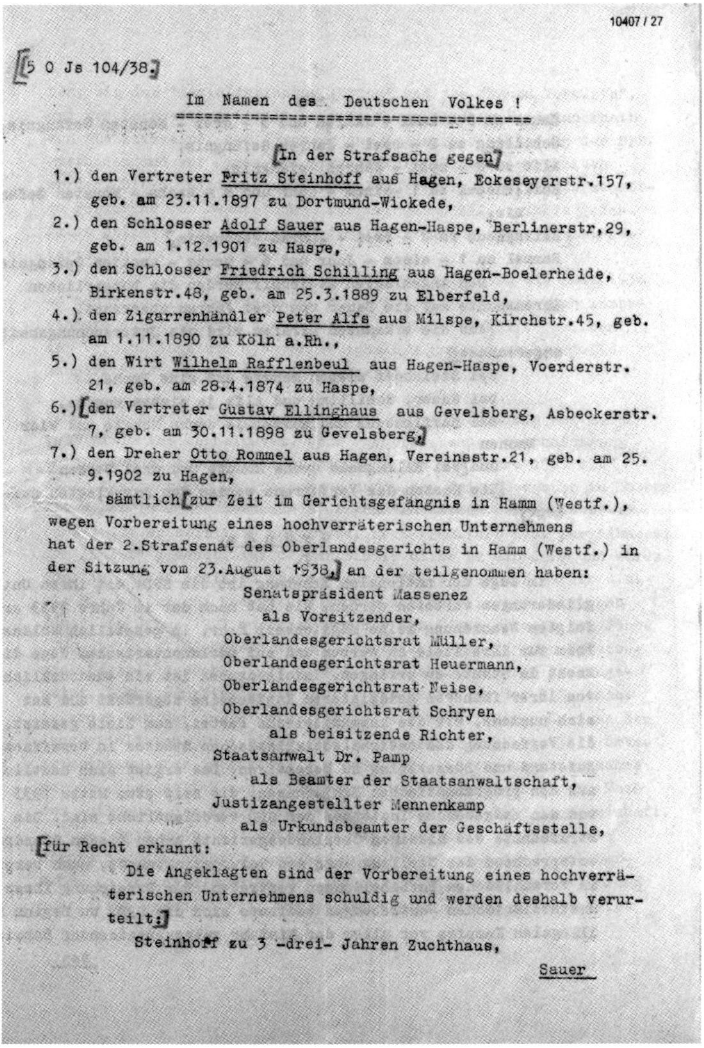

10407 / 27

[5 O Js 104/38.]

Im Namen des Deutschen Volkes !

[In der Strafsache gegen]

1.) den Vertreter Fritz Steinhoff aus Hagen, Eckeseyerstr.157, geb. am 23.11.1897 zu Dortmund-Wickede,

2.) den Schlosser Adolf Sauer aus Hagen-Haspe, Berlinerstr,29, geb. am 1.12.1901 zu Haspe,

3.) den Schlosser Friedrich Schilling aus Hagen-Boelerheide, Birkenstr.48, geb. am 25.3.1889 zu Elberfeld,

4.) den Zigarrenhändler Peter Alfs aus Milspe, Kirchstr.45, geb. am 1.11.1890 zu Köln a.Rh.,

5.) den Wirt Wilhelm Rafflenbeul aus Hagen-Haspe, Voerderstr. 21, geb. am 28.4.1874 zu Haspe,

6.) [den Vertreter Gustav Ellinghaus aus Gevelsberg, Asbeckerstr. 7, geb. am 30.11.1898 zu Gevelsberg,]

7.) den Dreher Otto Rommel aus Hagen, Vereinsstr.21, geb. am 25. 9.1902 zu Hagen,

sämtlich [zur Zeit im Gerichtsgefängnis in Hamm (Westf.), wegen Vorbereitung eines hochverräterischen Unternehmens hat der 2.Strafsenat des Oberlandesgerichts in Hamm (Westf.) in der Sitzung vom 23.August 1938,] an der teilgenommen haben:

Senatspräsident Massenez
als Vorsitzender,
Oberlandesgerichtsrat Müller,
Oberlandesgerichtsrat Heuermann,
Oberlandesgerichtsrat Neise,
Oberlandesgerichtsrat Schryen
als beisitzende Richter,
Staatsanwalt Dr. Pamp
als Beamter der Staatsanwaltschaft,
Justizangestellter Mennenkamp
als Urkundsbeamter der Geschäftsstelle,

[für Recht erkannt:

Die Angeklagten sind der Vorbereitung eines hochverräterischen Unternehmens schuldig und werden deshalb verurteilt:]

Steinhoff zu 3 -drei- Jahren Zuchthaus,

Sauer

Gemeinsam mit sechs Mitangeklagten wird Fritz Steinhoff am 23. August 1938 vor dem Oberlandesgericht Hamm der Prozess gemacht. Bereits am selben Tag ergeht das Urteil: Drei Jahre soll Steinhoff, der als Haupttäter eingestuft wird, ins Zuchthaus. Die Mitangeklagten kommen mit geringeren Gefängnisstrafen davon. Fritz Steinhoff wird den größten Teil seiner Zuchthaushaft im berüchtigten Lager Ober-

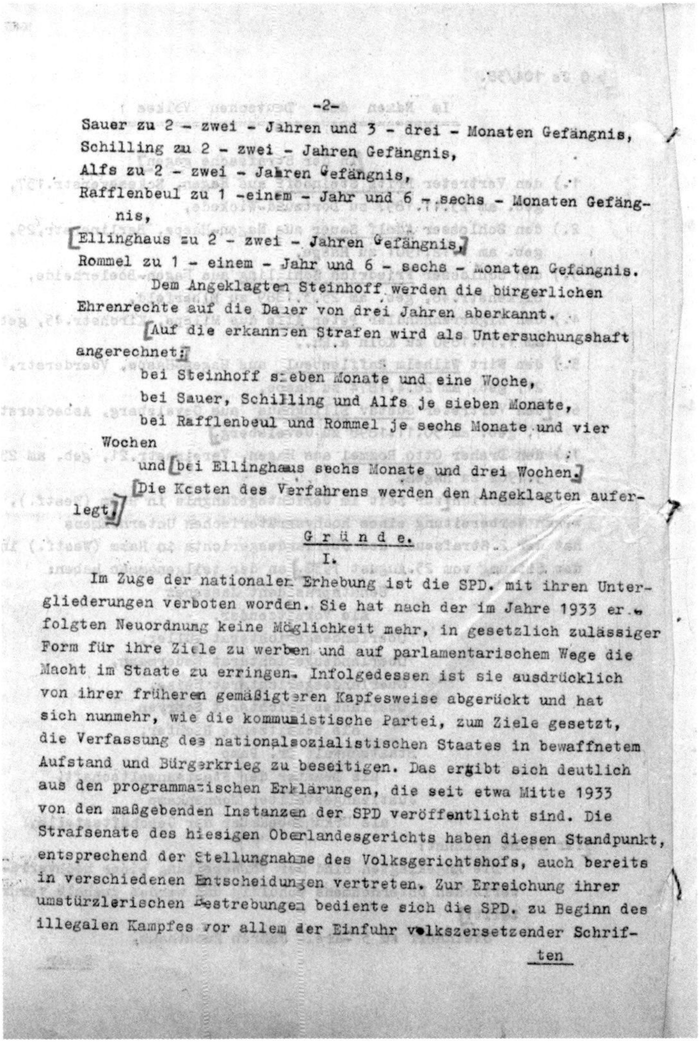
-2-

Sauer zu 2 - zwei - Jahren und 3 - drei - Monaten Gefängnis,
Schilling zu 2 - zwei - Jahren Gefängnis,
Alfs zu 2 - zwei - Jahren Gefängnis,
Rafflenbeul zu 1 -einem - Jahr und 6 - sechs - Monaten Gefängnis,
Ellinghaus zu 2 - zwei - Jahren Gefängnis,
Rommel zu 1 - einem - Jahr und 6 - sechs - Monaten Gefängnis.

Dem Angeklagten Steinhoff werden die bürgerlichen Ehrenrechte auf die Dauer von drei Jahren aberkannt.

Auf die erkannten Strafen wird als Untersuchungshaft angerechnet:
bei Steinhoff sieben Monate und eine Woche,
bei Sauer, Schilling und Alfs je sieben Monate,
bei Rafflenbeul und Rommel je sechs Monate und vier Wochen
und bei Ellinghaus sechs Monate und drei Wochen.

Die Kosten des Verfahrens werden den Angeklagten auferlegt.

G r ü n d e.

I.

Im Zuge der nationalen Erhebung ist die SPD. mit ihren Untergliederungen verboten worden. Sie hat nach der im Jahre 1933 erfolgten Neuordnung keine Möglichkeit mehr, in gesetzlich zulässiger Form für ihre Ziele zu werben und auf parlamentarischem Wege die Macht im Staate zu erringen. Infolgedessen ist sie ausdrücklich von ihrer früheren gemäßigteren Kampfesweise abgerückt und hat sich nunmehr, wie die kommunistische Partei, zum Ziele gesetzt, die Verfassung des nationalsozialistischen Staates in bewaffnetem Aufstand und Bürgerkrieg zu beseitigen. Das ergibt sich deutlich aus den programmatischen Erklärungen, die seit etwa Mitte 1933 von den maßgebenden Instanzen der SPD veröffentlicht sind. Die Strafsenate des hiesigen Oberlandesgerichts haben diesen Standpunkt, entsprechend der Stellungnahme des Volksgerichtshofs, auch bereits in verschiedenen Entscheidungen vertreten. Zur Erreichung ihrer umstürzlerischen Bestrebungen bediente sich die SPD. zu Beginn des illegalen Kampfes vor allem der Einfuhr volkszersetzender Schriften

ten

ems verbringen, wo er tagtäglich unter verschärften Bedingungen zu schwersten Arbeiten gezwungen wird. Derartige Urteile wurden in der späteren Bundesrepublik in der Regel erst nach jahrelangem Kampf aufgehoben bzw. rückgängig gemacht.

chen. Diese „Rücküberführung“ erfolgt jedoch am 18. März 1938 ins Gerichtsgefängnis, wie aus der Anklageschrift des Generalstaatsanwaltes Hamm vom 28. Juni 1938 hervorgeht. Beim Gerichtsgefängnis handelt es sich um die im Dezember 1902 eröffnete Justizvollzugsanstalt Dortmund, die auch heute noch als eine ebensolche existiert.

In seiner Entschädigungsakte für ehemalige Häftlinge der Konzentrationslager gibt Steinhoff im Jahre 1946 auf die Frage, ob und in welcher Weise er im KZ oder in den Gefängnissen misshandelt wurde, an: „Ja, geschlagen und in die Acht geschlossen, teilweise 48 Std. ununterbrochen.“ Besonders das In-die-Acht-schließen, also die Fesselung mit Handschellen auch über einen längeren Zeitraum und hinter dem Rücken, wird tagtäglich in der Steinwache praktiziert. In den Zellen sind die Häftlinge fast immer zu mehreren untergebracht; auch extreme Überbelegung der Zellen ist an der Tagesordnung, um den psychischen Druck auf die Häftlinge zu erhöhen. Verhöre werden zu Tag- und Nachtzeiten durchgeführt, Schläge, ob mit Fäusten, mit Schlüsselbünden, Knüppeln oder anderen Gegenständen; Tritte gegen den Körper und den Kopf, all dies ist tägliche „Normalität“ in der Steinwache.

Erika Korzer, langjährige Sekretärin der SPD Hagen, erinnert sich lebhaft an Fritz Steinhoff und daran, dass er nie über die Zeit im Zuchthaus oder im Konzentrationslager ein Wort verloren hat: „Über diese schrecklichen Erlebnisse in den Zuchthäusern und im KZ hat er nie gesprochen: Es muss zu schlimm gewesen sein.“ Nur eine konkrete Aussage über die Zeit in der Untersuchungshaft ist überliefert. Angesprochen, was ihm denn außer der Aussicht, seine Frau nach der Haft wiederzusehen, Halt und Zuversicht gegeben hat, antwortet er: „Das (er meint eine ins Gefängnis geschmuggelte Ausgabe von Goethes Faust) war mein einziger Trost. Ich kannte den Faust fast auswendig.“

Nach knapp siebenmonatigem Aufenthalt in Dortmunder Gefängnissen wird Steinhoff zur Vorbereitung des Prozesses vor dem Oberlandesgericht Hamm am 10. August 1938 in die Haftanstalt Hamm verlegt. Gemeinsam mit den Angeklagten Adolf Sauer, Friedrich Schilling, Peter Alfs, Wilhelm Rafflenbeul, Gustav Ellinghaus und Otto Rommel wird ihm der Prozess gemacht. Angeklagt sind die sieben aus Hagen und dem Ennepe-Ruhr-Kreis stammenden Widerständler wegen der Vorbereitung eines hochverräterischen Unternehmens. Den Angeklagten wird zur Last gelegt, sich im Verlaufe des Jahres 1934 an „illegalen Bestrebungen der SPD" beteiligt zu haben, indem sie sich durch Annahme und Weitergabe illegaler Druckschriften der „Vorbereitung zum Hochverrat" schuldig gemacht haben. Da geht es ihnen nicht viel anders als ungezählten Menschen, die nach heutigen Maßstäben aufgrund von Lappalien inhaftiert werden – zumeist, wenn sie für Humanität und Freiheit eintreten.

In der Urteilsbegründung steht zur Überzeugung des Oberlandesgerichts Hamm fest, dass Steinhoff mindestens vier Exemplare des verbotenen „Neuen Vorwärts" erhält und diese auch weitergibt. Weiterhin soll Steinhoff nach Überzeugung des Gerichts auch eine weitere illegale Zeitschrift, die als sogenannte „Tarnschrift" anzusehen ist, erhalten und weitergegeben haben. Was ist darunter zu verstehen? Unter Titeln wie „Pflegen Sie Ihr Haar", „Der lustige Vortragskünstler", „Der Kanarienvogel" oder auch „Die Kunst des Selbstrasierens" werden von der KPD und der SPD augenscheinlich „harmlose" Broschüren erstellt, in deren Innenteil politische Botschaften wie gewerkschaftliche Fragen oder Parteiprogramme „versteckt" sind. Die Übergabe solcher verbotener Schriften geschieht unter anderem durch den in den 1930er-Jahren bei der Hagener Zeitung „Volksstimme" angestellten Redakteur Willi Kattwinkel, der als Sozialdemokrat ebenfalls illegalen Tätigkeiten im Raum Lüdenscheid und Hagen nachgeht und Kontakt mit Gleichgesinnten hält. Von Kattwinkel, der auch Verbindungen zur im Ausland tätigen SPD hat, erhält Steinhoff drei Exemplare der Zeitschrift „Sozialistische Aktion"; nach diesem Austausch bekommt Steinhoff per Post noch einige Exemplare zugeschickt und verteilt sie dann – auch an die Mitangeklagten – weiter.

Langes Zuchthaus nach kurzem Prozess

In der Verhandlung vom 23. August 1938 ergeht um 16.10 Uhr das Urteil wegen der Vorbereitung eines hochverräterischen Unternehmens mit folgendem Urteilstenor:

„Steinhoff zu 3-drei-Jahren Zuchthaus. Dem Angeklagten Steinhoff werden die bürgerlichen Ehrenrechte auf die Dauer von drei Jahren aberkannt. Auf die erkannten Strafen wird die Untersuchungshaft angerechnet: bei Steinhoff sieben Monate und eine Woche. Die Kosten des Verfahrens werden den Angeklagten auferlegt.“ Fritz Steinhoff wird damit von den sieben Angeklagten am härtesten bestraft. Als einziger erhält er eine Zuchthausstrafe, gehen die Richter doch davon aus, dass er „treibende Kraft“ bei der Verteilung der „hoch verräterischen Schriften“ war. Bei den weiteren Angeklagten wird auf Gefängnis- und nicht Zuchthausstrafen zwischen einem Jahr und sechs Monaten sowie zwei Jahren und drei Monaten erkannt.

Nachdem Steinhoff über sieben Monate in Untersuchungshaft in Dortmund eingesessen hat, muss er nun noch eine über zweijährige Zuchthausstrafe absitzen. Bis zum 5. September verbleibt der Verurteilte in der Haft in Hamm, von dort wird er in das Zuchthaus Herford eingeliefert. Hier verbüßt Steinhoff – unterbrochen zwischen dem 31. Januar 1939 und dem 6. Februar 1939 durch eine Überstellung anlässlich eines Gerichtstermins in Hamm, in welchem er eine Zeugenaussage macht – den ersten Teil seiner Zuchthausstrafe. Bei diesem Gerichtstermin handelt es sich um die Verhandlung gegen Werner Jacobi, den späteren Oberbürgermeister Iserlohns von 1946 bis 1949, der durch den zuständigen Strafsenat des Oberlandesgerichts Hamm zu zweieinhalb Jahren Zuchthaus verurteilt wird.

Käthe Steinhoff steht zu ihrem Mann; neben einem umfangreichen Schriftwechsel besucht sie den Gefangenen in Herford, so auch am 20. November 1938, wie sich aus dem Überführungsvermerk ergibt. Als sie erfährt, dass ihr Mann anlässlich seiner Zeugenaussage in Hamm im dortigen Ge-

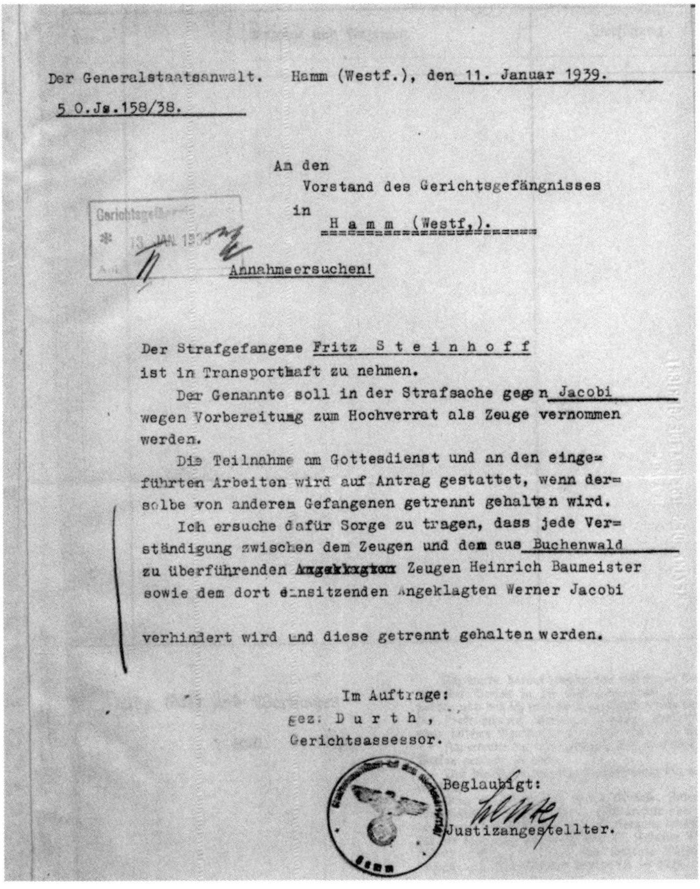

Der Generalstaatsanwalt. Hamm (Westf.), den 11. Januar 1939.

5 O.Js.158/38.

An den
Vorstand des Gerichtsgefängnisses
in
Hamm (Westf.).

Annahmeersuchen!

Der Strafgefangene Fritz S t e i n h o f f
ist in Transporthaft zu nehmen.

Der Genannte soll in der Strafsache gegen Jacobi wegen Vorbereitung zum Hochverrat als Zeuge vernommen werden.

Die Teilnahme am Gottesdienst und an den eingeführten Arbeiten wird auf Antrag gestattet, wenn derselbe von anderen Gefangenen getrennt gehalten wird.

Ich ersuche dafür Sorge zu tragen, dass jede Verständigung zwischen dem Zeugen und dem aus Buchenwald zu überführenden ~~Angeklagten~~ Zeugen Heinrich Baumeister sowie dem dort einsitzenden Angeklagten Werner Jacobi verhindert wird und diese getrennt gehalten werden.

Im Auftrage:
gez. D u r t h ,
Gerichtsassessor.

Beglaubigt:
Justizangestellter.

Überstellungsbefehl zu einer Zeugenvernehmung

fängnis sein wird, schreibt sie dessen Direktor unter dem 29. Januar 1939 zwecks Besuchserlaubnis an. Ob der Besuch genehmigt wird, ist aufgrund fehlender Quellenlage ungewiss. Steinhoff selbst äußert sich zu der Zeit im Zuchthaus in Herford lediglich, er habe die Strafe „auch unter erträglichen Bedingungen" abgesessen.

Am 25. Juli 1939 wird Fritz Steinhoff verlegt, er wird dem Kommando Espeln im Kreis Gütersloh überführt, einem Ne-

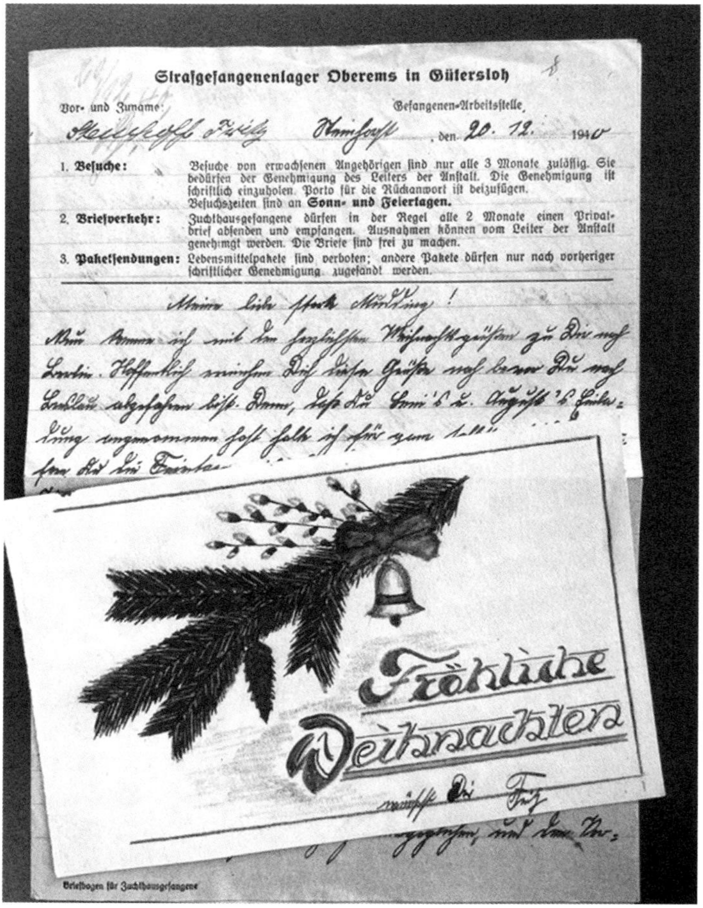

Strafgefangenenlager Oberems in Gütersloh

Vor- und Zuname: Gefangenen-Arbeitsstelle, den 20. 12. 1940

1. **Besuche:** Besuche von erwachsenen Angehörigen sind nur alle 3 Monate zulässig. Sie bedürfen der Genehmigung des Leiters der Anstalt. Die Genehmigung ist schriftlich einzuholen. Porto für die Rückantwort ist beizufügen. Besuchszeiten sind an **Sonn- und Feiertagen.**

2. **Briefverkehr:** Zuchthausgefangene dürfen in der Regel alle 2 Monate einen Privatbrief absenden und empfangen. Ausnahmen können vom Leiter der Anstalt genehmigt werden. Die Briefe sind frei zu machen.

3. **Paketsendungen:** Lebensmittelpakete sind verboten; andere Pakete dürfen nur nach vorheriger schriftlicher Genehmigung zugesandt werden.

Fröhliche Weihnachten

Briefbogen für Zuchthausgefangene

Post aus dem Strafgefangenenlager Oberems

benlager des berüchtigten Strafgefangenenlagers Oberems. Beim Strafgefangenenlager Oberems handelt es sich um eines der vier großen Gefangenenarbeitslager im nationalsozialistischen Deutschland und das einzige seiner Art in Westfalen. In den über 50 Gefangenenkommandos waren nach 1933 immer mehr Gefangene wegen verschiedenster, besonders politischer Anschuldigungen inhaftiert.

In diesem Gefangenenlager sitzt Fritz Steinhoff bis zum 16. Januar 1941 ein und wird dann entlassen. „Dabei haben sie mich mindestens einen Tag länger in Haft behalten, als sie gegen mich ausgeurteilt haben", erzählt Steinhoff später mit Blick auf die Verhaftung am 14. Januar 1938 und Entlassung am 16. Januar 1941.

Fritz Steinhoff kehrt nach Hause zurück. Sein Zuhause ist nun Iserlohn, dorthin ist die Frau gezogen, die den Lebensunterhalt durch ihre Arbeit sicherstellt. Am 28. Januar 1941 nimmt der entlassene Zuchthaussträfling eine Stelle als Hilfsdreher bei der Firma Christophery – Westfälische Metallwarenfabrik in Iserlohn an und verdient so in den Jahren 1941 bis 1944 durchschnittlich 2.300 Reichsmark brutto im Jahr. Dass es in diesen Zeiten alles andere als selbstverständlich ist, dass ein entlassener Häftling – und dann auch noch ein politischer – eingestellt wird, macht auch ein Brief Käthe Steinhoffs an die Firma Christophery anlässlich der Beisetzung ihres Mannes im Jahr 1969 deutlich, in welchem sie ausführt: „Mein Mann u. ich haben Ihren damaligen Mut u. die Bereitschaft, einen entlassenen, politischen Häftling einzustellen, mit grosser Dankbarkeit aufgenommen. Wie beruhigt war ich damals, daß er nach u. nach den Glauben an gute Menschen zurückgewann, aber auch nur, weil er in Ihrer Mitte geachtet wurde."

Weitere Informationen über das Leben Steinhoffs und seiner Frau sind für die Jahre 1941 bis 1944 nicht vorhanden, aktenkundig sind jedoch Aufzeichnungen über den Gesundheitszustand des Mitte 40-Jährigen. Nervöse Magen- und Darmstörungen in Form von ständig wiederkehrenden Magenschleimhautentzündungen sowie Zwölffingerdarmgeschwüren werden schon ab 1942 sowohl vom Hausarzt in Iserlohn als auch im Schwerter Krankenhaus behandelt. Darüber hinaus finden sich Angaben über zwei Ulcus-Kuren, davon eine im Iserlohner Krankenhaus, in den Unterlagen. Ulcus, auf deutsch Geschwür, bezeichnet in der Medizin einen „tiefliegenden Substanzdefekt" der Haut, der bis in das

Unterhautgewebe reicht. Hierbei handelt es sich häufig um äußerst schmerzhafte und lang andauernde Krankheiten. Die geschilderten gesundheitlichen Beeinträchtigungen, zu denen später Herzbeschwerden mit einer Herzschwäche kamen, stellten sich im Rahmen der Haft ab 1940 ein, so die Angaben Steinhoffs im Wiedergutmachungsverfahren.

Ohne Prozess ins KZ Sachsenhausen

So ist davon auszugehen, dass Käthe und Fritz Steinhoff ein auskömmliches – wenn auch bescheidenes – Leben in Iserlohn führen konnten. Nach eigenen Angaben im Entnazifizierungsverfahren ist Steinhoff seit 1941 nach seiner Haftentlassung als „wehrunwürdig" eingestuft, so dass er mit Ausbruch des Zweiten Weltkriegs auch nicht zum Kriegsdienst eingezogen wird. So hätte das Leben wahrscheinlich weiter gehen können, wenn er nicht am Vormittag des 6. August 1944 – so Steinhoffs Angabe im Wiedergutmachungsverfahren – in seiner Firma durch den Betriebsleiter „fast mit Tränen in den Augen" aufgefordert worden wäre, sich umzuziehen und ins Betriebsbüro zu kommen. Auf die Frage von Steinhoff, ob dies jetzt eine so „vornehme" Firma sei, dass man sich für den Gang ins Büro umziehen müsse, wirkt der Betriebsleiter verlegen, so dass Steinhoff ihn fragt, ob im Büro jemand sei, der ihn abholen wolle? Darauf antwortet der Betriebsleiter mit einem kurzen: „Ja". Fritz Steinhoff wird am Arbeitsplatz verhaftet, kommt zunächst in ein Sammellager bei Hohenlimburg und wird gemeinsam mit vielen anderen Sozialdemokraten ins Konzentrationslager Sachsenhausen verbracht.

Wird in der wenigen vorhandenen Literatur über Steinhoff davon ausgegangen, dass auch er aufgrund der Aktion Gitter (auch Aktion Gewitter und Aktion Himmler genannt) im Nachgang des gescheiterten Anschlages auf Adolf Hitler am 20. Juli 1944 in Haft genommen wurde, überzeugt eine solche Darstellung vor dem Hintergrund der zeitlichen Angabe durch Steinhoff selbst (Verhaftung am 6. August 1944) jedenfalls nicht vollständig. Fest steht, dass die Aktion Gitter aufgrund eines geheimen Fernschreibens des Reichssicherheitshauptamtes vom 17. August 1944 für den 22. August geplant wurde, in dessen Morgenstunden „alle früheren Reichs-Landtags-und Stadtverordneten von KPD und SPD sowie alle ehemaligen Gewerkschafts- und Parteifunktionäre der SPD, gleichgültig ob diesen im Augenblick etwas nachzuweisen ist oder nicht", festzunehmen und in Konzentrationslager zu verbringen seien.

Wenn wir der Angabe Steinhoffs folgen, dass er am 6. August 1944 verhaftet wurde, so wie es auch der Beschluss im Entschädigungsverfahren vom 14. Januar 1950 feststellt, ist aufgrund der zeitlichen Nähe zum gescheiterten Attentat auf Hitler und der Verhaftung Steinhoffs lediglich zweieinhalb Wochen danach davon auszugehen, dass der nationalsozialistische Staat in der Person Fritz Steinhoff eine besondere Gefahr sah. Schon im April 1942 hatte Adolf Hitler angekündigt, dass im Falle einer „Meuterei im Reich" „Sofortmaßnahmen" durch Massenverhaftungen durchzuführen seien. Fritz Steinhoff scheint daher eine große Gefahr für das nationalsozialistische Staatsgefüge gewesen zu sein. Gegen Steinhoffs Darstellung spricht jedoch zunächst eine eidesstattliche Versicherung des späteren Iserlohner Oberbürgermeisters von 1956 bis 1961, Fritz Rustemeyer, der unter dem 14. Dezember 1949 folgendes an Eides statt erklärt, „daß ich zusammen mit Herrn Fritz Steinhoff , früher Iserlohn, heute Hagen, Friedrichstraße 3 wohnhaft, am 22. August 1944 verhaftet wurde. Nach ca 3-wöchiger Inhaftierung wurde Steinhoff mit mir in das Konzentrationslager Sachsenhausen überführt, in dem wir bis zum Zusammenbruch gefangen gehalten wurden. Am 13. Juni 1945 trafen wir wieder in Iserlohn ein."

Auch diese eidesstattliche Versicherung scheint bei genauerer Überprüfung nicht unbedingt das „richtige" Datum der Verhaftung zu beinhalten. Ein Blick in eine schriftliche Bescheinigung des damaligen Arbeitgebers Steinhoffs aus dem Jahr 1956 zur Frage des Verdienstes in den 1940er-Jahren lässt

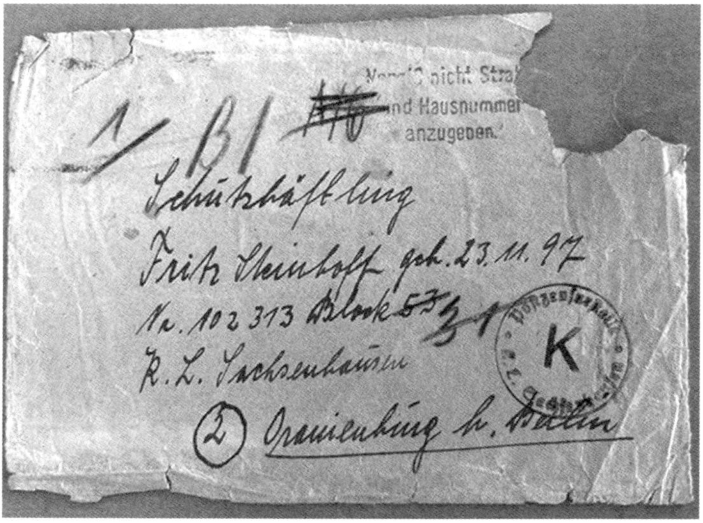

erkennen, dass er – nach Angaben seines Arbeitgebers – am 26. August 1944 von der Gestapo „abgeholt“ wird.

Leider sind zu Fritz Steinhoff in den Unterlagen der heutigen Gedenkstätte Sachsenhausen keine Unterlagen vorhanden, auch nach intensiver Recherche lässt sich für keinen der genannten Termine eine (weitere) Bestätigung finden. Jedoch handelt es sich bei dem 6. August 1944 um einen Sonntag. Es ist zwar nicht auszuschließen, dass in der Firma, in der Steinhoff arbeitet, auch sonntags gearbeitet wird; jedoch spricht einiges (mehr) für die Aussage von Fritz Rustemeyer und den Wahrheitsgehalt der Arbeitgeberbescheinigung, gerade auch im Kontext mit der Aktion Gitter, sodass hier davon ausgegangen wird, dass Steinhoff sich bei dem Datum 6. August geirrt hat. Es ist deshalb höchst wahrscheinlich, dass Steinhoffs Verhaftung und Abholung durch die Gestapo am Arbeitsplatz in der Zeit zwischen dem 22. und 26. August 1944 erfolgte.

Gefragt, wie es ihm im Konzentrationslager Sachsenhausen ergangen sei, antwortet Steinhoff im WDR-Interview:

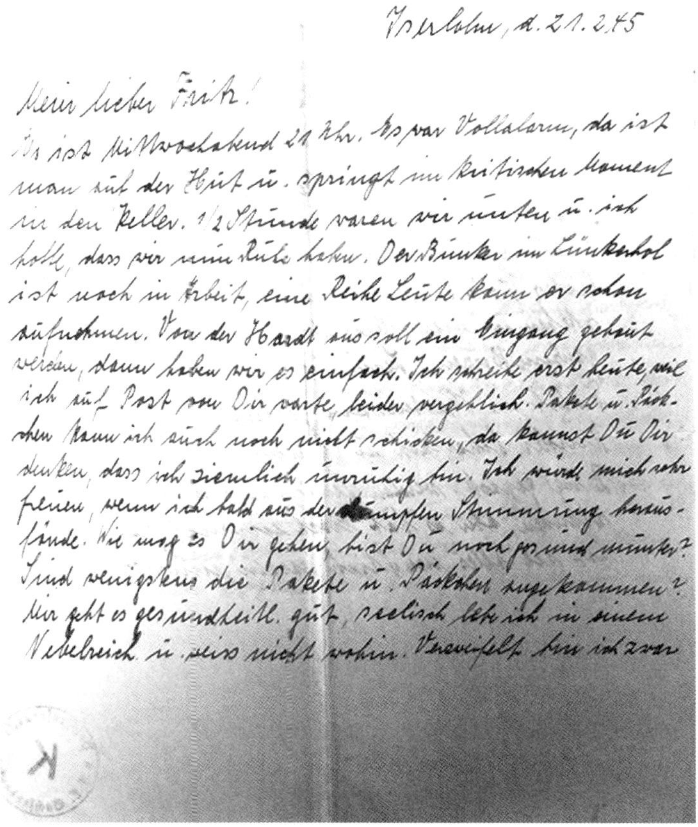

Iserlohn, d. 21.2.45

Mein lieber Fritz!
Es ist Mittwochabend 21 Uhr. Es war Vollalarm, da ist man auf der Hut u. springt im kritischen Moment in den Keller. 1/2 Stunde waren wir unten u. ich hoffe, dass wir nun Ruhe haben. Der Bunker im Lünkerhol ist noch in Arbeit, eine Reihe Leute kann er schon aufnehmen. Von der Hardt aus soll ein Eingang gebaut werden, dann haben wir es einfach. Ich schreibe erst heute, weil ich auf Post von Dir warte, leider vergeblich. Pakete u. Päckchen kann ich auch noch nicht schicken, da kannst Du Dir denken, dass ich ziemlich unruhig bin. Ich würde mich sehr freuen, wenn ich bald aus der dumpfen Stimmung herausfinde. Wie mag es Dir gehen, bist Du noch gesund und munter? Sind wenigstens die Pakete u. Päckchen angekommen? Mir geht es gesundheitl. gut, seelisch lebe ich in einem Nebelreich u. weiss nicht wohin. Verzweifelt bin ich zwar

Regelmäßig versucht Käthe Steinhoff, wenigstens per Post mit ihrem Mann Kontakt im KZ Sachsenhausen zu halten.

„Mir ist es soweit ganz gut gegangen, aber was um einen vor sich ging, das war so schrecklich, dass es denjenigen, die es nicht gesehen haben, nicht glauben konnten." Damit reiht er sich in die Aussage Fritz Henßlers, späterer Dortmunder Oberbürgermeister von 1946 bis 1953 ein, den Steinhoff im KZ Sachsenhausen wiedersieht. Henßler ist im Konzentrationslager schon seit Juni 1937 interniert. Er, Henßler, beschränkt sich bei der Beschreibung seiner KZ-Haft auf die

Formulierung: „Neun Jahre Haft, davon acht Jahre Konzentrationslager, übliche KZ-Behandlung."

Steinhoff selbst wurde nach eigenen Angaben in Sachsenhausen mit Dreherarbeiten beschäftigt, später hatte er „einen sehr schönen Job an der Werkzeugausgabe". Den habe er deshalb gut überstanden, weil der Werkmeister in dem Betrieb, gebürtig aus Solingen, zwar eine Uniform als SS-Unterscharführer trug, jedoch menschlich – so Steinhoff – sehr nett gewesen sei. Diesen „Bewacher" hat Steinhoff später nach Düsseldorf eingeladen. „Dann haben wir in Düsseldorf das nachgefeiert, was wir in Oranienburg nicht feiern konnten."

Auch über Holländer und Norweger, die im KZ inhaftiert waren, spricht Steinhoff, wobei er hinsichtlich der norwegischen Häftlinge davon spricht, dass sie eine „günstigere Behandlung" erfuhren. Bezüglich der holländischen Häftlinge vergleicht Steinhoff diese mit Westfalen, die ebenso stur seien und sich deshalb zeitweise gehenließen. Er, Steinhoff, habe als ehemaliger Zuchtshäusler gewusst, „wie man sich rumschlängelt, ohne sich dabei etwas zu vergeben".

Was Steinhoff aufrecht hält, ist gerade auch in dieser Zeit die Liebe zu seiner Frau Käthe, ein reger Briefwechsel belegt dies. So schreibt er unter dem 17. September 1944: „Liebe Käthe! Wie Du diesem Brief ersiehst, bin ich hier im Schutzhaftlager. Es geht mir gesundheitlich gut. Zu irgendwelchen Besorgnissen liegt keine Veranlassung vor. Sei tapfer und mutig und grüble nicht zuviel, es wird schon alles wieder gut werden (...) Im übrigen denke ich viel an Dich und habe Dich lieb." Am 9. Oktober schreibt er erneut an seine Frau: „Du musst auch jetzt mein tapferer Lebenskamerad sein und mit mir an einen guten Ausklang glauben. (...) Unsere Liebe ist ja auch lebendig und bindet uns über Zeit und Raum und gibt uns Kraft und Hoffnung. Mit dieser Hoffnung ... und küßt Dich Dein Fritz"

Diese starke Verbundenheit, die Hoffnung auf ein Wiedersehen und ein gemeinsames Leben hält Fritz Steinhoff aufrecht, muss ihn aufrechthalten, wird er doch – gemeinsam mit

Tausenden anderen völlig entkräfteten Häftlingen – in den späten Apriltagen des Jahres 1945 wegen der heranrückenden Front zu Fuß Richtung Nordosten bzw. Nordwesten auf die sogenannten Todesmärsche getrieben. In einer eidesstattlichen Erklärung äußert sich unter dem 20. Dezember 1949 der ehemalige KZ-Häftling Leo Radtke aus Arnsberg: „Während ich bis zur Befreiung weiterhin im Lager verblieb, wurde Herr Steinhoff gegen Ende April 1945, zwecks Evakuierung, nach Nordost-Deutschland in Marsch gesetzt. Den Tag meiner Befreiung bzw. Entlassung vermag ich daher nicht genau anzugeben. Es ist mir weiterhin bekannt, daß den in Marsch gesetzten Häftlingen keinerlei Unterlagen über ihre Haftzeit ausgehändigt wurden."

Nach knapp einjähriger Inhaftierung im Konzentrationslager steht Fritz Steinhoff damit eine neue Tortur bevor: ohne Verpflegung, völlig unzureichend gekleidet, schlafend unter freiem Himmel und immer in der Todesangst, von den SS-Schergen erschossen oder erschlagen zu werden, wenn die Kräfte allmählich versagen und die Füße nicht länger tragen. Das gleiche droht jedem, der versucht, sich am Wegesrand irgendwie mit Wasser oder Nahrung zu versorgen oder eine kurze Verschnaufpause einzulegen.

Da ging es ihm wie vielen zehntausenden anderen Leidensgenossen. Auf der Flucht vor den anrückenden alliierten Truppen lösten die SS-Wachmannschaften in der Schlussphase des Zeiten Weltkriegs Konzentrationslager auf und trieben die noch gehfähigen, aber eben auch vollkommen erschöpften Häftlinge vor sich her. Sie, ohnehin von der Lagerhaft gezeichnet, wurden dabei unablässig malträtiert. Bei der kleinsten Unregelmäßigkeit oder wenn sie die Kräfte verließen, wurden sie kurzerhand umgebracht und am Straßenrand liegen gelassen. Der Begriff „Todesmarsch" bürgerte sich erst später ein; die Nazis sahen darin eine Evakuierung. Rund ein Drittel der so malträtierten Häftlinge kam bei den Todesmärschen ums Leben.

Dies alles hält Fritz Steinhoff, der seit seiner Haft im

Zuchthaus an Magengeschwüren und an Herzbeschwerden leidet, der deswegen in laufender Behandlung war, aus. Der gerade mal 1,58 Meter große Mann, von schmächtiger Statur, beißt sich durch, hat einen unbedingten Lebenswillen, der ihn auch in diesen Zeiten nicht verlässt. Wie schreibt er doch im Februar 1945 an seine geliebte Frau Käthe: „Wie sollten wir auch murren und klagen um unser kleines persönliches Schicksal, wenn so tiefgreifende Entscheidungen ganzer Erdteile die Welt erzittern lassen." Ein „Murren und Klagen" über die Zeit von Verfolgung, Haft, Terror, Quälereien, Folter und Todesangst gibt es von Fritz Steinhoff nicht, kein Wehklagen über gesundheitliche Beeinträchtigungen, kein Anklagen einzelner Personen, keine Anzeigen bei der Polizei gegen ehemalige Peiniger, erst recht kein Aufruf zur Rache oder Vergeltung. Über seine Lippen kam kein Wort der „Abrechnung" mit den dafür Verantwortlichen – überraschend bei einem Menschen, dessen Körper bis zum Lebensende von den Folgen der Lagerhaft gezeichnet ist, der fortdauernd Medikamente nimmt, der Bestrahlungen erhält, zur Kur geschickt wird, Krankenhausaufenthalte inclusive.

Die heranrückenden amerikanischen Truppen befreien Fritz Steinhoff nach dessen Angaben am 3. Mai 1945 in Mecklenburg, Fritz Steinhoff ist frei. Er kehrt nach Hause, also nach Iserlohn zu seiner Frau Käthe zurück, nach Angaben des Mithäftlings Rustemeyer am 13. Juni 1945.

So wenig er über seine erlittenen Schäden an Körper und Psyche öffentlich spricht, so penibel führt er im Wiedergutmachungsverfahren neben dem Verlust seiner Literatur aufgrund der Plünderungen der Wohnung die Gegenstände auf, die ihm durch die Inhaftierung im KZ Sachsenhausen abhanden gekommen sind. Die Auflistung von Anzug, Mantel, einem Paar Schuhe, Leibwäsche, einer Uhr, einer Brille und einem Hut endet mit einem geschätzten Wertverlust in einer Gesamthöhe von 360 Reichsmark.

Nie über Pein und Peiniger gesprochen

Einen kleinen Einblick in die Gedankenwelt des Fritz Steinhoff erhält, wer Werner Figgen, Nachfolger Steinhoffs im Vorsitz des SPD-Bezirks Westliches Westfalen, zuhört: „Viele, die unter der Nazizeit nicht gelitten hatten, haben mit Euphorie Entnazifizierung betrieben. Steinhoff, der ja gelitten, im Zuchthaus und im KZ gesessen hatte, hat das von Anfang an für eine schlimme Geschichte gehalten. Nicht etwa, daß er der Meinung war, wer schuldig geworden ist, dürfe nicht bestraft werden. Die Hexenjagd nach dem kleinen NS-Ortsgruppenverwalter um die Hausecke usw. aber sagte er, müsse verheerend sein. Da war er identisch in der Diskussion mit Kurt Schumacher, es müsse verheerend wirken, wir müßten diese Leute, die irregeführte Leute gewesen seien, überzeugen, daß das, was war, falsch gewesen ist und daß der nunmehr angestrebte Weg in Demokratie und Freiheit der einzige sei, zu einer gerechteren Gesellschaft zu kommen."

Sein häufig zitiertes Schweigen über Pein und Peiniger ummäntelt Fritz Steinhoff selbst bereits 1950 in der Rheinischen Post, die aus einem Interview berichtet: „Es ist ein Erlebnis, wenn man den jetzigen Minister aus seiner KZ-Zeit erzählen hört. Da ist nichts mehr von Bitternis und verstecktem Groll. ‚Das Leben geht weiter', sagt Steinhoff, ‚aber man muß nur den Kopf oben und den Humor im Herzen behalten.'"

In einem Gespräch mit der Westfälischen Rundschau anlässlich der Bundestagswahl 1965, bei der Steinhoff zum zweiten Mal für das Direktmandat der SPD in Hagen kandidiert, antwortet er auf die Frage des Redakteurs zu seiner Gesundheit, dass er sich gesund fühle. Mag dies subjektiv stimmen, so ist in der Landespresse spätestens ab 1962 zu lesen, dass er „von seiner Redegewandtheit, seinem treffsicheren Witz und seiner Konzentration viel eingebüßt hatte". In Sitzungen des Bundestages „wurde schon deutlich, daß die Spätschäden dessen, was er im Dritten Reich durchgemacht hatte, immer stärker zutagetragen". Es war der Tribut des Alters, der hier von Steinhoff gezollt wurde, und darüber hinaus auch die Folge des Leidens im sogenannten Dritten Reich: „Man musste unter Umständen befürchten, daß ein eklatantes Nachlassen seiner Vitalität eintreten würde", hieß es weiter. Seine hervortretende „Altersstarrheit", die von Weggefährten und politischen Beobachtern konstatiert wird, wird auf die unter der NS-Herrschaft erlittenen Torturen zurückgeführt.

Wilhelm Keinemann, ein früher Biograf Steinhoffs, resümiert über den ehemaligen Ministerpräsidenten, dass „Steinhoffs politischer Abstieg, forciert nicht zuletzt durch seine während der NS-Haft angeschlagene und mit fortschreitendem Alter besonders stark nachlassende Gesundheit, nicht einer gewissen Tragik entbehrt".

Ungleich weiter geht Horst Kniese, der schreibt: „Als Steinhoff am 22. Oktober 1969 in den Morgenstunden in seinem Heim den letzten Atemzug tat, war das eine Erlösung von den Gesichtern und Gespenstern der Vergangenheit, die ihn wieder eingeholt hatten: Die Bilder vom Evakuierungsmarsch vom KZ Sachsenhausen, von den Jahren im Zuchthaus und von den Ängsten daheim, wieder von den Schergen der Diktatur abgeholt zu werden, bestimmten die letzte Phase seines Lebens."

MOTOR UND MODERATOR DES WIEDERAUFBAUS

Als Fritz Steinhoff auf Bitte der britischen Militärregierung als ernannter Oberbürgermeister Anfang 1946 nach Hagen zurückkehrte, fand er eine Stadt vor, in der die NS-Diktatur tiefe Narben hinterlassen hatte. Die Innenstadt war fast vollständig zerstört, es gab eine eklatante Wohnungsnot und die Menschen mussten hungern. Steinhoff machte sich mit vielen anderen daran, die Stadt wiederaufzubauen.

Dynamische Industrialisierung macht Hagen groß

Hagen, früh und lange nur sehr zurückhaltend besiedelter Flecken an den drei Flüssen Ruhr, Volme und Lenne, hatte sich in den 100 Jahren vor dem Weltkrieg sprunghaft-dynamisch entwickelt: Aus einer beschaulichen Kleinstadt mit nicht einmal 5.000 Einwohnern war durch die industrielle Revolution ein Oberzentrum mit rund 150.000 Einwohnern erwachsen, das weit in die Region ausstrahlte. Hatten hier früh schon durch die mögliche Nutzung der Wasserkraft die Textilwirtschaft, die Metallverarbeitung sowie die Papierherstellung eine Heimat gefunden, wechselten die Akzente zuletzt immer mehr zur kriegswichtigen Schwerindustrie. Damit wurde Hagen – ähnlich wie die anderen Kommunen des Ruhrgebietes – zu einem wichtigen Angriffsziel der alliierten Bomberverbände mit ihrer zunehmenden Massivität.

Insbesondere am 15. März 1945 und damit gleichsam in den letzten Kriegsstunden warf die britische Luftwaffe über Hagen noch einmal Hunderte von Tonnen Spreng- und

Brandbomben ab, bevor die Bodentruppen die Stadt endgültig einnahmen. Dabei wurde die Gesamtstadt erheblich in Mitleidenschaft gezogen: Rund 70 Prozent der Wohnflächen gingen verloren, im Zentrum war nahezu kein Haus mehr bewohnbar. Hagen lag buchstäblich in Schutt und Asche. Mit den Angriffen sollten einerseits kriegswichtige Industrieanlagen getroffen werden; dabei wurden andererseits zivile Opfer mindestens billigend in Kauf genommen, um die Bevölkerung insgesamt zu demoralisieren.

Nachdem die Amerikaner am 13. April die Stadt eingenommen hatten, machten sie sich sofort auf die Suche nach Partnern in der deutschen Bevölkerung. Der frühere Stadtarchivar Willy Timm beschreibt die folgende Szene beim Einmarsch: „Im Rathaus trafen die Amerikaner, nachdem der Oberbürgermeister der Nazizeit, Heinrich Vetter, die Angehörigen der Stadtverwaltung nach Hause geschickt hatte, ‚nur' den Hausmeister Wilhelm Schicht an, der auf die Frage nach geeigneten Persönlichkeiten für einen Neuanfang schon den früheren sozialdemokratischen Parteisekretär Fritz Steinhoff nannte."

Die Briten, die dann jedoch schnell die Besatzung Nordrhein-Westfalens übernahmen, trafen zunächst andere Weichenstellungen: Stadtkommandant Major F. Peter Alexander ernannte zunächst Ewald Sasse, den damaligen Leiter des städtischen Ernährungs- und Wirtschaftsamtes und früheres Mitglied des katholischen Zentrums, zum Oberbürgermeister und gleichzeitigen Chef der Stadtverwaltung. Der zog sich später auf die Leitung der Administration zurück, als bekannt wurde, dass Fritz Steinhoff aus der Lagerhaft zurückgekommen und zum Oberbürgermeister ernannt werden sollte. Darin herrschte sowohl bei der Militärregierung als auch bei den politischen Kräften in der Stadt weitgehende Übereinstimmung.

Die dem Einmarsch folgenden Tage, Wochen und Monate bewiesen übrigens, dass sich unter der Nazi-Herrschaft doch mehr „demokratische Keime" erhalten hatten, als es zu-

Am Ende des Zweiten Weltkrieges ist Hagen eine Trümmerwüste; besonders schwer sind die Zerstörungen in der Innenstadt.

nächst zu erwarten gewesen wäre. Die verschiedenen oppositionellen Kräfte hatten ohnehin schon in den Wochen und Monaten vor dem Kriegsende in konspirativen Kreisen zusammengesessen und erste Pläne für die politische Zukunft geschmiedet. Nach dem Einmarsch der Alliierten verstärkten sie schnell ihre Planungen, wobei großer Konsens darüber herrschte, zunächst einmal den Nationalsozialismus zu überwinden und den Wiederaufbau voranzutreiben.

Die sptere FDP-Landtags- und Bundestagsabgeordnete Liselotte Funcke, die einer Hagener Industriellenfamilie entstammte, versuchte in ihrem Tagebuch die politische Situation in der Nachkriegszeit festzuhalten. Sie schrieb unter dem 30. Dezember 1945: „Allmählich beginnt innerhalb der britischen Zone eine einheitliche Verwaltung zu entstehen. Die vorläufigen Regelungen wurden abgelöst von einem System, das Legislative und Exekutive gegeneinander abgrenzt. Ein beamteter Stadtdirektor führt die Verwaltung durch. Der ehrenamtliche Bürgermeister repräsentiert die Stadt und leitet die Abgeordnetenversammlung, die 43 Mitglieder umfaßt. Noch hat keine Wahl stattgefunden, die das Kräfteverhältnis der Parteien bestimmen könnte. (...) Die Parteien konnten ihre Ratsherren bennen, doch da in den ersten Vorschlagslisten keine Frauen aufgeführt waren, hatte der Kommandant die Listen zurückgegeben, so daß nun 3 Frauen Mitglied des Rates sind (...)“

Als Fritz Steinhoff nach Hagen zurückkehrte, erlebte er eine geradezu niederdrückende Situation, die er später wie folgt beschreiben sollte: „Der Einmarsch fremder Truppen bedeutete für die Bewohner unserer Heimatstadt das Ende eines Krieges, der fast alle Lebensgrundlagen zerschlagen hatte. Wie in vielen anderen Großstädten ergab sich auch für Hagen eine Bilanz, die kaum erschütternder sein konnte. Außer den großen Opfern an Menschen, die der Krieg forderte, war die Vernichtung von Gebäuden, Einrichtungen und Anlagen aller Art in erheblichem Umfang auch in unserer Stadt zu beklagen. Es schien unmöglich, an einen Wiederaufbau zu denken. Vorrangig waren Aufräumungs- und Enttrümmerungsarbeiten."

Bittere Not unter den Überlebenden

Die letzten vorhandenen Vorräte waren im unmittelbaren Umfeld des Kriegsendes verbraucht worden, so dass nun Nahrungsmittel von auswärts beschafft werden mussten. Dies wiederum war wegen der vielfach zerstörten Eisenbahngleise und des Treibstoffmangels sehr schwierig. Hinzu kamen weitere Beschaffungsprobleme. Obwohl das städtische Ernährungsamt in seinem Bericht über das Jahr 1945 feststellte, dass ab Juli die Bezugsrechte im Allgemeinen beliefert werden konnten, gehörten damals Gerichte wie Brennnesselsuppe zum Alltag. Bezogen auf das Weihnachtsfest 1945 meldeten die amtlichen Berichte über die Stimmung in der Bevölkerung Enttäuschung darüber, dass für das Weihnachtsfest außer der Zuckerwarenzuwendung für Kinder keine Sonderzuteilung gegeben werden konnte. Die Auswirkungen der schlechten Lebensmittelversorgung: Hungern, Schlangestehen, Hamsterfahrten, Schwarzmarkt, hungern ... sind mit Worten kaum zu beschreiben. Das Versorgungsproblem beherrschte das Leben und ließ alles andere zweitrangig erscheinen.

Auch bei der Brennstoffversorgung und der Kleidung sah es nicht besser aus. Im Oktober 1946 meldete die Hagener Polizei an die Militärregierung, dass die übergroße Mehrheit der Bevölkerung nicht weiß, wie sich selbst und ihre Kinder kleiden soll. Abgetragene Sachen der Eltern seien schon längst für die Kinder verarbeitet worden Es fehle an allem, an Flick- und Stopfgarn, Strümpfen, Unterkleidung, Wäsche usw. Wenn nicht Abhilfe geschaffen wird, seien Krankheitsfälle unausweichlich.

Ein weiteres drängendes Problem war die Wohnungsnot. Durch die kriegsbedingten Zerstörungen standen etwa 72 Prozent der Vorkriegswohnfläche nicht mehr zur Verfügung. Daher wurde Hagen zur „Schwarzen Zone" erklärt und für den Zuzug gesperrt. Nur wer nachweisen konnte, dass seine

Wohnung erhalten und bezugsfrei war, erhielt eine Zuzugsgenehmigung. Zur vorübergehenden Entlastung wurden 1946 6.000 Hagener in den Ennepe-Ruhr-Kreis und 2.000 weitere Menschen in den Landkreis Iserlohn umquartiert. Dort gab es nicht nur Wohnraum, auch die Versorgungslage war – insbesondere im ländlichen Bereich – besser. Hinzu trat eine umfassende, von der Stadtverwaltung organisierte Wohnraumbewirtschaftung. Diese war dringend erforderlich, da trotz Zuzugsbeschränkungen und Umquartierung in Nachbarkreise die Einwohnerzahl von Juni 1945 bis Februar 1946 von 103.900 auf 123.800 gemeldete Personen stieg.

In dieser Situation war ein pragmatisch orientierter, zupackender Mann wie Fritz Steinhoff genau der richtige Oberbürgermeister. Schon 1928 hatte er in der Hagener sozialdemokratischen Zeitung Volksstimme geschrieben: „Nicht irgendwo im luftleeren Raum, nicht irgendwo im Bereich der Theorie oder gar der Illusionen spielt sich die Politik ab, sondern auf dem harten Boden des realen und nüchternen Lebens." Für seine Tätigkeit konnte er auch auf Erfahrungen zurückgreifen, die er als unbezahltes Mitglied der Hagener Verwaltungsführung ab 1932 bis zur Entlassung durch die Nazis gesammelt hatte.

Konflikte gab es anfänglich mit Oberstadtdirektor Sasse. Dieser war eben am 18. Mai 1945 von der Militärregierung zum kommissarischen Oberbürgermeister ernannt worden. Nach der Deutschen Gemeindeordnung war er damit zugleich Chef der Stadtverwaltung und Vorsitzender des Rates. Doch die Briten etablierten rasch ein neues Modell: Dem ehrenamtlichen Oberbürgermeister als Vorsitzender des Rates und Repräsentanten der Stadt wurde der beamtete Oberstadtdirektor als Leiter der Verwaltung zur Seite gestellt. Sasse hatte sich – von den Briten vor die Wahl gestellt – für das Amt des Oberstadtdirektors entschieden, fremdelte jedoch mit der nun eingeführten kommunalen Doppelspitze. Im März 1946 – wenige Wochen nach der Amtseinführung von Fritz Steinhoff – schrieb die lokale Militärregierung über Sasse: „Although a most efficient administrator he could not get it into his head that the Oberbürgermeister is his boss." Die Schwierigkeiten konnten offenkundig schnell behoben werden, denn bereits im April meldete die Militärregierung, dass sich die Situation nach einem Gespräch des Regierungspräsidenten mit Sasse verbessert habe. In den kommenden Jahren entwickelte sich eine so enge Zusammenarbeit zwischen Sasse und Steinhoff, dass die beiden als gemeinsame Motoren des Wiederaufbaus wahrgenommen wurden. 1967 verlieh ihnen die Stadt Hagen in einer gemeinsamen Feierstunde die Ehrenbürgerschaft.

Ein wichtiger Faktor war in der unmittelbaren Nachkriegszeit die Militärregierung. Sie setzte den Rahmen für die Handlungsspielräume der deutschen Politik und Verwaltung. Dabei machte schon die Personalstärke einer Kreismilitärregierung wie für Hagen und den Ennepe-Ruhr-Kreis mit sieben Offizieren, bis zu fünfzehn Angehörigen unterer Dienstränge und deutschem Personal wie Dolmetschern und Sekretärinnen deutlich, dass die Militärregierung nur die Grundzüge des Verwaltungshandelns kontrollieren konnte. Dem britischen Demokratisierungsprogramm entsprechend wurden zunächst aus wenigen Personen bestehende „Ratsausschüsse" gebildet, denen Ende des Jahres ernannte Räte folgten. In Hagen trat die ernannte Stadtvertretung erstmalig am 29. November 1945 zusammen, laut den „Amtlichen Bekanntmachungen" als erste in der britischen Zone. Auch wenn es hinter den Kulissen ab und an ruckelte, so bezeichnete Oberbürgermeister Steinhoff das Verhältnis von Politik und Verwaltung zur lokalen Militärregierung unter der Leitung von F. Peter Alexander als außerordentlich gut und herzlich. Ein Faktor hierbei war wohl, dass Fritz Steinhoff, der den Nazi-Terror nur knapp überlebte, glaubwürdig den Widerstand gegen die NS-Diktatur verkörperte.

Frühe Zuwendung zu den Opfern der Nazi-Herrschaft

Schnell wandte er sich auch in Hagen den Opfern der nationalsozialistischen Terrorherrschaft zu. Auf Initiative

Ein Ehrenbuch

für die Gefallenen des Krieges von 1939 bis 1945 wäre nicht vollständig, würde es nicht die Opfer des Faschismus einschliessen! Der ganze Blutzoll, der vor und während des Krieges geleistet werden musste, hat seine Ursache im unbegrenzten Machthunger einer kleinen Schicht, der sich in einer über Deutschland und Europa hinwegrasenden Willkür befriedigte. Ob sie auf dem Schlachtfeld fielen, ob sie im Bombenkrieg in der Heimat getötet oder von den Schergen der Despotie brutal hingemordet wurden: Alle sind sie Opfer einer kleinen Handvoll Hemmungsloser geworden.

Alle, die guten Willens sind, aus den zurückliegenden entsetzlichen Jahren eine bittere, aber notwendige Lehre zu ziehen, beugen ihr Haupt vor den Geopferten; **sie geloben,** alles zu tun, damit nie wieder eine so

tiefe Nacht der Verderbnis

über unser Volk hereinbricht.

Oberbürgermeister

Ausschnitt aus dem Ehrenbuch der Stadt Hagen zum Gedenken an die Kriegsopfer

Steinhoffs veröffentlichte die Stadt Hagen etwa 1955 ein großformatiges „Gedenkbuch“, gewidmet „Den Opfern der Stadt Hagen 1939 – 1945“ mit dem an die 10.252 Toten des

Krieges erinnert wurde: Ein Versuch, durch Erinnerungskultur neues politisches Bewusstsein nähren zu können. Fritz Steinhoff nutzte zugleich jede sich bietende Möglichkeit, als Bürgermeister mit überlebenden Opfern in Kontakt zu kommen – sei es persönlich oder brieflich. Ein beredtes Zeugnis davon, aber auch von seinem Denken gibt ein Brief wider, den er bereits am 30. April 1947 an einen in die USA emigrierten früheren Mitbürger jüdischen Glaubens adressierte. Darin brachte er seine Beschämung über die Mitläufer des Nazi-Regimes zum Ausdruck, zeigte Mitgefühl für die Opfer und hob ausdrücklich auch die anderen Deutschen und ihr Denken hervor, die eben nicht den vermeintlichen nationalsozialistischen Verlockungen erlegen waren. Daraus leitete er die Hoffnung ab, dass sein Land wieder einen Platz in der freiheitlichen Wertegemeinschaft finden möge. In dem Brief heißt es wörtlich:

„Ich habe mich riesig gefreut, als ich von Hans Liebig hörte, dass Sie und Ihre Familie noch gesund und munter sind und befriedigende Aufgaben in Amerika übernommen haben.

Als ich im Zuchthaus Herford von dem Vandalismus der SA gegen alle Juden hörte und rein zufällig von einem jüdischen Häftling erfuhr, dass auch Sie von diesen Horden grausam misshandelt worden waren, war das für mich die Bestätigung, dass meine unentwegte Haltung gegen die Nazis richtig war. Gleichzeitig aber empfand ich als Deutscher die Schmach, dass von Deutschen in Deutschland so etwas geschehen konnte. Ich brauche Ihnen nicht zu versichern, dass Sie mit all Ihren Kräften an dem gemeinsamen Schicksal Deutschlands nicht nur mittrugen, sondern auch mitgestalten halfen und damit genau so als wertvolle Deutsche zu betrachten waren wie jeder andere, diese Meute aber nichts mit Deutschland im guten Sinne zu tun hatte. Sofern es Ihnen nachträglich noch Genugtuung geben kann, versichere ich Ihnen hiermit, dass nicht nur ich, sondern auch alle Menschen, die sich freigehalten haben von diesen verbrecherischen Instinkten, heute noch mit Beschämung an diese Dinge zurückdenken. Da aber im Rahmen eines Volkes solche Dinge nicht ungestraft passieren, muss ganz Deutschland heute büssen, was eine Verbrecherclique angerichtet hat.

Durch Ihren Sohn werden Sie unterrichtet sein, wie Hagen jetzt aussieht und durch Zeitung und Radio laufend informiert werden über die Schwierigkeiten der Ernährung, Wirtschaft usw. mehr. Es bewahrheitet sich an uns, dass die Strafe der Sünde auf dem Fusse folgt. Wir, die wir zwar sagen können, wir seien an den Dingen schuldlos, fühlen uns aber trotzdem verpflichtet, im Namen und Auftrage des eigentlichen Deutschlands den Versuch des Wiederaufbaues zu unternehmen. Ersparen Sie mir die Schilderung, welche Schwierigkeiten dabei überwunden werden müssen und wieviel Depressionen und Rückschläge dabei in Kauf zu nehmen sind. Es mag Ihnen genügen, wenn ich Ihnen mitteile, dass es eine sehr undankbare und nervenaufreibende Verantwortung ist, die jeder von uns freiwillig auf sich genommen hat. Nur die Hoffnung, dass sich eines guten Tages auch in den westlichen Staaten die Erkenntnis durchsetzt, dass Deutschland trotz allem ein wesentlicher Bestandteil des abendländischen Kulturkreises ist und deswegen wieder Arbeitsmöglichkeiten bekommen muss, lässt uns aushalten und optimistisch sein.«

In dem Brief gibt Fritz Steinhoff auch ein Bekenntnis zu den guten Seiten Deutschlands und der Deutschen ab und wirbt für sie: So mancher habe im Konzentrationslager „an unserer Seite sein Leben lassen müssen. Deren Opfertod verpflichtet uns insbesondere, trotz allem doch an den guten Kern des deutschen Volkes zu glauben. Ihnen, die Sie hart getroffen wurden und ins Ausland gehen mussten, wird es ja noch schwerer sein, diesen besonderen Kern zu erkennen. Aber ich glaube hoffen zu dürfen, dass auch Sie sich an manches Schöne und Gute in Deutschland erinnern können und dass die Nazis auch Ihnen das Bewusstsein nicht rauben konnten, diesem gesunden deutschen Kern zugehörig zu sein. Die Erinnerung an die gemeinsame Arbeit im Sinne unserer Idee gibt mir Veranlassung, Sie zu bitten, sich auch in Ihrer derzeitigen Heimat soweit wie möglich an dieses Deutschland zu erinnern."

Erste Schritte eines neuen politischen Lebens

Schritt für Schritt nahm sich die Militärregierung zurück und erlaubte ab 1946 wieder in zunehmendem Maße politische Versammlungen. Ihr Hauptaugenmerk bei der Demokratisierung galt dabei dem von Major F. Peter Alexander mehrfach zitierten „Mann auf der Straße". Auf zwei Großveranstaltungen im August 1946 betonte Alexander ans Publikum gewandt: „Freie Wahlen, das bedeutet, daß Sie – ja jeder einzelne von Ihnen – persönlich mit an der Verantwortung zu tragen haben werden." Dabei war ihm bewusst, dass politisches Engagement in dieser extremen Notzeit nicht einfach war. Wenn er darum bat, darüber nachzudenken, „wie das Deutschland aussehen soll, in dem Sie leben möchten und nicht, ob sie heute Abend eine oder zwei Schnitten Brot zu essen haben werden", sah er dies selbst als Aufforderung etwas zu tun, was der menschlichen Natur gegen den Strich geht.

Genau dieser Herausforderung stellten sich aber Männer, die wie Fritz Steinhoff gerade in dieser Notzeit Verantwortung übernahmen. Konkrete Initiativen zur Linderung von Wohnungsnot und Nahrungsmangel waren das Hauptthema in den Ratssitzungen. Dass es jenseits formaler Beschlüsse auch pfiffige Ideen gab, zeigt das Beispiel des Mitte 1945 ins Leben gerufenen „Kartoffelrings": Sogenanntes „Thomasmehl", welches in der Hasper Hütte als Nebenprodukt anfiel und als Dünger verwendet werden konnte, wurde zu Bauern ins Emsland gebracht, die als Gegenleistung Kartoffeln abgaben. Organisatoren waren u. a. der Betriebsratsvorsitzende der Hasper Hütte Paul Harig (KPD), der Leiter des städtischen Wirtschafts- und Ernährungsamtes Karl Guttmann (Liberale) sowie der städtische Bau- und Wohnungskommissar Josef Golüke (Zentrum, später CDU).

Der ernannten Stadtvertretung gehörten je neun Mitglieder von CDU, KPD und SPD sowie vier Liberale und zehn sogenannte „Ständevertreter“ an. Zu diesen gehörten z. B. zwei Vertreter der Gewerkschaften und der IHK. In den damals drängenden Problemfeldern wie Versorgung der Bevölkerung mit Lebensmitteln, Brennstoff, Kleidung und anderen Gütern des Grundbedarfs sowie dem Wiederaufbau der stark zerstörten Stadt stand allen die Notwendigkeit gemeinsamer Anstrengungen vor Augen. Im Rahmen des britischen Demokratisierungsprogramms folgte dann im Oktober 1946 die nächste Stufe: Die erste Kommunalwahl nach dem 2. Weltkrieg und dem Ende der NS-Diktatur. Hierbei galt – ausgehend von den britischen Traditionen – ein personenbezogenes Mehrheitswahlrecht, bei dem über Listenplätze eine gewisser Verhältnisausgleich geschaffen wurde, der aber die Parteien klar benachteiligte, die keine Direktmandate erzielen konnten. Die Briten sahen die Wahl stärker als Personen- denn als Parteienwahl, was aber den deutschen Traditionen widersprach. So standen im Wahlkampf der Parteien Programme statt Personen im Mittelpunkt. Mit SPD und KPD fanden die Wähler zwei Parteien auf dem Stimmzettel, die ihnen aus der Weimarer Republik vertraut waren. Die liberalen Strömungen versammelten sich in der FDP und an die Stelle des katholischen Zentrums trat mit der CDU eine Partei, in der von Beginn an auch Protestanten eine wichtige Rolle spielten.

Das Ergebnis der Wahl am 13.10.1946 brachte in Hagen zwei Überraschungen. Die erste betraf die Wahlbeteiligung. Trotz der schwierigen Lebensbedingungen beteiligten sich 83,9% der Hagenerinnen und Hagener an der Wahl. Zum zweiten gewann nicht – wie von Vielen erwartet – die SPD mit ihrem populären Oberbürgermeister Fritz Steinhoff, sondern die CDU die meisten Stimmen. Das Ergebnis lautete: CDU 37,6 Prozent und damit 19 Sitze, SPD 33,6 Prozent und 16 Sitze, FDP 14,8 Prozent und zwei Sitze sowie KPD 14 Prozent und ebenfalls zwei Sitze.

In Reaktion auf das Wahlergebnis forderte die SPD „Zusammenarbeit in schwerster Zeit“ und die CDU sah in der verantwortungsbereiten Zusammenarbeit von CDU und

1946 wird Fritz Steinhoff (am Pult stehend) als Oberbürgermeister von Hagen eingesetzt (rechts der britische Stadtkommandant, Major Alexander).

SPD den einzigen Realisationsfaktor für eine fruchtbare politische Zusammenarbeit. Welche entscheidende Rolle dabei Fritz Steinhoff zukam, zeigte sich bei der Neuwahl des Oberbürgermeisters am 30.Oktober 1946 durch den neu konstituierten Stadtrat (denn zu dieser Zeit gab es in NRW die 1999 eingeführte Direktwahl der Bürgermeister noch nicht) . Entgegen des zumeist praktizierten Brauchs, dass die stärkste Fraktion den Oberbürgermeister stellte, schlug die CDU im Namen aller Fraktionen die Wiederwahl von Fritz Steinhoff vor, die dann auch einstimmig erfolgte. Steinhoff wertete seine Wahl als Zeichen, „daß sich die Stadtvertretung bewußt ist, wie notwendig gerade in dieser Zeit das höchste Maß an Einigkeit sei".

Und in der Tat entwickelte sich insbesondere die Ernährungssituation dramatisch. Im Verlauf des Hungerwinters

1946/47 wurden die letzten Vorräte aufgezehrt und im März 1947 kam es in zahlreichen westdeutschen Städten zu Hungerdemonstrationen. In Hagen organisierten Betriebsräte eine solche Kundgebung auf der Springe, an der am 28. März 1947 rund 30.000 Menschen teilnahmen. Auch Oberbürgermeister Fritz Steinhoff ergriff das Wort und forderte die restlose Erfassung und gerechte Verteilung der Ernte. Auch die Stadtvertretung schloss sich den Forderungen der Demonstranten an – eine schnelle Verbesserung der Situation trat aber nicht ein. So gingen die ersten Landtagswahlen im 1946 gegründeten Land Nordrhein-Westfalen am 20. April 1947 als „Hungerwahlen" in die Geschichte ein. Im Wahlkreis Hagen-West wurde bekanntlich Fritz Steinhoff in den Landtag gewählt.

Zu den wichtigsten kommunalen Herausforderungen zählte neben der Bekämpfung der Hungersnot der Wiederaufbau. Bereits vor Kriegsende hatten die Planungen für den Wiederaufbau der besonders vom Luftkrieg betroffenen Städte im Ruhrgebiet begonnen. An diese Planungen konnten die 1947/48 begonnenen städtebaulichen Überlegungen anknüpfen, und 1949 verabschiedete der Hagener Stadtrat einen Plan zur städtebaulichen Neuordnung. Ganz praktisch stellte sich davor jedoch die Frage der Trümmerbeseitigung. Immerhin mussten zwischen 1945 bis 1954 insgesamt rund 920.000 Kubikmeter Trümmerschutt geräumt und entsorgt werden; an wieder verwendbarem Material wurden der Bauwirtschaft 21 Millionen Ziegelsteine, 1400 Tonnen Baustahl und 3000 Tonnen Schrott zugeführt. Bei den Arbeiten wirkten von der Stadt beauftragte Baufirmen und im „Wiederaufbau-Ehrendienst" ehrenamtlich Tätige zusammen. Die Freiwilligen erhielten für ihren Einsatz vormittags warmen Kaffee, mittags ein warmes Essen und am Ende des jeweils sechstätigen Einsatzes eine Lebensmittelzusatzkarte. Soweit die Freiwilligen berufstätig waren, wurden sie von den Arbeitgebern für den Einsatz freigestellt. Da die Betriebe indirekt von den Aufräumarbeiten profitierten und bei vielen in dieser Zeit die Auftragslage eher schwierig war, leisteten insbesondere bis zur

Währungsreform 1948 die freiwilligen Wiederaufbauhelfer- und rinnen einen wichtigen Beitrag. Mit der Währungsreform und der damit einhergehenden deutlichen Verbesserung der Auftrags- und Ernährungslage sank die Zahl der Freiwilligen massiv. Am 30. November 1948 wurde der Wiederaufbau-Ehrendienst eingestellt.

Nachdem auch der Winter 1947/48 noch einmal hart war, verbesserte sich ab März 1948 die Ernährungssituation in kleinen Schritten. Eine radikale Veränderung brachte die Währungsreform am 20.Juni 1948. Die Westfalenpost berichtete: „Hamsterzüge leer – Bauern in der Stadt – Wandel der Dinge – Vom butterweichen Salat bis zum Pfirsich". Doch die Währungsreform wurde für viele Sparer zum traumatischen Erlebnis. Zwar erhielten alle in zwei Tranchen einen Barbetrag von insgesamt 60 D-Mark, doch die Sparguthaben wurden in einem Verhältnis von 10:1 abgewertet. Nun waren die Warenauslagen der Geschäfte wieder gut gefüllt, doch es fehlte vielen das Geld, um dies nutzen zu können. Gleichwohl war im Frühsommer 1948 die Hungerzeit überwunden.

Stets breite Unterstützung für Steinhoffs Wirken

Bereits zwei Jahre nach der ersten Kommunalwahl, am 17. Oktober 1948, wurden die Hagener wieder zu den Urnen gerufen. Bei einer Beteiligung von diesmal nur 68 Prozent lag die SPD mit ihrem Spitzenkandidaten Fritz Steinhoff erstmals mit 35,6 Prozent vor der CDU, die diesmal 33,2 Prozent erzielte. Die Stadtvertretung wurde durch Mandatsträger der FDP (17,5 Prozent) und der KPD (13,7 Prozent) komplettiert. Angesichts dieses Ergebnisses verwundert es nicht, dass Fritz Steinhoff als Oberbürgermeister bestätigt wurde. Aus dieser Zeit erinnerte sich Willi Weyer, damals junger Stadtverordneter der FDP an die Mahnung Steinhoffs: „Junger Mann, langsam mit den jungen Pferden." Es blieb bei der konstruktiven Zusammenarbeit der im Rat vertretenen Parteien und Sasse und Steinhoff entwickelten sich zunehmend zum „Dream-Team". Als Steinhoff 1949/50 parallel zu seinem Amt als Oberbürgermeister und dem Landtagsmandat auch noch Wiederaufbauminister des Landes wurde, vergaß er seine Stadt bei den Wiederaufbaumitteln des Landes nicht. Im Gegenteil: Immer wieder neu setzte er sich sowohl im Landtag als auch bei seinen Regierungsaufgaben dafür ein, staatliche Gelder nach Hagen zu holen und sie erst für den Wiederaufbau und später für zukunftsweisende Investitionsprojekte zu nutzen. Wie dafür die Wünsche in der Bevölkerung und in den Unternehmen aussahen, wusste Steinhoff durch seine vielen persönlichen Kontakte in der Stadt, aber auch durch seine Mitwirkung in einer zunehmenden Zahl von Aufsichtsräten nur zu genau. Auf dieser Grundlage sorgte die Verwaltung mit Sasse an ihrer Spitze gemeinsam mit den Grundbesitzern für einen Wiederaufbau der Innenstadt in Rekordtempo.

Dabei wurde manches auch außerhalb der Sitzungen geklärt. Mit einem verschmitzten Lächeln erzählte Steinhoff 1965 dem Journalisten Horst Kniese, dass man sich in kleinem Kreise oft im Turmzimmer des Ratskellers traf. Bei Bier und Doppelwacholder seien die verzwicktesten Probleme zur Sprache gekommen. „Der eine gab etwas nach, der andere kam ihm etwas entgegen. Und alle sorgten dafür, dass keiner das Gesicht verlor."

Fritz Steinhoff war mit seiner zupackenden, den Menschen zugewandten Art sicher der Richtige für das Hagen jener Jahre. Und so konnte bei den Kommunalwahlen am 9. November 1952 die SPD mit ihm an der Spitze wiederum ihr Ergebnis verbessern. Mit fast 40 Prozent ließ sie die CDU (31,1 Prozent) klar hinter sich. Nr. 3 war wie bisher die FDP und das Quartett im Rat wurde wieder von der KPD komplettiert.

In diese Wahlperiode fällt das landespolitische Ereignis, das an anderer Stelle dieses Buches ausführlich gewürdigt wird: Die Wahl Fritz Steinhoffs zum nordrhein-westfälischen Ministerpräsidenten am 20. Februar 1956. Wie sehr ihm das Amt des Hagener Oberbürgermeisters am Herzen lag, ist daran zu erkennen, dass er noch bis nach den Kommunalwahlen im Oktober 1956 Hagener Oberbürgermeister blieb. Dass dies eine immense Doppelbelastung war und er noch weniger Zeit für seine Frau Käthe und die gemeinsamen Dackel hatte, liegt auf der Hand.

Obwohl klar war, dass er nicht mehr für das Amt des Oberbürgermeisters zur Verfügung stehen würde, brachte er sich stark in den Kommunalwahlkampf ein und die SPD erzielte mit 51,2 Prozent der Stimmen ihr bis dahin bestes Ergebnis aller Zeiten. Zu Recht sah in dieser Tatsache die Westfälische Rundschau vor allem einen Vertrauensbeweis für Fritz Steinhoff und titelte: „Hagen ließ Steinhoff nicht im Stich." Da die KPD vom Bundesverfassungsgericht am 17. August 1956 verboten worden war und daher nicht zur Kommunalwahl zugelassen wurde, werden Teile der bisherigen KPD-Wähler die SPD gewählt haben. Die Westfalenpost mutmaßte aber zudem, dass „auch frühere FDP-Wähler jetzt der SPD ihre Stimme gegeben" haben. Der am 12. November 1956 mit 45 von 47 Stimmen gewählte neue Oberbürgermeister Helmut Turck hob ganz in der Tradition von Fritz Steinhoff die Bedeutung „der Bereitschaft aller Beteiligten zu echter Mit- und Zusammenarbeit" hervor.

Bei der Landtagswahl im Juli 1958 verfehlten SPD und FDP die für die Fortsetzung ihrer Koalition notwendige Mehrheit und der Christdemokrat Meyers folgte Steinhoff als Ministerpräsident. Schon bald sondierte Steinhoff, ob eine Rückkehr auf den ihm so lieb gewordenen Stuhl des Hagener Oberbürgermeisters möglich war, doch auch sein Nachfolger Helmut Turck übte dieses Amt aus tiefer Überzeugung aus. 1961 kandidierte Fritz Steinhoff erstmals für den Bundestag und gewann das Hagener Direktmandat. Doch der Gedanke an den Wiedereinzug ins Hagener Rathaus ließ Steinhoff nicht los.

Als Anfang 1963 ein Platz im Vorstand der neugeschaffenen Hagener Versorgungs- und Verkehrs-GmbH (HVG) zu besetzen war, wurde Helmut Turck intensiv darum gebeten, sich hierfür zur Verfügung zu stellen. Nach einigem Zögern erklärte er sich schließlich doch hierzu bereit; der Weg war frei für Steinhoffs Rückkehr auf den Stuhl des Oberbürgermeisters. So war es nur konsequent, dass die SPD mit ihm an der Spitze auch in den Kommunalwahlkampf 1964 ging, und Steinhoff erwies sich wiederum als Erfolgsgarant. Mit 54 Prozent wurde das Spitzenergebnis von 1956 noch übertroffen und mit CDU (35,9 Prozent) und FDP (7,6 Prozent) waren nur zwei weitere Parteien im Rat vertreten. Damit schien klar, dass er wiederum zum Oberbürgermeister gewählt werden würde. Allerdings erklärte Steinhoff kurz nach der Wahl, dass er für eine weitere Amtszeit nicht zur Verfügung stehe, weil er sich stärker auf seine Arbeit im Bundestag konzentrieren wolle. Damit war der Weg frei für den 33-jährigen Lothar Wrede, seit 1961 Vorsitzender der SPD-Ratsfraktion und seit 1962 MdL für Hagen-Ost. Mit dessen Wahl zum Oberbürgermeister am 10. November 1964 endete die letzte, kurze Amtszeit von Fritz Steinhoff als Hagener Oberbürgermeister.

Seit 1989 erinnert ein Denkmal vor dem alten Rathaustrakt an Fritz Steinhoff. Und in der Tat gibt es keinen besseren Platz für das Gedenken an diesen Kommunalpolitiker aus Leidenschaft. Schon von seiner Herkunft her wusste er um die Bedeutung des scheinbar Einfachen und Tagtäglichen. Er war ein Mann des konkreten Handelns im überschaubaren Rahmen; wie geschaffen für die Kommunalpolitik in der Zeit des Wiederaufbaus. Für seine Verdienste ernannte ihn der Rat am 21. November 1967 zum Ehrenbürger der Stadt Hagen.

PARLAMENTARIER MIT FLEISS UND GUTEN VERBINDUNGEN

Basis von Steinhoffs politischer Arbeit war zeitlebens die Kommunalpolitik. Weil er sich dort erst als ernannter Stadtverordneter in Iserlohn und dann in Hagen nur wenige Wochen nach dem Kriegsende bereits ins Zeug legte und schnell einen Namen machte, rückte Fritz Steinhoff auch schnell in Gremien auf höherer Ebene auf. So wurde er noch im Februar 1946 Mitglied des ernannten Provinzialrats von Westfalen, der Oberpräsident Rudolf Amelunxen beraten sollte. Damit betrat Steinhoff vielleicht schneller als erwartet die landespolitische Bühne, die er durchweg parallel zu seinem fortdauernden Engagement in und für Hagen bespielen sollte. Damit zeichnete sich eine Doppel-, wenn nicht sogar Mehrfachbelastung ab, die ihn das restliche Leben lang begleiten sollte. Steinhoff, der sich so ganz und gar der Politik als Beruf verschrieben hatte, nahm für diese „Berufung" erhebliche physische und psychische Belastungen in Kauf.

Mit dem Bindestrich-Bundesland gänzlich identifiziert

Denn auch auf Landesebene galt, was jedem Menschen schnell passiert, wenn er sich mit Verve und inhaltlichem Geschick engagiert: Er bekommt weitere Aufgaben auf den Tisch und rückt, mit einer gehörigen Portion Glück, auch weiter auf. Jedenfalls wurde die britische Besatzungsmacht schnell auf Fritz Steinhoff aufmerksam und berief ihn ebenfalls 1946 auch in den neuen, noch von ihr ernannten Landtag. Viermal bestätigten ihn später die Wahlberechtigten im

Wahlkreis 120/Hagen-West im Parlament als direkt gewählten Abgeordneten. Allein dreimal setzte er sich dabei gegen seinen Konkurrenten von der CDU, Josef Golücke durch, der dann ebenfalls, aber über die Landesliste nach Düsseldorf ging. Auffallend: Steinhoff konnte seinen Stimmenanteil von Wahl zu Wahl verbessern und landete 1958 bei einem Stimmenanteil von 53,7 Prozent – ein Zeichen für seine enge Volksverbundenheit, aber auch für sein Engagement. Das bestand nicht zuletzt auch darin, für Hagener Projekte auch Fördermittel mit nach Hause zu bringen.

Alle überlieferten Quellen verweisen darauf, dass sich Fritz Steinhoff zwar auf das engste mit seiner Herkunftsregion im Herzen Westfalens verbunden fühlte – sich aber gleichwohl mit dem künstlichen Konstrukt des aus drei Provinzen zusammengefügten Nordrhein-Westfalen schnell anfreunden konnte – auch wenn er gerne in der ihm eigenen Art trocken frotzelte: „Wir Westfalen müssen das halten, was die Rheinländer versprechen." Viel deutet darauf hin, dass Steinhoff die Position, die er in einer Feierstunde am 2. Oktober 1956 zum zehnjährigen Bestehen des NRW-Landtags früh eingenommen hat, aus voller Überzeugung formulierte: „Nordrhein-Westfalen wird (...), wenn es als politische Gemeinschaft einen echten und für die Geschichte unverlierbaren kulturellen Beitrag aus seinem Geist leisten will, auf eine sichtbare eigene Dokumentation seines kulturellen Wollens nicht verzichten können. Es bedarf (...) solcher sichtbarer kultureller Zeugnisse seiner selbst nicht zuletzt auch, um in ihnen den Willen zur Wahrung jener eigenen politischen Einheit auszudrücken, wie sie vor zehn Jahren geschaffen worden ist (...) Am Beginn des neuen Bundeslandes (... stand) die Bekundung der Entschlossenheit, dieses neue gliedstaatliche Gebilde eines künftigen deutschen Gesamtstaates von innen her zu einer echten politischen Gemeinschaft zu verbinden (...) Natürlich – wer wollte das bestreiten – ist das Land Nordrhein-Westfalen ein Zusammenschluß dreier Räume, die in der Geschichte bisher in dieser Form nicht zueinander gehörten. So mag im

Der Landtagsabgeordnete Fritz Steinhoff (sitzend rechts neben dem Redner) bei einer Veranstaltung in Hagen

gewissen Sinne das Landesbewußtsein, wenn ich es einmal so nennen darf, dieses Landes nicht so ausgeprägt sein (...) Wir haben sicherlich keine Veranlassung, uns deshalb etwa in der Rolle eines Emporkömmlings zu fühlen. Dennoch sollte uns die Tatsache, daß Nordrhein-Westfalen als Staat eine Neuschöpfung ist, im Interesse der Erhaltung und Festigung der Einheit und des Zusammengehörigkeitsgefühls dieses Landes verpflichten, die ehrwürdige Geschichte des niederrheinischen, westfälischen und lippischen Raumes für das gemeinsame geistige Fundament dieses Landes entschlossener nutzbar zu machen... Um die Bildung einer wahrhaften staatspolitischen Kraft aus der Eigenständigkeit dieses Landes muß es uns gehen, wenn wir im bundesstaatlichen Gefüge der Bundesrepublik Deutschland unseren Platz einnehmen und behaupten wollen."

Derlei eng war die Identifikation längst nicht bei allen Zeitgenossen: Der SPD-Bundesvorsitzende Kurt Schumacher (1895 – 1952) oder Fritz Henßler (1886 –1953) als SPD-Fraktionsvorsitzender im Düsseldorfer Landtag lehnten das per Besatzungsdekret geschaffene Konstrukt Nordrhein-Westfalen beispielsweise ab. Letzterer begründete seine Ablehnung: „Ich sehe in dem neuen Staat ein uns aufgezwungenes Gebilde, das ich nicht als endgültig hinzunehmen gewillt bin. Es passt nicht zu dem staatlichen Neubau Deutschlands, wie wir ihn wünschen." Henßler sah in dem neu geschaffenen Land ein „Provisorium" und sprach sogar von einer „Zwangsvereinigung" von Rheinland und Westfalen.

Viele Parallelen mit dem legendären Fritz Henßler

Im Übrigen existieren zwischen Steinhoff und Henßler eine Reihe von Parallelen: Beide gingen unter den Nationalsozialisten in den Widerstand, beide überlebten das Konzentrationslager Sachsenhausen, beide hatten ihre Wurzeln in der Kommunalpolitik, beide kamen aus dem einst mächtigen SPD-Bezirk Westliches Westfalen und beide wussten sich durchzusetzen – Steinhoff leise-verbindlich, Henßler bisweilen auch laut polternd. Beide arbeiteten in den Anfangsjahren der nordrhein-westfälischen Landespolitik im Übrigen eng zusammen.

Ein kurzes Streiflicht soll deshalb aus gutem Grund an dieser Stelle auf den legendären Fritz Henßler gerichtet werden. Aus Württemberg kommend und in bescheidenen Verhältnissen aufgewachsen, engagierte sich der gelernte Schriftsetzer und Buchdrucker früh in arbeitsrechtlichen Fragen und wurde bereits 1905 Mitglied der SPD. Fünf Jahre später siedelte er sich in der SPD-Hochburg Dortmund an. Nach dem Ersten Weltkrieg wurde er Chefredakteur der „Westfälischen Allgemeinen Volks-Zeitung" (WAVZ), wo er zumeist die offizielle sozialdemokratische Parteilinie befürwortete und unter anderem das Entsenden der Reichswehr ins Ruhrgebiet und die Niederschlagung der kommunistischen Aufstände befürwortete. Bereits 1924 wurde er in die Dortmunder Stadtverordnetenversammlung gewählt, ein Jahr später deren Vorsteher. Außerdem war er Vorsitzender des Bezirks Westliches Westfalen, seit 1929 Mitglied des Westfälischen Provinziallandtages und seit 1930 Mitglied des Reichstages. Bereits im März 1933 wurde er in „Schutzhaft“ genommen – wie Steinhoff in der berüchtigten Dortmunder Steinwache. Nach der Entlassung engagierte er sich im Widerstand, wurde 1937 zur einjährigen Haft verurteilt und anschließend in das KZ Sachsenhausen überführt. Das überlebte er nach achtjährigem Aufenthalt und trotz vieler Demütigungen und Misshandlungen mit viel Selbstdisziplin. Da ging es ihm nicht anders als insgesamt elf von 54 SPD-Fraktionsmitgliedern, die in der ersten Legislaturperiode ihr Mandat im Landtag wahrnahmen und zuvor langjährige Haftstrafen aus politischen Gründen unter den Nationasozialisten verbüßen mussten.

Gleich nach Schreckensherrschaft und Zweitem Weltkrieg stieg Henßler zu der zentralen SPD-Führungsfigur in Nordrhein-Westfalen auf unter anderem als Mitglied des Bundesvorstands, als Vorsitzender des SPD-Bezirks Westliches Westfalen, als Dortmunder Oberbürgermeister, 1949 als Bundestagsabgeordneter und eben auch als von den Briten in den ersten Landtag entsandter Abgeordneter. Und da wurde er zum ersten Vorsitzenden der SPD-Landtagsfraktion gewählt – eine Führungsposition, aus der heraus er seine Partei als Spitzenkandidat in die Landtagswahlen 1947 und 1950 führte, in denen die Sozialdemokraten allerdings mit einem Stimmenanteil von 32 bzw. 32,2 Prozent deutlich hinter den in sie gesetzten Erwartungen zurückblieben.

Fritz Steinhoff und Fritz Henßler kannten sich längst, als sie in Düsseldorf zusammentrafen und zusammenarbeiteten. Dabei spielte Henßler freilich zunächst die eindeutig dominierende Rolle schon als Mann mit hohen inhaltlichen und moralischen Ansprüchen, weshalb er etwa seine Zusatzbezüge als Fraktionschef an die Arbeiterwohlfahrt spendete und sich auf seine normale Abgeordnetendiät beschränkte. Steinhoff trat dagegen zunächst kaum in Erscheinung und stand im Schatten anderer Persönlichkeiten – so neben Henßler von Ernst Gnoß, Alfred Dobbert, Erik Nölting, Walter Menzel, Werner Jacobi und natürlich dem alt gewordenen Carl Severing. Eigene Initiativen brachte er in den Anfangsjahren nicht auf den Weg. Anderen fiel allerdings schon seine ausgeglichene, verbindliche und hervorragend auch über die Parteigrenzen hinweg vernetzte Persönlichkeit auf.

Die SPD-Fraktion mit großem Geschick geführt

Vermutlich deshalb wurde Steinhoff von der SPD-Fraktion nach seiner kurzen Amtszeit als Wiederaufbauminister nach den Landtagswahlen 1950 zunächst zum stellvertretenden Vorsitzenden gewählt. In dieser Funktion hinterließ er kaum Spuren, auch wenn er spinnenartig seine Kontaktnetzwerke im neuen Amt auszubauen verstand. Umso überraschender rückte er nach dem plötzlichen Tod Fritz Henßlers an die Fraktionsspitze auf, als sei er der geborene Nachfolger. Am 23. November 1953 brach Henßler bei einer Funktionärskonferenz in Bochum zusammen; er starb am 4. Dezember 1953 mit 67 Jahren in Witten/Ruhr. Zehn Tage später wurde Fritz Steinhoff zum Fraktionsvorsitzenden gewählt, ebenfalls folgte er Henßler an der Spitze des mächtigen Parteibezirks Westliches Westfalen, nachdem er als hauptamtlicher Parteifunktionär schon 1950 in den Bundesvorstand seiner Partei aufgerückt war. Angesichts der vielen Parallelen in den beiden Persönlichkeiten mag auch eine gewisse Sehnsucht der Abgeordneten darin gesteckt haben, den neuen Mann nach dem „Schlage Henßlers“ zu bestimmen. Auf der anderen Seite spiegelt die personelle Weichenstellung die Erfolge Steinhoffs wider, die er in der kurzen Zeit als Wiederaufbauminister errungen hatte. Kurzum: Steinhoff stand damit als ehemaliger hauptamtlicher Funktionär unversehens und unangefochten an der Spitze der nordrhein-westfälischen SPD, wo er auf ein breites Netzwerk von Vertrauten setzen konnte. Gleichzeitig hatte er Rückendeckung aus der Bundeshauptstadt Bonn, wo er in seinen Positionen regelmäßig mit der allgemeinen Parteilinie deckungsgleich blieb und großes Ansehen genoss.

Der neue Fraktionschef erwies sich als glücklicher Griff: Fritz Steinhoff zeigte hohe Präsenz im Landtag, wusste die Fäden der verschiedenen Sachthemen in der Fraktion zu-

Bei einer Veranstaltung in Hagen werden SPD-Parteichef Erich Ollenhauser und Frau Martha 1957 von Fritz Steinhoff und vom Hagener Oberstadtdirektor Lothar Wrede begrüßt.

sammenzuhalten, führte die Mannschaft mit entschiedenen Worten, verstärkte sein Netzwerk in die anderen Landtagsparteien hinein und bediente auch die Parteigremien. Bald galt er in Düsseldorf als tüchtiger, fleißiger und ideenreicher Mann, wie es ein Zeitgenosse formulierte. Ein anderer schrieb 1956 über den Abgeordneten Steinhoff: „Meistens sitzt er tief versunken auf seinem Abgeordnetensitz, den Arm auf die Sessellehne des Nachbarn gestützt. Aufmerksam verfolgt er jeden Redner. Dann, wenn ein Stichwort fällt, fliegt seine Hand in die Höhe. Mit behenden, ausgreifenden Schritten geht er zum Rednerpult. Die Einleitungsfloskeln spricht er noch auf den Stufen zum Podium. Fritz Steinhoff kommt schnell zur Sache. Er attackiert seine politischen Gegner mit Schärfe und Ironie. Aber er bleibt sachlich. Seine Sprache ist das etwas harte Deutsch des Ruhrgebiets. Zwischenrufe sind ihm ein Vergnügen. Dann blitzt in seinen Augen der Mutterwitz."

Obwohl ihm zuweilen grammatikalische Fehler unterliefen und sein Sprachschatz Grenzen hatte, sei Steinhoff kein schlechter Debattenredner. Vor allem klebe er nicht am Manuskript. Rhetorische Glanzlichter könne er allerdings nur ab und zu aufstecken, hieß es damals.

Ebenso wenig verlor er seinen Humor, selbst in Situationen, in denen für andere die Anspannung des Augenblicks manches Missgeschick auslöst. Eher mit dem Florett als mit dem schweren Säbel focht er ohnedies im politischen Alltag. Und wo er mit einer lockeren Bemerkung die Stimmung auflockern konnte, dachte er nicht lange nach. Nach seiner Vereidigung im Düsseldorfer Landtag etwa standen die Lobredner später Schlange. Einer, der zu viel redete, wurde von dem frischgebackenen Ministerpräsidenten kurzerhand unterbrochen: „Und jetzt tun Sie erstmal Butter bei die Fische!".

Mit der Übernahme des Fraktionsvorsitzes rückte Fritz Steinhoff auch in der Landespartei an die Spitze. Einen SPD-Landesverband gab es in den 1950er-Jahren noch nicht; der wurde erst 1970 gegründet. Eine umso größere Rolle spielten die vier Bezirke Mittelrhein, Niederrhein, Ostwestfalen und eben Westliches Westfalen, wo der Politiker seit Jahren seine ohnehin starke Position immer weiter ausbauen konnte. Als Fraktionschef war er damit beinahe auch der geborene Spitzenkandidat für die bevorstehende Landtagswahl am 27. Juni 1954. Die SPD plakatierte den Slogan „Die CDU regiert, und jetzt?" und konnte sich mit ihrem neuen Mann an der Spitze immerhin um 2,2 auf 34,5 Prozent verbessern, landete aber auf Platz 2. Die Vorstöße Steinhoffs zur Bildung einer großen Koalition fanden zwar bei Karl Arnold durchaus offene Ohren, weil er ebenfalls große Schnittmengen zwischen den beiden Parteien sah. Doch sie kam nicht zustande, weil die von Konrad Adenauer geführte Bundes-CDU wenig Interesse an dem Zusammengehen hatte – vor allem wegen der möglichen Signalwirkung auch für Bonn.

Steinhoff erwiderte denn auch nach Arnolds Regierungserklärung zu Beginn der neuen Amtszeit mit bissigen Seitenhieben: „Wir haben gestern die dritte Regierungserklärung des jetzt neugewählten Herrn Ministerpräsidenten Arnold entgegengenommen. Der Herr Ministerpräsident war am Schluss seiner Regierungserklärung selber der Meinung, dass es notwendig wäre, Vorwürfe zurückzuweisen, die darauf hinausliefen, er hätte bei der Bildung dieser Regierung das Gesicht verloren. Ich gehöre nicht zu jenen, die diese Behauptung aufgestellt haben; ich habe aber auch nicht die Absicht, sie zurückzuweisen. Ich möchte vielmehr nur sagen, daß die jetzige Regierungserklärung - verglichen mit den früheren desselben Ministerpräsidenten - sehr farblos gewesen ist. Der Wahlkampf wurde von der CDU unter der Losung geführt: ‚Mit Arnold für Adenauer!'. Richtig ausgelegt wird die Absicht bestanden haben, Herrn Ministerpräsidenten Arnold als Helfer für Herrn Bundeskanzler Adenauer zu benutzen, damit er dessen Politik unterstützt, abschirmt oder sichert, wie man das nun nennen mag. Jedenfalls zog die CDU unter dieser Parteiparole in den Wahlkampf und verlor seit dem 6. September 1953 (an dem die Wahlen zum 2. Bundestag stattgefunden hatten, d. V.) über eine Million Stimmen! Damit ist eindeutig nachgewiesen, daß es sich von den Wählern, die am 6. September dem Herrn Bundeskanzler Dr. Adenauer noch ihre Zustimmung gegeben haben, in der Zwischenzeit eine Million anders überlegt haben. Der Schluss, den man daraus eigentlich hätte ziehen müssen, wäre gewesen, daß es notwendig sei, eine andere Marschrichtung zu wählen. Immerhin hätte man den Willen der Wähler bei der Vorbereitung der Regierungsbildung respektieren müssen... Wenn ich mit diesen Worten auf den Anspruch der SPD, an der Regierung beteiligt zu werden, hinweise, so tue ich das nicht aus persönlichen Gründen. Niemand von uns drängt sich dazu, Minister zu werden. Aber aus rein sachlichen und politischen Gründen hätte diese Konsequenz gezogen werden müssen."

Fritz Steinhoff musste also auf die Oppositionsbänke zurückkehren, wenn auch gestärkt und in Partei und Fraktion unangefochten. Seine Stunde kam nach der Hälfte der

Wahlperiode, als er plötzlich zur Idealbesetzung an der Spitze der ersten sozialliberalen Koalition wurde (siehe folgendes Kapitel). Während dieser zwei Jahre absolvierte er zwar seine Pflichtauftritte im Landtag – aber auch nicht mehr. Er konzentrierte seine Kraft vollständig auf die Aufgaben des Ministerpräsidenten.

Zurück als Oppositionsführer ohne Angriffslust

Abgewählt bedeutet in Demokratien heute in aller Regel auch: abgehalftert. Die Wahlverlierer ziehen sich zurück oder werden von ihren Parteien in die sprichwörtliche Wüste geschickt. In den 1590er- und 1960er-Jahren war das noch längst nicht so. Das prominenteste Beispiel bietet Willy Brandt, der gleich dreimal Anlauf ins Kanzleramt nahm, zweimal krachend scheiterte und erst 1969 an sein Ziel gelangte.

Fritz Steinhoff ließ keine Zeit verstreichen, nachdem er bei der Landtagswahl 1958 das Amt des Ministerpräsidenten nicht verteidigen konnte und seinen Sessel am 21. Juli räumen musste. Entschlossen zog er sich auf die Oppositionsbänke im Landtag zurück, reklamierte aber erneut den Vorsitz der SPD-Landtagsfraktion für sich – und konnte ihn auch wieder mit dem einstimmigen Rückhalt der Abgeordneten übernehmen, nachdem dieses Amt während der Regierungszeit der Wuppertaler Abgeordnete Alfred Dobbert (1897 – 1975) ausgefüllt hatte. Damit war er eigentlich in der komfortablen Situation, eine kraftvolle Position gegenüber seinem Nachfolger Franz Meyers aufzubauen. Schließlich brachte er nicht nur langjährige Erfahrung in der Parlamentsarbeit, nicht nur die Reputation aus seinen Amtszeiten als Minister und Ministerpräsident mit, sondern auch breiten Rückhalt in der Fraktion und in den Bezirksverbänden seiner Partei.

Um es gleich vorwegzunehmen: Fritz Steinhoff arbeitete zwar weiter bienenfleißig und füllte seine Rolle aus. Doch er verpasste es, einen Stilwechsel einzuleiten, eben auf Angriff umzuschalten. Statt in die Konfrontation zu gehen, der neuen Regierung auf den Zahn zu fühlen und wirkmächtige eigene Positionen aufzubauen, setzte er seinen auf Ausgleich und Gesprächsfähigkeit nach allen Seiten hin geprägten Kurs fort. Was ihn auf den Stuhl des Ministerpräsidenten gebracht hatte, wie er dort erfolgreich war, eben indem er in präsidialer Manier den Konsens weit über den Parteihorizont hinaus suchte – das stieß jetzt an Grenzen. Steinhoff selbst verteidigte sich später mit einem Hinweis auf die schwierige Gratwanderung der SPD im Landtag, die noch unter dem Ruf der Klassenpartei stand: „Wir Sozialdemokraten mussten ja den Beweis erbringen, dass wir besser waren als unser Ruf." Statt den Kurs seiner Fraktion zu verändern, verschärfte sich nach Aussagen von Wegbegleitern der Hang zur Konsensfindung bei Steinhoff noch mit zunehmendem Alter. Damit stand Fritz Steinhoff nicht nur im Widerspruch zu seiner neuen Rolle – sondern stieß auch bei seinen Parteifreunden zunehmend auf Murren und schließlich Kritik. Denn da suchte eine Phalanx von jüngeren Politikern wie etwa Heinz Kühn Boden und damit Macht zu gewinnen. Sie, zunehmend vom Stil US-amerikanischer Wahlkämpfe geprägt, erwarteten „klare Kante" von ihrem Vormann. Doch der lieferte nicht, möglicherweise auch unter dem Eindruck nachlassender physischer Kräfte infolge seiner KZ-Kraft.

Das schloss durchaus beeindruckende Auftritte nicht aus, bei denen er – immer stärker staatsmännisch – über politische Werte und Grundsatzfragen öffentlich reflektierte – so etwa am 17. Juni 1961 zum Tag der Deutschen Einheit in der Tonhalle Düsseldorf. Wörtlich sagte Fritz Steinhoff: „Gestatten Sie mir einmal, der ich in meinen Jugendtagen im Kohlenpott noch selbst die Schippe in der Hand gehabt habe, der ich mir meine Bildung und mein politisches Denken sehr sauer habe erarbeiten müssen und der ich in meinem Leben durch Tiefen und Höhen gewandert bin, auszusprechen, die demokratische Staatsform mit ihren Freiheiten und Rechten, mit ihren Vorstellungen von Unantastbarkeit der Menschenwürde und den Entwicklungschancen für alle Bürger des Volkes, ist etwas sehr Köstliches. Aber umsonst ist das nicht zu haben und auch nicht zu halten. Im Gegenteil, ich sage es ganz offen, die Demokratie ist eine anspruchige Staatsform, sie verlangt mehr, als in anderen Staatssystemen Einsicht, Verantwortung und Mitdenken in vielen Bereichen. Dieser Tage kam mir ein Satz in den Sinn, den ein bedeutender Staatsmann des vorigen Jahrhunderts, Alexis de Tocqueville, geprägt hat und den man versucht ist, heute mehr als einmal anzuwenden: ‚In der Demokratie muß der Souverän - nämlich das Volk immer angeschrien werden, damit er nicht einschlafe!'"

Geradezu pathetische und heute eher befremdend wirkende Worte suchte Fritz Steinhoff mit Blick auf die sogenannte Deutsche Frage: Die Deutschen sollten „nicht müde werden, die Weltöffentlichkeit darauf hinzuweisen, daß unser Vaterland täglich blutet, daß seit 16 Jahren die Wunde von Flucht und Vertreibung unaufhörlich rinnt, daß kein Tag und keine Woche vergeht, in der nicht Tausende von Menschen Leben und Existenz aufs Spiel setzen, um in Notaufnahmelagern Zuflucht zu suchen, um dem Zwang des Ulbrichtregimes, das sie nicht mehr menschlich leben läßt, zu entrinnen. Sie nehmen mit Lagern und Notunterkünften vorlieb, fangen häufig beruflich noch einmal von vorne an, manche nach diesem Kriege zum zweiten Male, und alles dies, um frei zu sein und unter freien Menschen leben zu können. Wir dürften eigentlich kein Mittag- und Abendessen ruhig einnehmen können, ohne uns dieser Mitbürger zu erinnern und ebenso der 17 Millionen Deutscher da drüben, die schweigend oder murrend, oft verzweifelt, aber charakterfest ausharren. Herr Ulbricht und seine Helfershelfer mögen alle Kunststückchen anwenden, aus diesen Menschen werden keine Kommunisten."

Machtverlust und Abschied aus der Landespolitik

Im Laufe der Jahre 1960/61 zeichnete sich dann die Lösung ab, dass Fritz Steinhoff das Mandat in Düsseldorf und damit den Fraktionsvorsitz aufgeben und mit der Bundestagswahl am 17. September 1961 nach Bonn in den Bundestag wechseln könnte. Das Landtagsmandat behielt er freilich noch wenige Tage bei, musste es dann ebenfalls aufgebem. Mancher jüngere Abgeordnete, wie etwa der spätere Amtsnachfolger Heinz Kühn, suchten ihn ohnehin nach oben wegzuloben. Die Lösung mit der Bundestagskandidatur hatte freilich für seine Hagener Parteifreunde durchaus einen entscheidenden Vorteil: In seiner Heimatstadt genoss der ehemalige Oberbürgermeister über alle Parteigrenzen hinweg einen unangefochtenen, ja geradezu exzellenten Ruf, der hervorragende Wahlergebnisse für die SPD erwarten ließ.

Dass er in Düsseldorf längst die Kontrolle über seinen Abschied und den Wechsel hin zu einem jüngeren Fraktionschef verloren hatte, zeigte sich bei der Auswahl seines Nachfolgers. Denn während sich Fritz Steinhoff für den aus Bielefeld stammenden Verleger und Langzeit-Genossen Emil Gross (1904 – 1967) ausgesprochen hatte, der die Fraktion bereits während seiner Regierungszeit geführt und dann in die zweite Reihe zurückgetreten war, setzte sich in der Fraktion der aus Hamm entsandte Jurist Dr. Fritz Kassmann (1908 – 1991), erst nach dem Weltkrieg in die Partei eingetreten, ein wenig mondän und zuvor schon Wiederaufbauminister im Steinhoff-Kabinett, mit 55 zu 22 Stimmen durch.

„‚Fritz, du hast vergessen, Fritz als deinen Nachfolger vorzustellen.‘ Alfred Dobbert, sozialdemokratischer Vizepräsident des Landtags von Nordrhein-Westfalen, mahnte seinen Parteifreund Fritz Steinhoff, der soeben seine Abschiedsrede als Fraktionsvorsitzender beendet hatte. Gehorsam erhob sich Fritz Steinhof noch einmal und präsentierte als neuen SPD-Fraktionsvorsteher den Abgeordneten Fritz Kassmann. Steinhoff: ‚Ein schöner Mann, und höchstwahrscheinlich auch ein erfolgreicher Mann‘“, schilderte Der Spiegel (Ausgabe vom 28. November 1961) in gewohnt süffisanter Manier den Ablauf der Fraktionssitzung.

Und weiter: „Wie bei der Bundestagswahl nicht Altfunktionär Ollenhauer, sondern Berlin-Staatsmann Brandt den Wählern als SPD-Kanzlerdarsteller präsentiert wurde, so warben die Hamburger Sozialdemokraten bei der Landtagswahl in diesem Monat mit Plakaten, auf denen ihr Spitzenkandidat Bürgermeister Nevermann –sonnengebräunt, mit grauen Schläfen – aussah wie ein Generaldirektor nach dem Skiurlaub. Nun soll auch im mächtigsten Bundesland, Nordrhein-Westfalen, der Dr. jur. Fritz Kassmann, Ex-Minister und Direktor, den Schwenk der SPD ins bürgerliche Lager glaubhaft machen und personifizieren (…) Allerdings mussten die Kassmann-Anhänger im Düsseldorfer Landtag die Wahl des Juristen Kassmann zum Nachfolger Steinhoffs gegen den Willen des Fraktionsvorstandes durchpauken. Der Vorstand hatte zunächst Emil Gross für den Fraktionsvorsitz benannt. Gross spielt als Vorsitzender des SPD-Bezirks Ostwestfalen-Lippe und als Mitglied des Bundesvorstandes in der Parteihierarchie eine wichtige Rolle. Außerdem ist er Verlagsleiter der in Bielefeld erscheinenden Tageszeitung ‚Freie Presse', die zum SPD-Zeitungskonzern ‚Konzentration' gehört. Den ‚Polterer', wie Emil Gross im Fraktionsjargon genannt wird, lehnten die SPD-Jungmänner jedoch als Vorsitzenden ab: Er sei als Spitze einer etwaigen neuen Regierung nicht attraktiv genug."

Bald machte das Ondit in Düsseldorf die Runde, Fritz Steinhoff habe seinen Rücktritt vom Fraktionsvorsitz bereut. „Steinhoff schiebt sich selbst einen Teil der Schuld dafür zu, dass seine ‚unvorbereitete Fraktion' in einem Überraschungswahlgang nicht Emil Groß – wie Steinhoff es gern gesehen hätte – sondern den von Steinhoff nicht sehr geschätzten Dr. Kassmann zu seinem Nachfolger gewählt habe. Während er sich auf der einen Seite habe ‚drängeln' lassen, wäre hinter seinem Rücken, vor allem von jüngeren Fraktionsmitgliedern die Wahl Kassmans ‚ausgekungelt' worden. Davon habe er aber erst nach der Wahl seines Nachfolgers erfahren. Steinhoff ist ausserdem durch das Mißtrauen, das mit diesen Vorgängen zugleich gegen ihn persönlich deutlich wurde tief verletzt", heißt es dazu in einem anonymen Vermerk, der sich im Archiv des NRW-Landtags findet.

Den muss übrigens auch Der Spiegel gekannt haben, der wenige Monate später in der Ausgabe vom 1. Mai 1962 darauf in neuerlicher Berichterstattung anspielt. Der Grund: Kassmann musste sich aus dem Fraktionsvorsitz schon wieder verabschieden: eine „handfeste Intrige", schrieb das Nachrichtenmagazin, nachdem ein mindestens ungeschickter Brief Kaßmanns als Rücktritt gewertet worden war. Und: „Mit lancierten Presse-Kommuniques über Kassmanns angeblich angegriffene Gesundheit wurde das attraktive SPD-Zugpferd von seinen Genossen abgehalftert (...) Wie Brandt für das ganze Bundesvolk die reformierte SPD als nationale und soziale Volkspartei zu personifizieren hat, so sollte Kassmann in Westfalen und im Rheinland als Repräsentant einer modernen SPD in der klassenlosen Wohlstandsgesellschaft zur Wahlschau gestellt werden: ein Akademiker und Industriedirektor (von den ‚Vereinigten Elektrizitätswerken Westfalen AG'), erfolgreich und schön, mit adliger Ehefrau (einer geborenen Baronesse Rita von Werthern) samt angeheiratetem altem Herrensitz Broel bei Soest. Kassmanns Anblick sollte die guten Geister in der Partei stärken und in der politischen Vorstellungswelt des hochkapitalistischen Industrielandes den traditionellen Bürgerschreck - die Funktionärsvogelscheuche mit der Ballonmütze - endgültig verdrängen."

Sabotiert hätten Kaßmann, damit aber auch den Reformkurs Herbert Wehners und Willy Brandts an der Parteispitze, ausgerechnet die vier Vorsitzenden der starken SPD-Bezirke – darunter wieder der ehemalige Kontrahent Emil Gross und eben auch Fritz Steinhoff. „(...) die selber eher kleinbürgerlichen als proletarischen Parteioberfunktionäre der vier autonomen Bezirksorganisationen (...) samt ihren 16 Unterfunktionären im Landesausschuß der SPD Nordrhein-Westfalens organisierten gegen die Nominierung des Spätparteigenossen Fritz Kassmann durch die Landtagsfraktion den Widerstand des Apparates hinter der Fassade.

Das Kleeblatt der vier Altgenossen verfolgte mit seinem recht grob gesponnenen Dessin das in der Partei leicht erkennbare Ziel, nicht einen Schritt vorwärts zum Durchbruch ins bürgerliche Wahllager, sondern zwei Schritte zurück zu tun in die von höherem politischem Ehrgeiz freie Isolierzone, in der die Sozialdemokratische Partei eine ebenso behäbige wie machtpolitisch bescheidene Existenz führen kann", schwurbelte der Spiegel in umständlichen Sätzen. Welche Rolle Fritz Steinhoff tatsächlich auch immer spielte, er ließ Kaßmann nach Darstellung des Spiegels abblitzen: „Der so düpierte Fraktionschef Kassmann schrieb mehrere Protestbriefe an Fritz Steinhoff und bat um Rücksprache. Aber der ehrgeizige Steinhoff, der zu Willy Brandts Regierungsmannschaft gehört hatte und nun nach dem Scheitern seiner Bonner Hoffnungen wenigstens als Landespolitiker wieder eine Rolle spielen will, antwortete nicht einmal." In jedem Fall erwies sich der Hagener als der gewieftere Strippenzieher und Taktiker. Nur allzu gern wäre der ehemalige Ministerpräsident in eine führende Rolle in Düsseldorf zurückgekehrt. Kaßmann indes wurde später noch einmal Fraktionschef von 1970 bis 1975 (und zuvor zweimal Minister in Kühn-Kabinetten).

Tatsächlich nahm Fritz Steinhoff auch noch einmal Anlauf hin zu einem Spitzenamt in Nordrhein-Westfalen – bekam aber seinen rapiden Machtverlust zu spüren: 1962 suchten die Sozialdemokraten noch einmal ein Zugpferd für die bevorstehende Landtagswahl. Die beiden Flügel standen sich wieder gegenüber: nicht Rechte gegen Linke, sondern Traditionalisten gegen Reformer. Erstere suchten Steinhoff wieder einmal auf den Schild zu heben. Bei der Landesdelegiertenkonferenz am 5. Mai 1962 kam es dann zur Kampfabstimmung. Zwar hatte Steinhoff zunächst auf eine Kandidatur verzichtet. Aber die Mitglieder des Bezirks Westliches Westfalen überredeten ihren Langzeit-Vorsitzenden, noch einmal ins Geschirr zu gehen. Dafür gab es theoretisch auch gute Chancen, verfügte „WW" doch bei der Landesdelegiertenkonferenz eigentlich über eine absolute Mehrheit. Dem Vertrauensbeweis folgte dann aber eine „kalte Dusche“, die Steinhoff später als die „größte Enttäuschung seines Lebens“ bezeichnen sollte: Mindestens 17 Delegierte „seines“ Bezirks verweigerten ihm die Gefolgschaft, seine Kampfkandidatur scheiterte; am Schluss ging Heinz Kühn zum ersten Mal ins Geschirr. Damit war der Abschied aus Düsseldorf endgültig besiegelt, Steinhoffs Einfluss auf die Landespolitik restlos dahingeschmolzen.

Damit bewahrheitete sich auf geradezu tragische Weise, was die Parteizeitung „Vorwärts“ bereits zuvor vorausgesagt hatte: „In der SPD weht spätestens seit dem Godesberger Parteitag von 1959 mit der Person Willy Brandts der Wind des Aufbruchs. Der Proletarier Fritz Steinhoff wird zum auslaufenden Modell.“

Das konnte freilich nicht darüber hinwegtäuschen, dass er im NRW-Landtag über eineinhalb Jahrzehnte tiefe Spuren hinterlassen hatte: als Debattenredner in ungezählten Diskussionen, als Vormann seiner Partei, als ordentliches Mitglied in gleich sieben Fachausschüssen, den Haushalts- und Finanzausschuss und den Hauptausschuss leitete er zeitweilig als Vorsitzender. Anerkennung erwarb er sich dabei vor allem durch sein emsiges Engagement, aber auch durch Witz und Streitlust in der Sache.

Dass er dabei die Nase nicht nur im Wind hatte, sondern Zukunftsentwicklungen weit vor der Zeit witterte, zeigte sich immer wieder. Das wohl bemerkenswerteste Beispiel: Sein humanistisches Weltbild führte Fritz Steinhoff bereits früh zu Fragen des Umwelt- und Naturschutzes. Auch in Düsseldorf setzte er sich für die Verbesserungen der Lebensbedingungen auf Feldern ein, die zu diesem Zeitpunkt kaum jemand im Blick hatte. „So oder so sollte, so meine ich, der Mensch bei jedweder Politik im Mittelpunkt der politischen Überlegungen und Entscheidungen stehen. Mit seinem Wohl und Wehe steht und fällt die Gemeinschaft, Staat und Wirtschaft. Es müssen nach meinen Erfahrungen und Vorstellungen in der künftigen Bundesrepublik die Gefahren der industriellen Entwicklung für die Gesundheit der Menschen stärker beachtet und durch gesetzliche und sonstige Maßnahmen gebannt werden. Die immer stärker und besorgniserregend gewordene Verschmutzung von Luft und Wasser, der immer stärker anwachsende Verkehr mit seinen vergiftenden Auspuffgasen und dem nervenzerfressenden Lärm stehen zwar nicht im Mittelpunkt der großen Politik, sind aber immer trotzdem ein entscheidendes Kriterium für die Grundaufgaben der Politik", sagte Fritz Steinhoff bereits 1960.

HÖCHSTE ANSTRENGUNGEN FÜR DEN NEUSTART

Die meisten Ruhrgebietsstädte wiesen nach dem Zweiten Weltkrieg einen Zerstörungsgrad von über 90 Prozent auf; viel anders sah es auch in anderen Kommunen nicht aus. Industrie und Gewerbebetriebe, aber auch die Wohnbauflächen lagen regelrecht in Schutt und Asche. Noch während der letzten Kriegsmonate hatten die Nationalsozialisten erhebliche Teile der Bevölkerung und hier insbesondere Frauen und ihre Kinder gerade aus den Ballungszentren aufs Land, häufig auch in ganz andere Regionen evakuiert. Nach Kriegsende versuchten sie in die angestammten Wohnsitze zurückzukehren. Nach und nach wurden die Zugangsbeschränkungen, die bis September 1950 komplett ausliefen, aufgehoben. Zu den Rückkehrern kamen die Vertriebenen und Flüchtlinge, die insbesondere im Ruhrgebiet, aber auch in vielen anderen Orten Nordrhein-Westfalens eine neue Zukunft suchten.

Nie gekannte Zerstörungen

Die zwangsläufige Folge aus dieser Situation war eine zunächst nie gekannte Wohnungsnot, einhergehend mit erheblichen sozialen Folgen. Die Menschen mussten einerseits in den noch erhaltenen Wohngebäuden zusammenrücken. Auf der anderen Seite wurden sie in Notunterkünften zusammengefasst: Keller, Baracken, Wohnlauben, bisherige Bunker, Schulen, Kneipensäle: Jede nur sich bietende Gelegenheit wurde genutzt, um Menschen wenigstens ein Dach über dem Kopf bieten zu können. Damit war es in vielen Fällen zunächst auch schon getan. Denn eine geordnete Ver- und Entsorgung war nach dem Weltkrieg über Monate nicht zu gewährleisten. Und die Provisorien, die einen Wandel hin zu besseren Lebensverhältnissen markierten, hielten sich häufig bis hinein in die 1950er-Jahre.

Die Folgen bildeten viele soziale Verwerfungen – angefangen bei zwischenmenschlichen Konflikten über einen florierenden Schwarzmarkt und bei Massenerkrankungen wie Tuberkulose längst nicht aufhörend.

Politik und Behörden (egal auf welcher Ebene) setzten zunächst einmal auf Trümmerbeseitigung als Voraussetzung für jede konstruktive Entwicklung. Der Wiederaufbau, egal ob für Wohn- oder Gewerbezwecke, brauchte schlichtweg den entsprechenden Platz. Den auf bislang landwirtschaftlichen Flächen zu schaffen, scheuten sich die Verantwortlichen: Schließlich lag insbesondere in den Anfangsjahren des Wiederaufbaus die Ernährungslage ebenfalls im Argen. Wo die unmittelbaren Kriegsfolgen beseitigt waren, konnte die Reparatur von Altbauten oder die Neuerrichtung von Wohn- oder Industriegebäuden beginnen.

Doch es brauchte eine Initialzündung für einen wirklichen Konjunkturaufschwung und damit für einen durchgreifenden Wandel gerade in Nordrhein-Westfalen. Die ging von der Währungsreform aus: Die trat vom 20. auf den 21. Juni 1948 in der Trizone, also in den westlichen Teilen Deutschlands in Kraft: Reichsmark und Rentenmark sowie Marknoten der alliierten Militärbehörden wurden abgelöst durch die neue D-Mark als alleiniges Zahlungsmittel. Gleichzeitig wurden Maßnahmen zur Zwangsbewirtschaftung sowie die Demontage von Industrieanlagen gestoppt. Damit waren die Grundlagen für einen wirklich wirkungsvollen Aufschwung gelegt – auch wenn damit die grassierenden Engpässe längst nicht aufgehoben waren. Insbesondere die Lage auf dem Immobiliensektor blieb noch lange angespannt, die Bevölkerung musste sich insbesondere mit ihren Wohnbedürfnissen bescheiden.

Eben in dieser Situation wurde Fritz Steinhoff von Ministerpräsident Karl Arnold in dessen erstes Kabinett als Wiederaufbauminister berufen. Die Regierung, ursprünglich sogar als Allparteienkabinett gewünscht, setzte sich aus den Vertretern von gleich vier, weltanschaulich nun wirklich nicht zusammenpassenden Parteien zusammen. Unter der klaren Führung der Christdemokraten arbeiteten auch Regierungsmitglieder von Zentrum, SPD und KPD mit am Kabinettstisch. Zu den Ressorts der Sozialdemokraten zählte das Ministerium für Wiederaufbau. Das musste Steinhoff am 16. April 1949 übernehmen, nachdem sein Amtsvorgänger und Parteifreund Ernst Gnoß (1900 – 1949) überraschend bei einem Aufenthalt in der Schweiz gestorben war. Steinhoff und Arnold verband ein gutes Verhältnis: „Das war wahrscheinlich Ausstrahlung der Vergangenheit, daß auch das ganze Plenum im ersten Jahr nicht nur Gegensätzliches suchte, sondern das Gemeinsame in erster Linie“, sagte Steinhoff später in einem Interview.

Die Herausforderungen waren für den neuen Minister – Währungsreform hin oder her – nach wie vor gewaltig. Gleichzeitig blieb der administrative Einfluss begrenzt: Schließlich fehlte es in den Landesministerien nicht nur am Geld, sondern auch an dem nötigen Fachpersonal. Gleichwohl kam der Wohnungsbau immer besser in Gang. Denn von der Währungsreform profitierte insbesondere die Bauwirtschaft, die fortan wieder auf zuverlässige Kalkulationsgrundlagen setzen konnte. Damit lief einerseits der private Wohnungsbau an. Zum anderen suchten Bund und Land mit öffentlichen Zuschüssen Anreize zu geben. Der soziale Wohnungsbau, für den die Politik bereits Vorbilder in den 1920er-Jahren der Weimarer Politik fand, wurde kraftvoll aus der Taufe gehoben. Das galt auch und gerade in Nordrhein-Westfalen, wo bald Tausende neuer Wohneinheiten entstanden. Und das, obwohl in den Jahren 1949 und 1950 gerade einmal 345 Millionen Mark für die gigantische Aufgabe zur Verfügung standen.

„Wir können in Nordrhein-Westfalen stolz darauf sein, daß wir in der Lage waren, den sozialen Wohnungsbau in einem Ausmaß zu fördern, den kein Land in den Westzonen möglich machen konnte. Wenn man nur von den Etatsätzen ausgeht, wird man der Sachlage nicht ganz gerecht. (...) Aus unserer Bautätigkeitsstatistik ergibt sich, daß im ersten Halbjahr dieses Kalenderjahres 25.000 Wohnungen fertiggestellt wurden. Es befinden sich momentan im Bau 27.509 Wohnungen und 35.000 Wohnungen im Instandsetzungsprogramm, so daß sich insgesamt momentan im Aufbau, Neubau oder Instandsetzung, über 62.000 Wohnungen befinden. Immerhin eine beträchtliche Zahl. Und ich glaube, hoffen zu dürfen, dass wir am Abschluß dieses Kalenderjahres über 60 000 Wohnungen zusätzlich durch unsere Wohnungsförderungspolitik inzwischen neu gebaut haben."

Gleichzeitig musste Fritz Steinhoff feststellen, dass die Anstrengungen längst nicht ausreichten. Denn viel schneller noch als der Wohnungsbau wuchsen die Bevölkerungszahlen – nicht zuletzt gefördert durch die Attraktivität des zunehmend wieder prosperierenden Bundeslandes Nordrhein-Westfalen mit seinen dominierenden Industrien. Den zitierten 60.000 zusätzlichen, öffentlich geförderten Wohnungen stand auch ein Bevölkerungswachstum von rund 25.000 Menschen gegenüber. Dabei handelte es sich zumeist um aktive Arbeitnehmer, die eben vom wieder aufkeimenden Arbeitsplatzangebot in Nordrhein-Westfalen angelockt wurden und die schon deutlich machten, dass sie ihre Familien nachholen würden. Grund genug für den Wiederaufbauminister, eine beherzte Fortsetzung des öffentlichen Wohnungsbaus auch für die kommenden Jahre anzukündigen.

Der wurde auch realisiert: Überall in Nordrhein-Westfalen konnten Zug um Zug nicht nur die Kriegsschäden in den Dörfern und Städten beseitigt werden, sondern entstanden auch neue Siedlungen im Umfeld. Gerade in den 1950er- und 1960er-Jahren veränderte sich damit auch das Bild der Sied-

Der Wiederaufbauminister Fritz Steinhoff im Kreise von Kollegen bei einer Zusammenkunft in Hamburg

lungsschwerpunkte: Sie wurden modernisiert und wuchsen in die Landschaft hinein.

Steinhoffs Gesetzesinitiativen schaffen guten Rahmen

Die Rahmenbedingungen dafür hatte das Kabinett unter Steinhoffs Federführung bereits im Sommer des Jahres gestellt: mit dem „Gesetz über Maßnahmen zum Aufbau der Städte und ländlichen Ortschaften", das den Gemeinden Anstrengungen zur Überwindung der Kriegsfolgen erleichtern sollte. Das war nicht nur aufgrund der aktuellen Lage von der Landesregierung in die parlamentarische Beratung eingebracht worden, sondern auch angesichts der völlig überalterten Rechtsvorschriften, mit denen bis dato die Bautätigkeit reglementiert worden war. Sie richtete sich nämlich nach dem aus dem Jahr 1875 stammenden Baufluchtliniengesetz, das sich längst als völlig ungeeignetes Instrument einer zukunftsträchtigen Stadtentwicklung erwiesen hatte.

Bei der Einbringung des Gesetzentwurfes in die parlamentarische Beratung machte Fritz Steinhoff am 13. Juli 1949 klar, „daß der Aufbau Pflichtaufgabe der Gemeinde ist und bleiben soll. Ich bringe damit zum Ausdruck, daß hier die kommunale Selbstverwaltung ihre Aufgabe hat und daß keine Instanz die Berechtigung hat, ihr diese Aufgabe streitig zu machen oder darin einzugreifen, soweit nicht Militärregierungs-Anordnungen bestehen (…)“ Darin kam nicht zuletzt auch der Charakter Steinhoffs zum Ausdruck, der sich als verlängerter Arm der konkreten Interessen auf kommunaler Ebene erst in Düsseldorf und später in Bonn sah.

Wenn eine Landesplanung, wie sie in der 1970er-Jahren und später die Rahmenbedingungen setzte, zunächst rigoros verhindert wurde, so hatte das in der Wiederaufbauphase entscheidende Vorteile: Planungs- und Genehmigungsverfahren konnten so deutlich beschleunigt, bürokratischer Aufwand zunächst auf ein Mindestmaß reduziert werden. Zugleich konnte ein Ausgleich zwischen widerstreitenden Interessen direkt vor Ort vorgenommen werden, die Folgen politischer Entscheidungen wurde unmittelbar spürbar. Die Weichenstellung hatte freilich den entscheidenden Nachteil, dass die politischen Weichenstellungen in den Gemeinderäten in der Regel nach materiellen Nützlichkeitserwägungen vorgenommen wurden und heute geläufige Aspekte wie etwa des Natur- und Umweltschutzes noch eine völlig untergeordnete Rolle spielten – wenn sie denn überhaupt in Erwägung gezogen werden konnten.

Einzige Voraussetzung war es freilich, dass der Wiederaufbauminister bei der Planung seine Zustimmung geben wollte, wenn die Gemeinden eine Fläche zum „Aufbaugebiet“ erklären und damit aufwerten wollten. Für die Erklärung von Aufbaugebieten lieferte das Gesetz Rechtsinstrumente, die einer wuchernden Bereicherung Einzelner an der Wohnungsnot der Bevölkerung einen Riegel vorschob: Die Gemeinden konnten die Veräußerung von Grundstücken ihrer Genehmigung vorbehalten und zugleich ein Vorkaufsrecht geltend machen. Einzige Bedingung, so erklärte Fritz Steinhoff vor dem Landtag: „Für das Aufbaugebiet hat die Gemeinde einen Leitplan aufzustellen, die die städtebauliche Entwicklung in ihren Grundzügen festlegt. Insbesondere sind zu beachten die künftige Gliederung des Gemeindegebietes, die Führung des Durchgangs- und Ortsverkehrs, die Aufschließungsart von Neusiedlungsgebieten, die Verteilung der öffentlichen Gebäude usw. (...)" Zugleich wurde ihnen die Aufstellung eines Durchführungsplanes vorgegeben, in dem die Aufteilung des Plangebietes in Grünflächen, Bauflächen, Verkehrseinrichtungen, Ver- und Entsorgungseinrichtungen sowie Art und Umfang der zulässigen Baumassen dargestellt werden sollten.

Für die Gemeinden hielt das Gesetz ein wichtiges Instrument bereit: Ihnen wurde für die Bebauung von Grundstücksflächen ein Gestaltungsspielraum eingeräumt, der nicht nur Bauverbote, sondern auch Baugebote zuließ. Damit waren sie in die Lage versetzt, insbesondere Baulücken auf ihrem Gebiet zu schließen – aber eben auch erforderliche Wohnbauflächen im Kragenbereich zwangsweise bebauen zu lassen. Zugleich wurde ihnen dadurch eine Tür geöffnet, auch eine wirtschaftlich sinnvolle Bauausführung einzuleiten und zu steuern.

In der Parlamentsdebatte machte Fritz Steinhoff deutlich, wie sehr ihm daran lag, den Kommunen mit dem Aufbaugesetz neue Handlungsspielräume für die Realisierung lebenswerter Wohngebiete zu eröffnen: „Wenn (...) unsere Gemeinden in Zukunft lebensfähig bleiben wollen, müssen sie den Anforderungen des modernen Lebens gerecht werden. Sie müssen wirtschaftlich bis zum letzten, wohnlich und schön werden."

Steinhoffs Stärke in seinem Amt als Wiederaufbauminister lag darin, viele Partner an einen Tisch zu holen und auf gemeinsame Ziele verpflichten zu können. Das galt nicht nur für die Zusammenarbeit der höchst unterschiedlichen Koalitionspartner, sondern auch für notwendige Kooperationen mit anderen Ministerien bzw. Behörden sowie für die notwendige Absprachen mit Wirtschaftsverbänden. Zugute kam ihm dabei die hervorragende Verankerung sowohl in der kommunalen Familie als auch in der Parlamentsarbeit. Allein: Bisweilen fehlte dem Wiederaufbauminister bei allen erfolgten Kraftanstrengungen schlicht die Zeit, sich tiefer in die unendlich vielen Einzelfragen seines Ressorts hineinknien zu können.

Und am Schluss fehlte es schlicht an der nötigen Regierungszeit, um wirklich bemerkenswerte Spuren hinterlassen zu können: Der Minister Fritz Steinhoff erhielt zwar durchweg gute Noten und Anerkennung für seine Arbeit, musste seinen Posten aber am 15. September 1950 schon wieder räumen, nachdem bei der zweiten Landtagswahl Karl Arnold zusammen mit der CDU zwar geringfügige Einbußen hinnehmen musste, mit 36,9 Prozent der Stimmen aber die relative Mehrheit errang und zusammen mit dem Zentrum (7,5 Prozent) ein zweites Kabinett gründen konnte. Die Zeiten einer höchst unterschiedliche Lager übergreifenden Regierungsarbeit der unmittelbaren Nachkriegszeit waren vorbei.

Im Amt abgelöst wurde Steinhoff von Otto Schmidt (CDU, 1902 – 1984), der das Ressort im zweiten Kabinett Arnold führte, das freilich im dritten Kabinett Arnold bereits an Willi Weyer und damit an die FDP überging. 1962 hatten sich die Aufgaben weitgehend erledigt, an die Zeiten des Mangels mochte sich niemand mehr gern erinnern. Die Reste des Wiederaufbauministeriums wurden da in das neue Ministerium für Landesplanung, Wohnungsbau und öffentliche Arbeiten integriert.

MIT PRÄSIDIALEM HABITUS DIE PROBLEME ANGEPACKT

Es glich nicht nur einem Krimi, sondern gar einem politischen Erdbeben, was sich da Mitte der 1950er-Jahre in der nordrhein-westfälischen Hauptstadt Düsseldorf abspielte. Kam es doch zu einem völlig unvorhergesehenen Machtwechsel, der den bisherigen, lange von breiten Mehrheiten getragenen CDU-Ministerpräsidenten Karl Arnold das Amt kostete. Die Ursachen lagen nicht einmal im politischen Leben des noch jungen Bindestrich-Bundeslandes, sondern in der Bundeshauptstadt Bonn: Ausgerechnet Bundeskanzler Konrad Adenauer, sonst ebenso gewiefter wie erfolgreicher Machttaktiker, brachte seine Partei in Nordrhein-Westfalen ins Abseits.

Um das zu verstehen und einordnen zu können, ist eine Rückblende notwendig. Operation Marriage – Operation Hochzeit: So nannte die britische Militärregierung einen zunächst geheimen Plan, die bis dato existierenden preußischen Provinzen aufzulösen und das Land Nordrhein-Westfalen zu schmieden, das offiziell am 23. August 1946 und damit ein gutes Jahr nach Ende des Zweiten Weltkriegs qua Verordnung aus der Taufe gehoben wurde, in das Anfang 1947 zudem das bisher selbstständige Land Lippe eingegliedert wurde. Die Kriegsfolgen waren allenthalben spürbar; sie zu beseitigen sowie zudem neue Infrastruktureinrichtungen und Verwaltungsstrukturen aufzubauen, lautete der zentrale Auftrag der Politik aller Parteien. Sie machten sich auch schnell ans Werk, zunächst ohne die heute so lästige Profilierungssucht und auf eine Zusammenarbeit aller Kräfte bedacht.

Um geordnete Verhältnisse schaffen zu können, erschien es zwingend notwendig, so schnell wie möglich funktionstüchtige Lösungen zu finden: auf kommunaler Ebene ebenso wie in den einzelnen Regionen und in dem künftigen Bundesland, wenn die Besatzungsmächte England, Frankreich, Russland und USA, die selbst unter den Kriegsfolgen erheblich litten, sich selbst nicht überfordern wollten. Für die Neustrukturierung hatten sie höchst unterschiedliche Pläne; kein Wunder also, dass anfangs auch in ihrer inneren Ordnung differierende Organisationseinheiten entstanden. Und ebenso wenig überrascht es, wenn die Besatzungsmächte anfangs auch den Versuch unternahmen, sich gegenseitig in die jeweiligen Planungen hineinzureden.

Die Briten entschieden sich dafür, auch gegen Widerstände und Bedenken aus dem nördlichen Teil der preußischen Rheinprovinz mit den Regierungsbezirken Aachen, Düsseldorf und Köln sowie der preußischen Provinz Westfalen das Land Nordrhein-Westfalen zu bilden. Insbesondere der französischen und der russischen Besatzungsmacht war es ein Dorn im Auge, dass das Ruhrgebiet erhalten bleiben und damit einer gemeinsamen Kontrolle entzogen werden sollte. Bereits nach dem Ersten Weltkrieg von 1923 bis 1925 von belgischen und französischen Truppen im Zuge der Reparationsforderungen an die Weimarer Republik besetzt, warnten eben Teile der Besatzungsmächte vor einem Wiedererstarken der bisherigen „Waffenschmiede".

Die Briten sahen freilich letztlich keinen sinnvollen Weg zur Entflechtung der Kohlen-, Eisen- und Stahlindustrien unter Vier-Mächte-Aufsicht. Sie suchten zugleich den sowjetischen Einfluss in dem sich früh anbahnenden Ost-West-Konflikt im westlichen Teil Deutschlands einzudämmen. Ganz zu schweigen davon, dass sie die Versorgung der Menschen sicherstellen mussten. Andererseits wollten sie auch nicht an die überkommenen Verwaltungsgrenzen aus preußischer Tradition und Weimarer Zeit anknüpfen.

Als Ministerpräsidenten setzten die Briten zunächst Rudolf Amelunxen (1888 – 1969, Zentrum) ein. Er amtierte allerdings nur wenige Monate. Denn bei den ersten freien Landtagswahlen am 20. April 1947 setzte sich die noch relativ junge CDU überraschend an die Spitze der politischen Kräfte: Sie erhielt 37,5 Prozent der gültigen Stimmen; auf die SPD entfielen 32 Prozent, auf die KPD 14 Prozent, auf das Zentrum 9,8 Prozent, auf die FDP 5,9 Prozent, 0,8 Prozent entfielen auf sonstige Parteien und unabhängige Kandidaten. Wünsche nach einer Allparteienregierung erfüllten sich insbesondere wegen unterschiedlicher wirtschaftspolitischer Vorstellungen zwar nicht. Mit Karl Arnold (1901 – 1958), den die Briten zuvor bereits zum Oberbürgermeister von Düsseldorf ernannt hatten, kam aber in der konstituierenden Landtagssitzzung, zunächst noch provisorisch in der Düsseldorfer Oper tagenden Landtag ein einstimmig gewählter Politiker an die Spitze der Landesregierung, die aus CDU, SPD, Zentrum und KPD bestand – eine heute nicht mehr vorstellbare Konstellation.

Zunächst hat die CDU die stärkste Stellung in NRW

Mit Karl Arnold zog ein Garant für eine maßvolle Politik in die erste Staatskanzlei ein, die zunächst in einem Gebäude an der an der Elisabethstraße in direkter Nachbarschaft des Landtags untergebracht war. Der frühere Zentrums- und nachmalige CDU-Politiker führte insgesamt drei Kabinette unter der Führung der CDU und unter Beteilung von noch aus der Vorkriegszeit stammenden, im Rheinland sehr starken katholischen Zentrumspartei, der SPD (bis 1950), der FDP (seit 1954) sowie zunächst der KPD (bis April 1948) als Koalitionspartner. Landtag und Landesregierung standen in den frühen NRW-Jahren vor der gewaltigen Herausforderung, vor allem neue Lebensgrundlagen der rund elf Millionen Einwohner des neuen Bundeslandes (davon rund 900.000 Vertriebene) zu schaffen – und das unter eher improvisierenden Bedingungen. Denn selbst die Landesverwaltung begann erst nach und nach wieder zu funktionieren.

Karl Arnold konnte sich beinahe ein Jahrzehnt lang auf eine solide Basis stützen, weil er zwar im konservativen Wertelager verwurzelt war, seine Positionen jedoch auch für andere am Wiederaufbau beteiligte Parteien als katholischer Sozialpolitiker viele Anknüpfungsmöglichkeiten boten. Zum Ziel hatte er einen „christlichen Sozialismus". Zudem brachte er eine weitere Stärke mit: Er verkörperte das Selbstverständnis der Menschen in der Region an Rhein, Ruhr und Lippe. Das kam zum Ausdruck, wenn er mit Blick auf seine „Landeskinder" zu Formulierungen griff wie: „Wir sind das soziale Gewissen Deutschlands." Nur so ist zu verstehen, wenn sich die Position der CDU auch bei den beiden folgenden Landtagswahlen 1950 (zugleich auch Abstimmung über die neue NRW-Verfassung) und 1954 sogar noch stabilisierte. Eben seit 1954 stützte sich das dritte Kabinett Arnold neben dem Zentrum, dessen Bedeutung in den vergangenen Jahren immer weiter geschrumpft war, auf die Freien Demokraten mit dem noch jungen Willi Weyer an der Spitze. Eine Koalition mit den Sozialdemokraten kam dagegen, auch wenn es Sondierungsgespräche unter Beteiligung ihres Fraktionsvorsitzenden Fritz Steinhoff gegeben hatte, indes nicht zustande. Auch wenn sie bei Arnold als Mitverfasser des eher linken Ahlener Programms vielleicht auf Gegenliebe gestoßen wäre, passte sie so ganz und gar nicht in die strategischen Vorstellungen des CDU-Bundesvorsitzenden und Bundeskanzlers Konrad Adenauer. Der sah in den Sozialdemokraten eher vaterlandslose Gesellen, weil sie seine klare Westorientierung nicht mitmachen wollten.

Ganz wesentlich trug zur Stärkung der CDU und Karl Arnolds das sogenannte Montan-Mitbestimmungsgesetz bei. 1951 verabschiedet und in Kraft getreten, sorgte es in den Unternehmen des Bergbaus und der eisen- und stahlerzeugenden Industrie mit jeweils mehr als tausend Mitarbeitern für eine konsequente Parität zwischen den Vertretern der Anteilseigner und den Arbeitnehmervertretern. Ebenfalls 1951 wurde die Europäische Gemeinschaft für Kohle und Stahl (Montanunion) von Deutschland, Belgien, Frankreich, Italien und Luxemburg gegründet – ein gemeinsamer Markt eben für die Montangüter Kohle und Stahl -, die sich als Schwungrad für den Wiederaufbau erwies. Durch beide Weichenstellungen, die eigentlich einem Wiederaufleben der Waffenschmiede Ruhrgebiet vorbauen sollten, kam es zu einer engen Verzahnung von Arbeitgeber- und Arbeitnehmerinteressen – eine wesentliche Komponente nicht nur der sozialen Marktwirtschaft, sondern auch eine konstituive Kraft gerade für das von den Montanindustrien beherrschte Nordrhein-Westfalen. Bald machte deshalb auch das Zitat vom „Rheinischen Kapitalismus" die Runde.

Nachdem der Wiederaufbau Wirkung zeigte und der Aufschwung allenthalben im Land zu spüren war, hätten sich die Christdemokraten, noch aufgegliedert auf die längst nicht immer einigen Landesverbände Rheinland und Westfalen und damit ohne verbindenden Landesverband, vielleicht auf eine langanhaltende Herrschaft einstellen können. Doch dann kam der 20. Februar 1956 mit dem ersten konstruktiven Misstrauensvotum in der Landesgeschichte gegen einen Ministerpräsidenten, das Landtagspräsident Josef Gockeln kurz nach 11 Uhr gleich nach der Eröffnung der Plenarsitzung aufrief. Alle Augen richteten sich in diesem Moment auf den NRW-Landtag, dessen Zuschauertribünen überfüllt waren, den sogar die internationale Presse umlagerte. Eingebracht hatte den Antrag die an der Arnold-Regierung beteiligte FDP gemeinsam mit den Sozialdemokraten. Der Hintergrund: In Bonn hatte die CDU/CSU-Bundestagsfraktion im Dezember 1955 einen Entwurf für ein Grabenwahlsystem, eben ein mehrheitsbildendes Wahlrecht vorgelegt. Ein Mehrheitswahlrecht fand zwar auch in Teilen der SPD-Unterstützung (so beim späteren Kanzler Helmut Schmidt), keinesfalls aber bei der kleinen liberalen Partei: Sie hätte kaum jemals in absehbarer Zeit die Chance gefunden, einen Wahlkreis direkt zu gewinnen und wäre damit mutmaßlich auf Dauer nicht nur aus dem Bundestag ausgeschieden, sondern auch im politischen Leben auf untergeordneten Ebenen marginalisiert worden. Adenauer war auf die Liberalen ohnehin nicht allzu gut zu sprechen: Vertraten die doch in Bonn inzwischen immere häufiger Positionen, die dem Willen des Kanzlers zuwiderliefen. Das galt insbesondere für außenpolitische Themen wie die Westintegration und den Beitritt zur NATO – beides in der eher nationalliberal geprägten FDP Reizthemen; denn da galt eine schnelle Wiedervereinigung als vorrangiges politisches Ziel. Auf die prompte Drohung der Bonner FDP mit der Aufkündigung sämtlicher Regierungsbündnisse auf Landesebene reagierte Kanzler Adenauer freilich nur mit einer abwartenden Haltung, auch wenn er sich später mit der Bundes-FDP einigte.

„Jungtürken" proben in der FDP den Aufstand

Genau das rief eine Gruppe jüngerer FDP-Politiker in Nordrhein-Westfalen (im Volksmund mit Blick auf die revolutionären Umwälzungen Kemal Atatürks die „Jungtürken" genannt) auf den Plan, die sich um Wolfgang Döring scharten, zu denen aber auch Persönlichkeiten wie Willi Weyer, Walter Scheel oder Liselotte Funcke zählten. Mit einigen von ihnen hatte Fritz Steinhoff bereits als Oberbürgermeister von Hagen enge Kontakte, so etwa mit Willi Weyer als zweiter Bürgermeister und damit als sein Stellvertreter. Inwieweit das persönliche Verhältnis Steinhoff-Weyer eine ausschlaggebende Rolle beim Zustandekommen der Koalition spielte, ist nicht überliefert und muss doch angenommen werden. Gleichwohl galt es als gut und hilfreich. So charakterisierte der FDP-Politiker später gerne an den väterlich-freundschaftlichen Stil Steinhoffs schon in den Jahren ihrer Hagener Zusammenarbeit, aber auch in der Koalition: „‚Junger Mann, langsam mit den jungen Pferden ‘, das war eine Mahnung, die der Oberbürgermeister Fritz Steinhoff einem jungen liberalen Politiker in einer Stadtverordnetenversammlung in Hagen 1949 mit auf den Weg gab, als jener glaubte, mit forschen Attacken die Verwaltung belehren zu müssen. Quanta costa, was kostet das? Das war die Frage des Ministerpräsidenten Fritz Steinhoff an seinen Finanzminister, der auch in Düsseldorf wie in Hagen sein Stellvertreter war, wenn in der Landesregierung Vorschläge unterbreitet wurden, die finanzielle Anforderungen an den Etat mit sich brachten. Im ersten Falle mahnte ein väterlicher Freund, der bei Theodor Heuss politische Wissenschaft studiert hatte, den Parteifreund von Theodor Heuss; er ermahnte den jungen Kollegen. Im zweiten Fall bat der Ministerpräsident unseres Landes um den Rat seines Partners in der sozialliberalen Koalition der Jahre 1956–58."

Welche persönlichen Beziehungen auch immer eine Rolle spielten – gleichsam in letzter Minute suchte Karl Arnold, nicht gerade ein Freund Konrad Adenauers, den Bundeskanzler zwar noch umzustimmen und von seinen Plänen für eine Änderung des Wahlrechts abzubringen. Doch das Bündnis zwischen SPD und FDP war hinter den Kulissen bereits fest vereinbart. Auch wenn sich die Inhalte vieler informeller Gespräche, die im Vorfeld der offiziellen Koalitionsverhandlungen abspielten, unserer Kenntnis entziehen, spricht dafür die Zielstrebigkeit im Vorgehen und eine solide persönliche Vertrauensbasis der beiden neuen Koalitionspartner.

Die Koalitionsverhandlungen zwischen SPD und FDP verliefen denn auch eher unspektakulär und ohne wesentliche Differenzen. Das galt nicht nur für die personellen Weichenstellungen, sondern auch für die Inhalte des Regierungsprogramms. Das immerhin war bis dahin einmalig in Nordrhein-Westfalen und dem Erfolgszwang zu verdanken, unter dem die neuen Partner unversehens standen. Das galt zumal, weil sich die Sozialdemokraten als regierungsfähig zeigen wollten, die Liberalen die Bildung einer großen Koalition fürchteten und das Zentrum seine ohnehin marginalisierte Bedeutung gänzlich zu verlieren drohte. Mindestens eine Große Koalition hatte allerdings zu keinem Zeitpunkt eine realistische Alternative bedeutet: Fritz Steinhoff hatte sich schnell auf die FDP festgelegt, wie er überhaupt nach Aussagen von Wegbegleitern häufig ein Freund ebenso schneller wie entschlossener

Entscheidungen war. Alle Angebote der CDU, mochten sie noch so verlockend sein, lehnte er klar ab. Schließlich hätte eine Zusammenarbeit mit ihr auch den Verzicht auf die politische Federführung und das Amt des Ministerpräsidenten bedeutet.

Bereits im Januar 1956 stiegen die beiden Parteien in Verhandlungen ein. An ihnen nahmen Wolfgang Döring und Willi Weyer teil, aber auch aufstrebende Persönlichkeiten wie Wolfram Dorn, Liselotte Funcke und der spätere Außenminister und Bundespräsident Walter Scheel. Distanziert blieb indessen FDP-Mann Friedrich Middelhauve, bis dahin im Kabinett Wirtschaftsminister und Arnolds Stellvertreter, der sich zur Loyalität gegenüber der CDU verpflichtet fühlte. Er trat denn auch Mitte Februar vom Amt des FDP-Landesvorsitzenden zurück und blieb auch im Landtag der späteren Abstimmung über das Misstrauensvotum fern.

Das Ende der Regierung Arnold, der in den 1954er-Wahlkampf mit dem Slogan „Mit Arnold für Adenauer!" gezogen war und jetzt die Quittung für seine Bindung für das Taktieren seiner Bundespartei und insbesondere des Kanzlers bekam, wurde mit dem 16. Februar 1956 eingeläutet: An diesem Tag brachten SPD und FDP den Misstrauensantrag auf den Weg, in dem ebenso knapp wie präzise stand: „Dem Ministerpräsidenten wird gemäß Artikel 61 der Verfassung des Landes Nordrhein-Westfalen das Misstrauen ausgesprochen, und zu seinem Nachfolger wird der Landtagsabgeordnete Fritz Steinhoff gewählt."

Knisternde Stimmung bei Misstrauensvotum

Am 20. Februar, dem Tag der Abstimmung, war das Plenum bis auf drei Abgeordnete vollzählig. Symbolträchtig fehlten auf der Ministerbank die FDP-Kabinettsmitglieder Friedrich Middelhauve (Minister für Wirtschaft und Verkehr) und Willi Weyer (Minister für Wiederaufbau). Groß war indes die Spannung: Denn trotz des entschlossenen Vorgehens der künftigen Koalition erschien es keineswegs sicher, dass ihr

Plan auch in der geheimen Abstimmung aufgehen würde. Das galt umso mehr, weil die Abgeordneten des Zentrums den Auftrag des Landeshauptausschusses ihrer Partei mit auf den Weg bekommen hatten, den Misstrauensantrag gegen Arnold abzulehnen. Als die Abstimmungsergebnisse der Abgeordneten bekanntgegeben wurden, konnten insbesondere Steinhoff und Weyer aufatmen: 102 gegen 96 Stimmen bedeuteten eine klare Mehrheit nicht nur für den Misstrauensantrag, sondern auch eine bis auf weiteres durchaus tragfähige Basis für die Zusammenarbeit in der restlichen Legislaturperiode. Dazu kam, dass die CDU-Abgeordneten auch nicht geschlossen für Arnold gestimmt hatten. Unmittelbar im Anschluss an die Abstimmung wurde der damals 58-jährige Steinhoff von Landtagspräsident Josef Gockeln vereidigt. Er schwor, „dass ich meine ganze Kraft dem Wohle des deutschen Volkes widmen, seinen Nutzen mehren, Schaden von ihm wenden, das mir übertragene Amt nach bestem Wissen und Können unparteiisch verwalten, Verfassung und Gesetz wahren und verteidigen, meine Pflichten gewissenhaft erfüllen und Gerechtigkeit gegenüber jedermann üben werde“. Den damals noch üblichen Zusatz „So wahr mir Gott helfe“ verwendete der konfessionslose Steinhoff nicht.

Damit war das erste sozial-liberale Bündnis auf Landesebene in der noch jungen Bundesrepublik Deutschland geschmiedet. Das Zentrum spielte zwar beim Sturz Arnolds keine aktive Rolle, klinkte sich aber nach wenigen Tagen in die Regierung ein und verbreiterte für den Rest der Wahlperiode die Mehrheit des neuen Bündnisses. Immerhin hatte Rudolf Amelunxen als einer der wichtigsten Protagonisten der Zentrumspartei einen ausgesprochen wohlwollenden Blick auf Steinhoff, den er als den „klugen Hagener Bürgermeister“ bezeichnete. Treibende Kraft waren zweifellos die Freien Demokraten. Die Koalition kam damit eher zustande, weil sie deren machtpolitischem Kalkül entsprang – nicht aber, weil die Parteien eine größere Verbundenheit verspürt oder gar ein gemeinsames politisches Ziel oder auch nur Projekt verfolgt

Fritz Steinhoff als Ministerpräsident

hätten. Ganz im Gegenteil: Bislang hatten sich beide Seiten eher skeptisch bis kritisch beäugt, in den frühen 1950er-Jahren waren sie sich lange schlicht fremd, wenn nicht ablehnend gegenüber aufgestellt. Die Gründe seien an dieser Stelle nur kurz angerissen: Die Sozialdemokraten auf der einen Seite befanden sich noch ganz in der ursprünglichen Tradition der Klassenpartei als sozialistischer Arbeiterpartei und hatten den Weg zum Godesberger Programm, das erst die Ausgangsposition für die Übernahme von Regierungsverantwortung auf Bundesebene schuf, noch vor sich. Die Liberalen wiederum standen auf der anderen Seite des politischen Spektrums mit einem starken wirtschaftsliberalen Flügel und nicht wenigen nationalliberalen Überzeugungspolitikern.

Wenn sie dennoch zusammenfanden, ist dies nach Auffassung von Zeitzeugen vor allem Fritz Steinhoff zu verdanken: Neben seinen persönlichen Kontakten in die FDP hinein, die allein schon Vertrauen aufbauen halfen, nützte dem eher konservativen Sozialdemokraten vor allem sein ebenso verbindender wie verbindlicher Charakter beim Aufbau einer soliden Zusammenarbeit. Überdies vereinte Sozialdemokraten und Liberale der gemeinsame Gegner CDU, nachdem sich

Steinhoff nach der Wahl 1954 zunächst durchaus begründete Hoffnungen auf eine erneute Zusammenarbeit mit der CDU gemacht hatte, sich dann aber bei ihr eine Abfuhr holte. All das hätte allerdings kaum eine Wirkung gezeigt ohne Adenauers Eintreten für das Mehrheitswahlrecht: „… ich finde keinen echten landespolitischen Grund, warum Sie dieser Regierung das Mißtrauen aussprechen wollen. Ich habe den Eindruck, daß hier eine Schlacht in einem falschen Saal geführt wird“, sagte der scheidende Karl Arnold vor dem Landtag.

Im Übrigen trafen sich die neuen Partner ausgerechnet bei der „Deutschlandfrage“, so unglaublich das aus heutiger Sicht auch klingt. Denn nicht nur die nationalliberalen Kräfte, sondern auch die Sozialdemokraten waren vor dem Godesberger Parteitag eher auf die Wiederherstellung der Einheit Deutschlands und damit auf die Nation hin orientiert, standen der klaren Westorientierung von Adenauers CDU eher skeptisch bis ablehnend gegenüber.

Fritz Steinhoff gelangte also etwa in der Mitte der laufenden Wahlperiode in das Amt des Ministerpräsidenten – letztlich eher zufällig, nicht in der Folge einer Landtagswahl, ohne bemerkenswerte politische Vorhaben im Tornister und in hoher Abhängigkeit vom neuen Koalitionspartner. Von einer Liebesheirat mochte der Politiker denn auch selbst gar nicht erst sprechen, er nannte die neue politische Beziehungsgeschichte „eine im Staatsinteresse eingegangene Arbeitsgemeinschaft“. Ihr Zweck: „Wege suchen und finden, auf denen die Koalition gemeinsam positive Arbeit für Gesetzgebung und Verwaltung leisten kann.“ Damit mochte er nicht zuletzt Parteifreunden vorbauen, die voreilig schon in dem eigenen Bündnis auf Landesebene ein Vorbild für einen erwünschten Regierungswechsel auf Bundesebene sahen. Jedenfalls übernahm die neue Koalition sehr geräusch- und reibungslos die Macht in Düsseldorf und machte sich durchaus energiegeladen an die Regierungsarbeit – teils anknüpfend an die Initiativen früherer Kabinette, aber durchaus mit einer Reihe eigener Vorhaben.

FDP genießt starke Stellung in der neuen Koalition

Die begann noch am selben Tag mit einer Pressekonferenz, bei der Fritz Steinhoff die Grundlagen und den beabsichtigten Kurs der neuen Landesregierung erläuterte. Er zeigte sich froh darüber, dass jetzt jüngere Politiker in Nordrhein-Westfalen Verantwortung übernähmen. Zwar sei nicht von einer „Politik der Jungen" zu sprechen, wohl aber dürfe man von seinem Kabinett eine „junge Politik" für das Bundesland erwarten. Wie die im Detail aussehen könne, ließ der frisch gewählte Ministerpräsident allerdings offen. Zugleich appellierte er an die Regierungspartner, die sachliche Zusammenarbeit aufrechtzuerhalten, die bereits mit den ersten Sondierungsgesprächen zwischen SPD und FDP deutlich geworden sei: So habe man in keinem Stadium der Koalitionsverhandlungen beispielsweise „prozentual für Ansprüche einer dieser Parteien berechnet, sondern sich stets bemüht, eine wirkliche Partnerschaft einzuleiten".

Neun Tage nach der Wahl zum Ministerpräsidenten präsentierte Fritz Steinhoff sein Kabinett. Ihm sollten angehören Willi Weyer (FDP) als Finanzminister und Stellvertreter des Ministerpräsidenten, Hubert Biernat (1907 – 1967, SPD) als Innenminister, Rudolf Amelunxen (1888 – 1969, Zentrum) als Justizminister, Paul Luchtenberg (1890 – 1973, FDP) als Kultusminister, Josef Effertz (FDP) als Minister für Ernährung, Landwirtschaft und Forsten, Hermann Kohlhase (FDP) als Minister für Wirtschaft und Verkehr, Karl Siemsen (SPD) als Minister für Bundesangelegenheiten, Fritz Kaßmann (SPD) als Minister für Wiederaufbau sowie Heinrich Hemsath (SPD) als Minister für Arbeit und Soziales. Damit überließen die Sozialdemokraten der FDP ebenso viele Ministerposten, wie sie selbst beanspruchten und räumten ihr damit eine außerordentlich starke, weit über das Wahlergebnis hinausgehende Stellung ein. Nie wieder hat der kleine Koalitionspartner in der bundesrepublikanischen Geschichte soviel personalpolitisches Gewicht in die Waagschale werfen können bzw. erhalten. Auffallend ebenso: Die Minister

Das neue Kabinett Steinhoff nach der Vereidigung im Landtag

stammten überwiegend aus unterschiedlichen Kommunen Westfalens; das bislang dominante Rheinland war deutlich unterrepräsentiert. Auf einen regionalen Proporz legten also weder Fritz Steinhoff noch die an der Regierung beteiligten Parteien sonderlichen Wert. Mit Hubert Biernat stammte ein Minister sogar aus demselben SPD-Unterbezirk Unna, in dem auch Steinhoff als junger Mann aufgewachsen war. Er brachte ebenso wie sein Ministerpräsident tiefgreifende Erfahrungen aus der Kommunalpolitik mit in sein Amt: Nachdem er bereits von 1946 bis 1950 Landrat des Kreises Unna (ein Amt, das er noch einmal von 1961 bis 1964 ausfüllen sollte) war, arbeitete er als Regierungspräsident in Arnsberg von 1950 bis 1956.

In seiner Regierungserklärung zur Ankündigung der neuen Regierungsmitglieder machte Fritz Steinhoff klar: „Das neue Kabinett wird von einer Regierungskoalition getragen. Die derzeitige politische Entwicklung legt eine eindeutige Klarstellung des Begriffes nahe. Wir sehen in der neugebildeten Koalition eine im Staatsinteresse eingegangene Arbeitsgemeinschaft, deren Mitglieder neben übereinstimmenden

Auffassungen auch voneinander abweichende besitzen. Unter Respektierung dieses Tatbestandes werden wir Wege suchen und finden, auf denen die Koalition gemeinsam positive Arbeit in der Gesetzgebung und Verwaltung des Landes leisten kann."

Ausgesprochen nüchtern-sachlich und an Fakten orientiert: So suchte Fritz Steinhoff auf die schwierige Situation der FDP einzugehen. Die sah sich nach dem Koalitionswechsel in Düsseldorf damit konfrontiert, den Spagat zwischen linken und rechten Kräften in der Partei zu entschärfen. Der hatte die Partei seit der Gründung begleitet und schon vorher bisweilen eskaliert – so etwa 1952. Offen zum Ausbruch kam der Konflikt beim Bundesparteitag in Bad Ems, wo ein nationalliberales „Deutsches Programm" (Ziel: eine Wiederherstellung des Deutschen Reiches als dezentraler Einheitsstaat mit einem semipräsidialen System und ohne Länderparlamente) einem klassisch-liberalen „Liberalen Manifest" (Ziel: Absicherung des neuen politischen Systems in der Bundesrepublik und Stärkung der kommunalen Familie) gegenüberstand. Die bestehenden Flügelkonflikte eskalierten nach den Düsseldorfer Ereignissen: 16 Bundestagsabgeordnete, darunter die bisherigen vier Bundesminister der FDP unter der Führung des vormaligen Bundesvorsitzenden Franz Blücher (1896 – 1959), verließen die Partei und gründeten Mitte Juni 1956 die sogenannte Euler-Gruppe, die Freie Volkspartei (FVP). Ihr war freilich kein allzu langes Leben beschert: Schon in der zweiten Januarhälfte 1957 fusionierte sie mit der konservativen Deutschen Partei (DP), die ebenfalls eine Fußnote in der deutschen Geschichte blieb.

Die Einbeziehung der neun Zentrumsabgeordneten in die neue Koalition markierte auch deren Grenzen: Denn die katholisch geprägte Partei mochte an einer Reform des Schulwesens, das von einer konfessionellen Zersplitterung geprägt war, nicht mitwirken. So führte denn auch Steinhoff in seiner Regierungserklärung an: „Für die Gestaltung des Schullebens ist das geltende Schulrecht maßgebend; die Landesregierung wird nichts unternehmen, um eine Änderung der Grundlage des am 8. April 1952 beschlossenen Schulgesetzes herbeizuführen, jedoch wird die Aufgliederung der Volksschule dort ihre Grenze haben müssen, wo die Anforderungen, die die Gesellschaft an den Unterrichtserfolg der Schulen zu stellen hat, nicht mehr erfüllt werden.“ Das Schulgesetz war Ausfluss von Artikel 12 der Landesverfassung, die 1950 durch Volksabstimmung angenommen worden war aber eben wegen dieses Artikels von den Sozialdemokraten abgelehnt wurde. Darin wurde dem Elternwahlrecht Vorrang gegeben, wodurch sie den weltanschaulichen Charakter der Volksschulen bestimmen konnten. Die nötigen schulpolitischen Reformen konnte erst die zweite sozialliberale Koalition im Jahr 1968 in Angriff nehmen – da mit Unterstützung auch von Teilen der CDU; das Zentrum war bereits mit der Landtagswahl 1958 aus dem Düsseldorfer Parlament ausgeschieden.

Massive internationale Kritik am Regierungswechsel

Die Regierungserklärung und die Zusammensetzung des Steinhoff-Kabinetts ließen ohnehin keine wesentlichen reformerischen Ansätze erwarten. Von vornherein zeichnete sich eine Regierung ab, in der sich die Partner eher gegenseitig blockieren durften als sich in ihrer gestalterischen Kraft gegenseitig zu befruchten. Das Machbare versprach Fritz Steinhoff freilich anzugehen. So trat er, der leidenschaftliche Verfechter kommunaler Selbstverwaltung, nachdrücklich für eine strukturelle Stärkung der Städte und Gemeinden sowie für eine bessere finanzielle Ausstattung der kommunalen Familie ein – immerhin eine zwar zunächst eher wenig spektakuläre, aber doch tiefgreifende Veränderung im Land.

So zahm auch die Ankündigungen und die Regierungskonstellation selbst auch wirken mochten – die Reaktionen auf den Regierungswechsel, wie sie in der Presseberichterstattung des westlichen Auslands zum Ausdruck kamen, fielen eher kritisch bis ablehnend aus und deuteten noch ein weiteres Dilemma Steinhoffs an: Die New York Times vom 17.

Februar 1956 zeigte sich beispielsweise regelrecht bestürzt über den Regierungswechsel, weil er verhängnisvolle Konsequenzen für die Stabilität der deutschen Demokratie und die künftige Entwicklung der deutschen Außenpolitik mit sich bringe. Damit zielte das Blatt auf die bisherigen Positionen der SPD ab, die eine enge Bindung an die NATO vehement bekämpft hatte, während gleichzeitig die FDP für eine flexiblere Außenpolitik eingetreten war. Nach acht stabilen Jahren drohe die Bundespolitik damit in ein Fahrwasser zu geraten, in dem die Weimarer Republik gescheitert sei, mahnte die New York Times. Wie auch in vielen anderen Medien wurde damit deutlich, in welch hohem Maße der globale Mächtekonflikt und die Bundespolitik in die Landespolitik hineinspielte. Selten hat eine deutsche Landesregierung jemals so ein ablehnendes Echo ausgelöst.

Auch hier zeigte sich Fritz Steinhoff in seinen Reaktionen um Sachlichkeit bemüht: Ein gegebenes Wort sei der SPD und der FDP ebenso viel wert wie der CDU, machte er in einem Interview mit der Süddeutschen Zeitung (Ausgabe vom 17./18. März 1957) deutlich. Es sei damit nicht zu rechtfertigen, in der westlichen Öffentlichkeit den Eindruck zu erwecken, als seien alle anderen politischen Kräfte außerhalb der Bundesregierung unsichere Kantonisten. Im Gegenteil, so führte Steinhoff wörtlich weiter aus: „Wenn der Bundeskanzler einmal nicht mehr ist, welche Kreditwürdigkeit hat noch die auf seinen Namen allein basierende Bundesrepublik? Um diesen Einschnitt im Verhältnis der Bundesrepublik und unseren westlichen Alliierten niemals eintreten zu lassen, muß sich im Ausland die Überzeugung festigen, daß die Demokratie in Deutschland nicht auf zwei Augen ruht (…) Das Vertrauen im westlichen Ausland muß allen allen demokratischen Kräften und Parteien in Deutschland gleichermaßen sicher sein."

An anderer Stelle betonte Steinhoff: „Es ist nicht die Aufgabe einer Landeregierung, Außenpolitik zu treiben. Nachdem aber in der Polemik gegen die Bildung der neuen Koalitionsregierung in Nordrhein-Westfalen in der deutschen wie leider auch in der ausländischen Presse die Version verbreitet worden ist, daß eine Landesregierung, die nicht unter Führung der Partei des Herrn Bundeskanzlers steht, die Verbundenheit des deutschen Volkes mit den freien Völkern des Westens gefährde, muß ich hierzu die Feststellung treffen, daß solche Kombinationen völlig abwegig sind. Wer dieser Koalition und dieser Regierung nachsagt, sie gefährde die Stabilität der deutschen Verhältnisse, der leistet mit solchen Verdächtigungen der deutschen Sache im Ansehen des Auslandes einen schlechten Dienst." Damit markierte der Politiker gleich zu Beginn seiner Amtszeit, in welch hohem, ja staatsmännischem Maße er in der Lage war, die Rahmenbedingungen der Bundespolitik zu antizipieren.

Ausdrücklich verteidigte er in diesem Zusammenhang auch die Liberalen, die sich dem Verdacht der Wankelmütigkeit ausgesetzt sahen: „Die Verwirrung des Denkens in gewissen Kreisen des Auslands zeigt sich am anschaulichsten darin, daß die FDP so lange als zuverlässige demokratische Partei galt, wie sie mit der CDU zusammen in Nordrhein-Westfalen in der Koalitionsregierung saß. Seitdem die FDP mit meiner Partei zusammengefunden hat, besteht sie plötzlich nur noch aus ehemaligen Nazis. Jeder Bündnispartner der CDU ist edel und rein, die Verständigung des gleichen Partners mit der SPD bringt einen Farbenwechsel wie beim Chamäleon hervor, und die mit schwarzer Farbe übertünchten angeblichen braunen Flecken sind plötzlich ins hellste Tageslicht gerückt."

Ohnehin dürften die beiden neuen Koalitionspartner zu keinem Zeitpunkt auch nur die Absicht verfolgt haben, die Generallinie der Bonner Außenpolitik mit der klaren Westintegration zu gefährden. Das galt allemal für Fritz Steinhoff, der bei Konfliktthemen wie der Gründung und dem Aufbau der Bundeswehr schon bislang eher moderate Positionen in seiner Partei und darüber hinaus vertreten hatte. So hieß es beispielsweise 1958 in einem Rückblick der Parteizeitung „Vorwärts" (Ausgabe 13. Juni 1958): „Zu einer Zeit, da die sozialdemokratische Wehrpolitik noch Diskussionsgegenstand war und sich führende Politiker nicht gern festlegten, hatte Steinhoff schon eine eigene und sehr klare Konzeption von der Stellung des Soldaten in der Demokratie. Er scheute sich nicht, sie auch im Wahlkampf offen zu sagen (...)"

Auch wenn Fritz Steinhoff immer wieder deutlich machte, in welch hohem Maße er in der Lage war, im bundespolitischen Maßstab nicht nur mitzudenken, sondern auch eigenständige Positionen von dauerhafter Haltbarkeit zu entwickeln, lag ihm die Landespolitik doch wesentlich stärker am Herzen als die Außen- und Sicherheitspolitik. Und da gab es auch gut ein Jahrzehnt nach Ende des Weltkrieges mehr aufzuholen, als aus heutiger Sicht zu erahnen ist: Steinhoff machte in den Wochen nach dem Regierungsantritt deutlich, wie wichtig ihm eine „solide Verwaltungsarbeit mit fortschrittlichem Akzent" sei – insbesondere auf dem Gebiet des Wohnungsbaus, der Errichtung neuer Schulen und Ingenieurschulen.

Darin kam nicht nur seine kommunalpolitische Erfahrung, sondern auch seine stets realistische Einschätzung der realen Verhältnisse zum Ausdruck. Das galt insbesondere auch für Fragen der Wirtschafts- und Sozialpolitik. Von einer Sozialisierung von Unternehmen nahm er deutlichen Abstand – und damit auch eine Politik vorweg, wie sie seine Partei erst nach der Verabschiedung des Godesberger Programms praktizierte. Zwar war er in jungen Jahren durchaus Anhänger einer sozialisierten Wirtschaft gewesen; doch mit zunehmender Erfahrung war Fritz Steinhoff längst von einer „Gemeinwirtschaft" abgerückt. Dazu hat zweifellos auch sein Engagement als Aufsichtsratsvorsitzender bzw. Aufsichtsratsmitglied zahlreicher Unternehmen beigetragen, mit dem er sich bemerkenswerte wirtschaftliche Kenntnisse aneignete und die Vorteile privatwirtschaftlicher Kreativität gegenüber staatlichem Plandenken kennenlernte.

Er sah wenig Sinn darin, Unternehmen mehr als nötig zu reglementieren oder gar zu beschneiden, auch wenn er ein Verfechter sozialpolitischer Themen war. Die sah er allerdings verwirklicht in den Spielregeln der sozialen Marktwirtschaft – eben an Stellen, wo es nicht nur um den Gewinn und Investitionen der Wirtschaftsunternehmen, sondern auch um den arbeitenden Menschen, seine Gesundheit sowie sein Wohlbefinden und die Sicherheit seines Arbeitsplatzes ging. Selbst Fragen der Mitbestimmung (etwa im Montanbereich) sah er weniger unter dem Aspekt einer Beschneidung des unternehmerischen Wirkens, sondern eher als eine Mitwirkung im Sinne des Miteinanderwirkens. Meldungen, wonach die neue Koalition die Grundstoffindustrien sozialisieren und den Verhältnissen in der Sowjetzone anpassen wolle, bezeichnete er denn auch gleich nach dem Regierungsantritt als „aus der Luft gegriffen". Aus gutem Grund charakterisierte sein Koalitionspartner Willi Weyer Fritz Steinhoff als „sozialen Humanisten liberaler Prägung". Das kann aber nicht darüber hinwegtäuschen, dass Sozial- und Freidemokraten zu diesem Zeitpunkt gerade auf dem Feld der Wirtschafts- und Sozialpolitik generell noch Welten trennten.

Steinhoff war nebenbei Aufsichtsratsvorsitzender des Klöckner-Hüttenwerks Haspe mit einer Belegschaft von rund 6.000 Menschen, des drittgrößten NRW-Elektrizitätswerks „Elektromark" und der Hagener Verkehrsbetriebe. Außerdem gehörte er einem runden Dutzend Aufsichtsräten als einfaches Mitglied an. Zudem war der Ministerpräsident Präsident des NRW-Städtetags, im Deutschen Städtetag saß er im Präsidium. Wie der Mann das Arbeitspensum schaffte? Wie er dabei auskam ohne Handy und Computer? Wieviel Zeit er auf den Nachkriegsstraßen verholperte? Wir wissen all das nicht. Sehr wohl ist überliefert, wie genau er sich seine Zeit einteilte und wie ungeduldig er werden konnte, wenn sich Sitzungen und Besprechungen unnötig lange hinzogen. Eins steht fest: Fritz Steinhoff arbeitete unermüdlich, war bienenfleißig, war überall präsent im Land. Erstaunlich genug bleibt es, wie er bei diesem Pensum den Überblick behielt und seinen grundsätzlichen Kurs an der Spitze des Kabinetts wie in vielen anderen Gremien nie aus dem Auge verlor.

Zugleich zeigte sich Fritz Steinhoff tief verankert in dem neuen und eigentlich künstlich zusammengeführten Bundesland. Auch wenn er persönlich im Herzen Westfalen geboren, aufgewachsen und verankert war, sah sich der Politiker dem Bundesland in allen seinen Teilen verpflichtet. So betonte er wenige Monate nach seinem Regierungsantritt in einer Feierstunde zum zehnjährigen Bestehen Nordrhein-Westfalens im Landtag: „Nordrhein-Westfalen wird (...), wenn es als politische Gemeinschaft einen echten und für die Geschichte unverlierbaren kulturellen Beitrag aus seinem Geist leisten will, auf eine sichtbare eigene Dokumentation seines kulturellen Wollens nicht verzichten können. Es bedarf (...) solcher sichtbarer kultureller Zeugnisse seiner selbst nicht zuletzt auch, um in ihnen den Willen zur Wahrung jener eigenen politischen Einheit auszudrücken, wie sie vor zehn Jahren geschaffen worden ist... Am Beginn des neuen Bundeslandes (... stand) die Bekundung der Entschlossenheit, dieses neue gliedstaatliche Gebilde eines künftigen deutschen Gesamtstaates von innen her zu einer echten politischen Gemeinschaft zu verbinden (...) Natürlich - wer wollte das bestreiten - ist das Land Nordrhein-Westfalen ein Zusammenschluß dreier Räume, die in der Geschichte bisher in dieser Form nicht zueinander gehörten. So mag im gewissen Sinne das Landesbewußtsein, wenn ich es einmal so nennen darf, dieses Landes nicht so ausgeprägt sein (...) Wir haben sicherlich keine Veranlassung, uns deshalb etwa in der Rolle eines Emporkömmlings zu fühlen. Dennoch sollte uns die Tatsache, daß Nordrhein-Westfalen als Staat eine Neuschöpfung ist, im Interesse der Erhaltung und Festigung der Einheit und des Zusammengehörigkeitsgefühls dieses Landes verpflichten, die ehrwürdige Geschichte des niederrheinischen, westfälischen und lippischen Raumes für das gemeinsame geistige Fundament dieses Landes entschlossener nutzbar zu machen (...) Um die Bildung einer wahrhaften staatspolitischen Kraft aus der Eigenständigkeit dieses Landes muß es uns gehen, wenn wir im bundesstaatlichen Gefüge der Bundesrepublik Deutschland unseren Platz einnehmen und behaupten wollen."

Viele politische Akzente der Steinhoff-Regierung

Nach ersten Impulsen durch den neuen Ministerpräsidenten und den aufgeregten Reaktionen auf die neue Regierung kehrte 1958 schnell der politische Alltag für die sozialliberale Koalition ein. Von vornherein wusste sie, dass ihr für die Setzung neuer politischer Akzente nur gut zwei Jahre bis zur nächsten Landtagswahl bleiben würden. Das war eine außerordentlich kurze Zeitspanne in Anbetracht der Tatsache, dass Fritz Steinhoff in der Staatskanzlei zunächst einmal die Abwicklung der alltäglichen Verwaltungsarbeit sicherstellen musste. Und zu der zählen nicht nur unter anderem, sondern vor allem die Regierungsplanung und Ressortkoordination, Verfassungsangelegenheiten, Protokoll- und Ordensangelegenheiten, Rechtsaufsicht über den Rundfunk sowie die Presse- und Öffentlichkeitsarbeit der Landesregierung. Außerdem bewältigt die Regierungszentrale wichtige Aufgaben auf den Feldern Internationales und Bundesangelegenheiten, die heute so wichtige Europapolitik spielte in den 1950er-Jahren eher noch eine untergeordnete Rolle. Die Führung des Hauses und damit die administrativen Aufgaben überließ Fritz Steinhoff weitgehend dem erfahrenen Staatssekretär Otto Bleibtreu (1904 – 1959) als Chef der Staatskanzlei. Der Ministerpräsident selbst verlegte sich eher auf die zentralen Fragen der Landespolitik, zu denen er auch die Durchsetzung der NRW-Positionen im Bundesrat rechnete.

Die Welt blickte ohnehin 1956 nach dem ersten Aufruhr nicht mehr nach Nordrhein-Westfalen. Da gab es wichtigere Themen: die Neuaufstellung der Bundeswehr etwa mit der Einberufung der ersten Soldaten (parallel übrigens auch der Nationalen Volksarmee in der DDR), die Abrechnung Nikita Chruschtschows mit der Stalin-Ära in der Sowjetunion, der Einstieg in die Kernenergie, der Start der Tagesschau im Deutschen Fernsehen, die Gründung der Verkehrssünderkartei in Flensburg, die Eskalation des Ost-West-Konflikts durch den Einmarsch der Sowjetunion in das abtrünnige Ungarn oder auch nur der erste Grand Prix de la Chanson als europäischer Schlagerwettbewerb sowie der Tod Bertolt Brechts. „Otto Normalverbraucher“ hatte indes genug damit zu tun, wieder Boden unter die Füße zu bekommen – auch wenn der Aufschwung wesentlich schneller verlief und sich als deutlich kraftvoller herausstellte, als die Menschen nach dem Weltkrieg erwartet hatten.

Unmittelbare Erfahrungen in der Führung großer Verwaltungsapparate brachte Fritz Steinhoff (zeitlebens bezeichnete er sich als Bergmann) zwar in sein neues Amt nicht mit. Gleichwohl hatte er zuvor schon als ehrenamtlicher Hagener Oberbürgermeister und als Landtagsabgeordneter mit Verwaltungsvertretern und Regierungsbehörden eng zusammengearbeitet. Zugleich verfügte er über ein hervorragendes Kontaktnetzwerk quer durchs Land und die nötige verbindliche Art, um es in den Dienst der Regierungsarbeit stellen zu können. Fritz Steinhoff pflegte dabei schnell einen geradezu präsidialen Stil, der ihn über die Grabenkämpfe des politischen Alltags stellte und zugleich dabei half, die gravierenden inhaltlichen Positionen der drei Regierungsparteien geräuschlos zu moderieren und zu Ergebnissen zu führen. Ohnehin hielt sich Steinhoff aus Fragen heraus, für die die einzelnen Minister verantwortlich zeichneten. Übergreifende Probleme trachtete er nach eingehender Diskussion am Kabinettstisch möglichst einvernehmlich zu klären, was ihm den Ruf eintrug, einem „Kabinett der Partnerschaft“ vorzustehen.

Wenn es denn nötig war, verstand sich der Ministerpräsident auch darauf, eine Weichenstellung sehr schnell und effizient herbeizuführen. Das war nicht nur dem Zeitdruck geschuldet, unter dem er permanent angesichts der Fülle der von ihm bewältigten Aufgaben stand. Vielmehr legte er auch großen Wert auf Entschlussfähigkeit. Und, so betonte die Westfälische Rundschau in einem Portrait: „Steinhoff bemüht sich, den größtmöglichen Nutzen für die Gemeinschaft zu erzielen. Dabei ist es gleichgültig, wer die Ideen dazu liefert, die Koalitionspartner oder aber die Organisation, Ministerpräsident Steinhoff spricht nie – sei es im Landtag oder an anderer Stelle – von seiner Leistung, sondern stets von ‚unserem gemeinsamen Aufbauwerk (…) Gerade das ist das Ziel des Ministerpräsidenten Steinhoff: durch sein Vorbild zu erreichen, daß es nicht nur unter den Politikern, sondern auch unter der gesamten Bevölkerung des Landes keine politische Feindschaft, sondern nur verschiedene Auffassungen gibt, die in verständnisvoller Zusammenarbeit zum größten Nutzen verschmolzen werden können."

An Landtagsdebatten nahm der neue Ministerpräsident – mit Ausnahme vor allem der Regierungserklärungen – ohnehin kaum noch teil. Er beschränkte sich auf Grundsatzfragen, an den Grabenkämpfen der parlamentarischen Auseinandersetzung beteiligte er sich nicht länger. Die politische Konfrontation überließ Fritz Steinhoff eher der Landtagsfraktion. Zugleich hielt er seine Minister dazu an, sich von Debatten zu distanzieren. Dieser Stil trug wesentlich dazu bei, eine partnerschaftliche Zusammenarbeit der Regierung Steinhoff mit allen Fraktionen aufzubauen und vor allem über die Zeit hinweg auch aufrechtzuerhalten. Das fiel ihm gegenüber der Union allerdings nicht ganz leicht: Denn mit dem Wechsel auf die Oppositionsbänke suchte sich die CDU-Fraktion unter dem nach wie vor dominierenden Karl Arnold durch Schärfe im und außerhalb des Parlaments zu profilieren – dabei durchaus immer wieder den Eindruck vermittelnd, dass sie den Regierungswechsel längst nicht verkraftet hatte und eher als Betriebsunfall betrachtete.

Unprätentiös, bescheiden, bodenständig – so blieb Fritz Steinhoff auch während seiner Zeit als Ministerpräsident. Traf er Amtskollegen oder gar Konrad Adenauer, sprach er sie mit „Herr Ministerpräsident" bzw. „Herr Bundeskanzler" an. Das nicht zuletzt, um seine Wertschätzung auszudrücken. Er selbst legte auf die formale Anrede nicht allzu großen Wert, ebenso wenig auf andere protokollarische Usancen. Bescheidenheit war das auf der einen Seite, aber auch ein gesundes Selbstbewusstsein auf der anderen. Bisweilen begab er sich sogar in Gefahr, wenn er wieder einmal seiner Umgebung ein

Der Ministerpräsident ist viel unterwegs im Land und interessiert sich nach wie vor besonders für Bau- und Planungsfragen.

Schnippchen schlug: „Jüngst fuhr Fritz Steinhoff beispielsweise in Berlin ohne Umschweife in den Sowjetsektor, nur um Freunde zu besuchen. Die übliche kriminalpolizeiliche Begleitung bekam von ihm dienstfrei. Die Volkspolizisten dürften nicht schlecht gestaunt haben, als sie erfuhren, dass es ein amtierender Ministerpräsident der Bundesrepublik war, den sie nach mitgeführten Lebensmitteln fragten", berichtete die „Welt der Arbeit" anlässlich Steinhoffs 60. Geburtstag in der Ausgabe vom 22. November 1957. Und weiter: Fritz Steinhoff lässt sich eben in seiner liebenswürdigen Menschlichkeit nur ungern vom Protokoll gängeln. Und sei es nur bei Kleinigkeiten. Dass er grundsätzlich auf dem Vordersitz neben seinem Fahrer Alfred sitzt, ist eine solche ‚Protokollwidrigkeit' – Fritz Steinhoff sitzt nun einmal gerne vorne."
Vor die Wahl gestellt, auf einem Staatsempfang fürstlich zu dinieren, zog der Ministerpräsident denn auch die Hausmannskost in Hagen-Emst vor: „Ihm ist es auch heute noch

lieber, wenn seine Gattin ihm die Mahlzeiten kocht. Deshalb fährt sie zuweilen mit nach Düsseldorf (...) Und wahrscheinlich wird auch der selbstgebackene Kuchen zum Geburtstag Fritz Steinhoffs besser munden als eventuelle Konditorgaben mit Marzipan-60 und Basis-Verzierung. Verzierung macht's ja nicht, sondern was drinsteckt."

Seine „Gattin", wie sie hier bezeichnet wurde, sollte Steinhoff nicht nur die täglichen Pflichten aus dem Weg räumen. Beide verband auch nach vielen Jahren Ehe ein enges Verhältnis. Bisweilen sorgte sie sich bei der Vielzahl der Belastungen um sein Wohlergehen: „Dieser Mann, der wie ein Galeerensklave in den Riemen seiner Ämter liegt, bezeichnet es als besonderes Glück, mit einer Frau verheiratet zu sein, die wie er aus der Arbeiterbewegung kommt und für seine Zeitnot Verständnis aufbringt. Als sie – nicht durch seinen Mund, sondern aus der Zeitung – erfuhr, daß er für den Posten des nordrhein-westfälischen Ministerpräsidenten nominiert war, sagte sie beunruhig: ‚Was bleibt uns noch vom Leben?'", schrieb die Rheinische Post im März 1956 wenige Tage nach dem Amtsantritt.

Wenige Leuchttürme, aber viele Weichenstellungen

Wer auf die inhaltliche Arbeit der neuen Koalition schaut, wird wenig Leuchttürme finden: Wirkliche Veränderungen herbeizuführen, die in die Geschichte eingehen mochten – dafür hatte die sozialliberale Koalition weder die nötige Zeit noch ausreichende inhaltliche Schnittmengen noch die inspirierenden Kräfte noch die passenden Zeitumstände. Im Gegenteil, so ist dem Kurzzeit NRW-Minister Bodo Hombach (*1952) nur zuzustimmen: Fritz Steinhoff regierte gegen den Wind. Die Lage war gerade von der Zuspitzung des Ost-West-Konflikts geprägt, da richteten sich die Augen allenfalls auf die Bundeshauptstadt und die dortigen Weichenstellungen. Und die Einwohner von Nordrhein-Westfalen hatten ohnehin andere Sorgen: Sie wollten Boden unter die Füße bekommen oder bereits einen ersten bescheidenen Wohlstand mehren.

Für Düsseldorf: Trotzdem gelang es Karl Steinhoff zusammen mit seinem Kabinett, eine Reihe von durchaus beachtlichen Akzenten zu setzen, wie wir sie im Folgenden umreißen wollen:

Steinhoff, im Ursprung Kommunalpolitiker durch und durch, suchte von Beginn an vor allem die Städte und Gemeinden zu stärken. Nach der bundesrepublikanischen Grundordnung mit kaum nennenswerten eigenen Einnahmequellen ausgestattet, waren sie insbesondere auf die Schlüsselzuweisungen und Projekt-Fördermittel des Landes angewiesen. Auf kommunaler Ebene war die Stimmung der Bevölkerung am deutlichsten spürbar: Unmittelbar kamen Politik und Verwaltung mit den Menschen und ihren Problemen in Berührung. Und an Herausforderungen fehlte es nun wahrlich nicht – vom Straßenbau über kommunale Einrichtungen wie Schulen oder Kindergärten bis hin zum Aufbau von Betreuungs- und Pflegeeinrichtungen. Auf der anderen Seite waren die personellen Kapazitäten der Städte und Gemeinden noch immer eingeschränkt – und damit auch ihre Möglichkeiten, auf aktuelle Problemlagen zu reagieren. Das hatte Fritz Steinhoff bereits in Zeiten seiner Tätigkeit als Hagener Oberbürgermeister zu spüren bekommen. Jetzt suchte er die kommunale Familie zu stärken – durch organisatorische Hilfen, vor allem aber durch einen stärkeren Mittelzuschuss aus Landeskassen.

Willkommen war beides vor allem in den Bereichen Stadtentwicklung und Wohnungsbau. Da stellten sich vor allem zwei Herausforderungen: Zum einen galt es weiter, den nach wie vor gravierenden Bedarf an Wohnraum zu befriedigen. Zum anderen mussten ganze Städte, im Krieg quasi dem Erdboden gleichgemacht, völlig neu aufgestellt werden. Sie eins zu eins nach Vorkriegsmuster neu aufzubauen, kam dabei nicht in Frage. Denn einerseits hatten sich die Wohnbedürfnisse geändert; andererseits galt es auch, die veränderten Anforderungen zu befriedigen. Die Welt hatte sich auf allen Feldern fortentwickelt: Für den Autoverkehr brauchte es größer dimensionierte Verkehrsräume, die Unternehmen meldeten mehr Platzbedarf an, die Bildungsangebote benötigten bessere Bedingungen, die Verwaltungen wuchsen. Gleichzeitig galt es, die verschiedenen Lebensfunktionen deutlicher zu trennen: Nach und nach wurden immer mehr Unternehmen aus den Zentren der Städte in die Peripherie verlagert.

Zur Finanzausstattung der kommunalen Familie hatte Fritz Steinhoff schon in seiner Regierungserklärung betont: „Das Verhältnis des Landes zu den Gemeinden, Gemeinde- und Landschaftsverbänden ist in den kommunalen Verfassungsgesetzen geordnet worden (...) Die Neugestaltung des Finanz- und Lastenausgleichs soll mit dem Ziele gefördert werden, das Verfahren zu vereinfachen, die Leistungen für die Gemeinden zu erhöhen und die Selbstverwaltung zu stärken. Die Landesregierung bejaht das Prinzip des Steuerverbundes als Grundlage eines künftigen Finanz- und Lastenausgleichs, d. h. sie ist bereit, die Gemeinden mit einem festzulegenden Anteil an dem Aufkommen der Einkommens- und Körperschaftssteuer zu beteiligen (...) Die Landesregierung ist bereit, die geforderte Realsteuergarantie für die Gemeinden in der Verfassung zu verankern." Dieses Versprechen hielt die sozialliberale Regierung auch voll inhaltlich.

Im Interesse der Sozialdemokraten, angetrieben wohl auch durch seine Hagener Erfahrungen, knüpfte Fritz Steinhoff an seine früheren Anstrengungen als Wiederaufbauminister an und suchte den Städtebau auch als Ministerpräsident noch einmal deutlich zu forcieren. Insbesondere der soziale Wohnungsbau erfuhr eine deutliche Verstärkung insbesondere durch einen massiven Ausbau der Fördermittel. Allein in den Jahren 1956 und 1957 wurden zusammen fast 360.000 Wohnungen realisiert. Die waren auch nach wie vor dringend nötig – zumal, weil nach den Heimatvertriebenen am Kriegsende nun auch immer mehr Flüchtlinge aus der DDR in Nordrhein-Westfalen registriert wurden. Qua staatlicher Förderung gelang es vor allem, Hunderttausenden nicht nur ein Dach über dem Kopf zu geben, sondern ihnen auch eine

Miete auf verträglichem Niveau zu gewährleisten. Noch 1956 stieg das Land auch in die Förderung von Pflegeheimen und Wohnstätten für Alleinstehende ein.

Wie stark Fritz Steinhoff auch während seiner Ministerpräsidentenzeit vom Kommunalen her dachte, lässt sich auch an seinem Einsatz für die Landschaftsverbände Rheinland und Westfalen-Lippe belegen. Sie waren 1953 als Nachfolger der Provinzialverbände preußischer Prägung aus der Taufe gehoben worden. Der Landschaftsversammlung des Landschaftsverbandes Westfalen-Lippe hatte er, entsandt von der Stadt Hagen, von 1953 bis 1956 angehört und war dort auch Vorsitzender der SPD-Fraktion gewesen. Bereits in seiner Regierungserklärung unterstrich der Ministerpräsident ihre Bedeutung und bewies sich damit als Anhänger landschaftlicher Selbstverwaltung, getragen von ebenfalls selbst verwalteten Kommunen. Bereits vier Jahre zuvor hatte er als Vorsitzender des Städtetages NRW erklärt: „Wir kamen bei unseren Überlegungen immer wieder zu dem Ergebnis, jawohl, sie müssen wiederaufgebaut werden, weil doch bei Licht betrachtet diese Landschaftsverbände, nachdem die frühere Regelung – Koppelung mit dem Oberpräsidenten – weggefallen ist, jetzt nur noch kommunale Zweckverbände sein können, zunächst für Aufgaben, die den Gemeinden zustehen, die sie aber örtlich nicht bewältigen können und gemeinsam auf der überörtlichen Ebene in diesem, ich betone es (...), kommunalen Zweckverband gemeinsam regeln wollen." Steinhoff lehnte einen staatlich dominierten Landschaftsverband ab und verfolgte das realisierte Modell, wonach die Regionen in freier Selbstbestimmung all jene Aufgaben übernehmen und erledigen sollten, die Städte, Gemeinden und Kreise nicht aus eigener Kraft lösen können – so beispielsweise die Betreuung psychisch Kranker. 1956 als Ministerpräsident unterstrich nun Steinhoff: „Eine Verwaltung gehört zu Stadt und Leuten, nicht in die ferneren Spitzen der Ministerien (...) Wie der Provinzialverband Westfalen tritt auch der Landschaftsverband Westfalen-Lippe als optimal günstigste und sparsamste Ordnung wieder für all die Aufgaben ein, die von einer einzelnen Stadt und den Landkreisen nicht allein durchgeführt werden können oder ihrer Natur nach die gesamte Landschaft angehen. Die Zuständigkeit des Landschaftsverbandes Westfalen-Lippe – das gilt natürlich auch für den Landschaftsverband Rheinland – ist wesentlich von dem Prinzip der Subsidiarität geformt, jenem Grundsatz des Verfassungsrechts, auf dem Möglichkeit und Begrenzung der einzelnen Verwaltungseinheiten beruht, vor allem aber auf dem Grundsatz, daß nur die Aufgaben auf eine höhere Verwaltungsstufe heraufgezogen werden sollen, die ihrer Art, ihrem Umfang und ihrem finanziellen Gewicht nach die kleinere Verwaltungseinheit überfordern. Und da scheinen mir die Landschaftsverbände ein besonders gutes und klares Beispiel dafür zu sein, daß sich Subsidiarität auch in der Verwaltung durchführen läßt (...) Aber auch staatspolitische Gründe sprechen für die landschaftliche Selbstverwaltung." Vor diesem Hintergrund setzte die sozialliberale Koalition auch alles daran, die Landschaftsverbände nicht nur in ihrer Aufgabenwahrnehmung, sondern auch in ihrer Selbstständigkeit zu stärken.

Am wichtigsten waren dem Ministerpräsidenten neben seinem Einsatz für die Neuformation des politischen Systems und seiner Verwaltungen Initiativen des Landes zur Modernisierung. Das galt auch und nicht zuletzt für die Rahmenbedingungen der Wirtschaft: Nach der Währungsreform und angesichts der gewaltigen Bedarfe nach dem Weltkrieg schnell auf Touren gekommen, verlangte sie einerseits nach zukunftsweisenden Technologien, hatte sie andererseits aber beispielsweise auch enorme Bedarfe – so etwa bei der Energieversorgung. Beides galt es zu befriedigen. Fritz Steinhoff machte sich gerade auf diesem Feld zum Motor zukunftsweisender Entwicklungen: Er schreib sich den Ausbau der Forschungs- und Entwicklungseinrichtungen, aber auch der Hochschullandschaft auf die Fahnen. Schon in seiner Regierungserklärung hatte er festgestellt: „Da vom Fortschritt der Wissenschaft in hohem Maße das wirtschaftliche Gedeihen, die soziale Sicherung und die kulturelle Gestaltung unseres Daseins abhängen, weiß sich die Landesregierung verpflichtet, alles zu tun, um den außerordentlich hohen sachlichen und persönlichen (recte: personellen) Nachholbedarf der Universitäten und Hochschulen zu befriedigen, um sie auf diese Weise wieder zum freien Wettbewerb in der Welt des Geistes zu befähigen."

In seiner Neujahrsansprache 1957 betonte Steinhoff: „Gerade in dem Industrieland an Rhein und Ruhr, so meine ich, erscheint es als unbedingt erforderlich, sich mit den auf uns zukommenden Problemen der Atomenergie und der Automation besonders intensiv auseinanderzusetzen. Bei der Behandlung dieser Fragen muss der Blick weit in die Zukunft gerichtet sein. Die neue Regierung darf für sich in Anspruch nehmen, dass sie mit der innerhalb von vier Jahren geplanten Verdoppelung der Kapazität der Ingenieurschulen in Nordrhein-Westfalen einem entscheidenden Engpass für die Weiterentwicklung unserer Industrie zu Leibe gegangen ist (...) Selbstverständlich sind wir uns darüber im klaren, dass ein solches Programm der Förderung der Wissenschaften und des Fortschrittes nur dann verwirklicht werden kann, wenn die sozialen und wirtschaftlichen Verhältnisse hierfür eine solide Basis bieten."

In diesem Zusammenhang ist – um ein herausragendes Beispiel aufzugreifen – sein Einsatz für den Aufbau des damaligen Kernforschungszentrums Jülich (heute Forschungszentrum Jülich) zu sehen. Nachdem die Siegermächte dem Nachkriegs-Deutschland im Mai 1955 mit den sogenannten Pariser Verträgen den Weg geebnet hatten, wieder Forschungen zur friedlichen Nutzung der Kernenergie aufzunehmen, griff noch die Arnold-Regierung in ihren letzten Tagen den Ball auf und kündigte entsprechende Initiativen an. Ihr Kern: Die Universitäten Bonn, Köln, Münster, die Technische Hochschule Aachen sowie die Medizinische Akademie Düsseldorf sollten den gemeinsamen Plan verfolgen, zu Zwecken der Atomforschung zwei Reaktoren aufzubauen und insge-

Ortstermin in Viersen

samt 13 Forschungsinstitute samt der nötigen Neben- und Sicherheitsanlagen zu errichten. Am 11. Dezember 1956 gab der Landtag dafür grünes Licht; die Landesregierung wählte aus mehreren alternativen Standorten den Staatsforst Stetternich im damaligen Kreis Jülich aus.

Bemerkenswert, diese Zwischenbemerkung ist an dieser Stelle nötig: Die vorbereitenden Arbeiten hatte Leo Brandt (1908 – 1971), Staatssekretär im NRW-Wirtschaftsministerium, schon unter der Vorgänger-Regierung Arnold geleistet. Mit dem Namen des Ingenieurwissenschaftlers ist die Geschichte des Kernforschungszentrums eng verbunden. Fritz Steinhoff scheute sich hier – wie in vielen anderen Fällen – nicht, die Politik vorheriger Kabinette nicht nur aufzunehmen, sondern sie auch für sich selbst zu einer Herzensangelegenheit zu machen, wenn sie ihn von der Sache her überzeugten.

Der Kernenergie stand der Ministerpräsident grundsätzlich wohl nicht unkritisch gegenüber. Teilen seiner Partei ging es mindestens ähnlich, wenn sie die Atomkraft nicht sogar rundweg ablehnten. Dies zumal, weil die zivile Nutzung in der öffentlichen Diskussion der 1950er-Jahre eng verwoben war mit der Frage, ob auch der Bundeswehr der Einsatz von Kernwaffen ermöglicht werden sollte. Letztlich zeichnete sich Fritz Steinhoff wohl durch eine eher undifferenzierte Technik- und Wissenschaftsgläubigkeit aus. Jedenfalls trug er kraftvoll dazu bei, die Kernenergieforschung aufzubauen und das Jülicher Zentrum zu realisieren: Am 11. Juni 1956 konnte Steinhoff den Grundstein für den ersten Reaktor „MERLIN" legen, dessen Bauteile aus England bezogen wurden. Der Ausbau des Kernforschungszentrum dauerte freilich noch weit in die 1960er-Jahre hinein an.

Bei seinem Engagement ließ sich der Ministerpräsident nicht zuletzt von der Tatsache leiten, dass die internationale Konkurrenz inzwischen viel weiter war als die deutsche Wissenschaft. So forderte er mehrfach sowohl vor der Arbeitsgemeinschaft für Forschung als auch im Plenum des Landtags unter Verweis auf die fortgeschrittene Atomforschung in Großbritannien und in Frankreich größere deutsche Anstrengungen auf diesem Sektor. Bereits Mitte November 1956 legte er vor diesem Hintergrund auch ein Schwerpunktprogramm vor für die Kernforschungsanlage, deren Kosten zu 90 Prozent vom Land übernommen wurden.

Ein zentrales Anliegen war für Fritz Steinhoff zudem die Stärkung der nordrhein-westfälischen Hochschulen und der Ausbau der Hochschulstandorte. Ohnehin war das Bundesland angesichts seiner Bevölkerungsgröße mit Blick auf die Hochschulplätze deutlich unterrepräsentiert, hatte also erheblichen Nachholbedarf. Hinzu kam seit den frühen 1950er-Jahren eine zweite Diskussion: Die aufziehende Bildungsgesellschaft, die dem internationalen Wettbewerb standhalten sollte, forderte für den Arbeitsmarkt höhere, möglichst mit akademischen Abschlüssen ausgestattete Qualifikationen.

Eng verbunden war diese Forderung mit der Chance zum sozialen Aufstieg – eine Herzensangelegenheit der Sozialdemokraten. Die Realität sah freilich anders aus: Die meisten Universitäten und „Höheren Fachschulen" stammten noch aus der Kaiserzeit, ihr Platzangebot war beschränkt. Fritz Steinhoff setzte sich dafür ein, insbesondere die Kapazitäten der Ingenieurschulen auszubauen, deren Zahl er zu verdoppeln half. Dazu kamen die Verlängerung und Verwissenschaftlichung der Volksschul- und Berufsschullehrer-Ausbildung, die Neuordnung der Pädagogischen Akademien und die Erweiterung der Möglichkeiten, über den „Zweiten Bildungsweg" die Hochschulreife zu erlangen. Für weiterreichende Initiativen fehlte ihm die Zeit – die wohl ohnehin nur bedingt reif für eine Stärkung der Hochschullandschaft war. Sie kam erst im Laufe der 1960er-Jahre so richtig in Gang und folgte da durchaus den frühen Steinhoffschen Initiativen.

Unter dem Strich bleibt es bemerkenswert, in welchem Maße sich Fritz Steinhoff gerade für Fragen der Wissenschaft und Forschung, aber auch der Qualifizierung interessierte, wie intensiv er sich für sie einsetzte. Vermutlich ist das nicht zuletzt auf seine eigene Biografie zurückzuführen: Bildungshungrig wie er war, blieb ihm freilich aufgrund seiner Herkunft eine Hochschulausbildung verschlossen. Wahrscheinlich setzte er sich auch deshalb gezielt für die Verbesserung der Bildungs- und Berufschancen der unterprivilegierten Schichten ein, denen er selbst entstammte. Mehr Chancengleichheit für die Mädchen und Frauen lag ihm dabei besonders am Herzen.

An solchen Stellen kam der sozialdemokratische Politiker durch. Sozialpolitik, auch wenn sie auf Landesebene eher im Kleingedruckten stattfindet, lag ihm am Herzen. So hatte er bereits in seiner Neujahresansprache 1957 und damit zehn Monate nach Amtsantritt festgestellt: „Nach wie vor steht im Mittelpunkt aller unserer Überlegungen der Mensch, der mit seiner Schaffenskraft das Getriebe unserer Wirtschaft in Gang hält. Auf dem Gebiete des Arbeitsschutzes, der Verstärkung der Gewerbeaufsicht, der Verbesserung der Jugendhilfe und der beschleunigten wirtschaftlichen und sozialen Eingliederung der Flüchtlinge und Vertriebenen sind deshalb von der Landesregierung wichtige Maßnahmen zur schnelleren Lösung der vielschichtigen sozialen Probleme in Angriff genommen worden." Und weiter, wobei Steinhoff durchaus auf seine eigenen Erfahrungen unter Tage zurückgreifen konnte: „Ich habe mich persönlich für die Einführung der Schichtprämie sofort nach meinem Amtsantritt eingesetzt und sowohl im Bundesrat als auch bei der Hohen Behörde in Luxemburg zur dauernden Fundierung bemüht. Wir sind der Auffassung, dass dem Bergarbeiter, der vor Ort täglich und stündlich für die Gesamtheit des Volkes übergrosse Leistungen vollbringt, eine besondere Anerkennung gebührt." Auch kleine Schritte der Landespolitik sollten dazu beitragen, die Lebensverhältnisse in Nordrhein-Westfalen Stück um Stück aufzuwerten.

Kein Thema war für das Kabinett Steinhoff (wie geschildert) die Reform der Schullandschaft, auch wenn sich Sozialdemokraten und Liberale gerade diesem Thema programmatisch verschrieben hatten. Die konfessionellen Volksschulen blieben bis auf weiteres erhalten. Fritz Steinhoff, der im Verdacht eher der Kirchenferne stand, ging sogar während seiner Regierungszeit auf die beiden großen Konfessionen zu. Bereits wenige Wochen nach seinem Regierungsantritt sprach der Dissident am 29. August 1956 ein Grußwort zur Eröffnung des 77. Deutschen Katholikentages in Köln. Dabei ging er über eine reine Höflichkeitsadresse deutlich hinaus und reichte den Kirchen die Hand, ohne seine eigenen Einstellungen zu verschweigen: „Mögen auch weltanschauliche oder politische Verschiedenheiten in der Auffassung bestehen, Einigkeit besteht in der gemeinsamen Erkenntnis und Verpflichtung, alles zu tun, um den Menschen und die Ideale echter und reiner Menschlichkeit in dieser Zeit zu bewahren und zu retten. Alle, die sich vom Menschen her der großen verpflichtenden Aufgabe im Dienst an Volk und Staat verbunden fühlen, sollten sich über das Trennende hinweg in den großen gemeinsamen Schicksalsfragen der Zeit einig wissen." Und weiter, auf den Punkt gebracht: „Ich bejahe die große volkserzieherische Idee der Kirchen."

Was ihm bisweilen als Opportunismus ausgelegt wurde, entsprach offenkundig Steinhoffs tiefster Überzeugung: Wer auch immer humanistische Werte vertrat, den sah er als Bündnispartner – eine Erfahrung aus dem Nationalsozialismus mit dessen menschenverachtender Politik. Deshalb wohl auch versuchte er eine – ohnehin nie von missionarischem Eifer getrieben – eine Brücke zu den beiden christlichen Kirchen zu schlagen und sie zu einem Bündnispartner im Kampf für eine demokratische und partizipative Gesellschaft zu machen. In seiner Regierungszeit wurden vor diesem Hintergrund auch wichtige Verträge mit den Religionsgemeinschaften auf den Weg gebracht und abgeschlossen, die noch heute gültig sind: Im Februar 1957 tauschten Steinhoff und der Apostolische Nuntius Erzbischof Aloysius Muench (1889 – 1962) Ratifikationsurkunden über die Gründung des Ruhrbistums Essen aus. Acht Monate später schloss das Land mit den Evangelischen Kirchen im Rheinland und von Westfalen Kirchenverträge, in denen im Wesentlichen der Preußische Kirchenvertrag von 1931 prolongiert wurde. 1958 folgte ein entsprechendes Abkommen mit der Lippischen Landeskirche. Durch all diese Verträge wurde die Position der Kirchen in einem säkularen Staat gesichert.

Darüber hinaus begeisterte sich Fritz Steinhoff für die Kulturpflege. Kulturpolitik unter dem Leitgedanken „Kultur für alle", die den Demokratisierungsbemühungen der Nachkriegszeit diente, brauchte freilich entsprechende wirtschaftliche, kulturelle sowie künstlerische Rahmenbedingungen. Wer der Allgemeinheit Kunst nahebringen und so soziale Barrieren überwinden wollte, musste auch über die entsprechenden Mittel verfügen. Beispielhaft galt das etwa für die Ruhrfestspiele Recklinghausen, gemeinsam getragen von der Stadt Recklinghausen und dem Deutschen Gewerkschaftsbund. Für ihre Unterstützung – insbesondere bei der Realisierung eines eigenen Festspielhauses – machte sich der Ministerpräsident (in diesem Fall sogar zusammen mit seinem früheren Professor und damaligen Bundespräsidenten Theodor Heuss) ebenso stark wie für eine Vielzahl anderer, in der Regel aber nicht so spektakulärer Projekte.

Als Selbstverständlichkeit betrachtete es Fritz Steinhoff, Initiativen seiner Minister zu unterstützen und ihnen im Zweifelsfall auch Gehör im Bundesrat zu verschaffen – egal welche Couleur sie hatten. Auf besonderes Interesse stieß beim Ministerpräsidenten die Arbeit von Innenminister Hubert Biernat. Dieser kümmerte sich schwerpunktmäßig um die Wirtschaftlichkeit und Effizienzsteigerung der öffentlichen Verwaltung, inklusive Einsparungen sowie verbesserte Aus- und Fortbildungsmaßnahmen für Mitarbeiterinnen und Mitarbeiter – Themen, die Steinhoff auch schon in Hagen bewegt hatten. Auch für die Beschleunigung der Wiedergutmachung gegenüber Opfern des NS-Regimes sowie für die Verbesserung der technischen Ausstattung der Polizei setzte er sich ein. Seine ersten Anläufe, zu einer Kommunalreform mit neuen Gemeindegrenzen zu gelangen und damit die Zersplitterung der NRW-Kommunallandschaft aufzuheben, blieben indes ohne Ergebnis.

Nahe standen Steinhoffs Denken auch die Reformpläne seines Kultusministers Paul Luchtenberg für die Bildungslandschaft. Er trat insbesondere gegen eine stark konfessionell geprägte Kultuspolitik ein und forderte ein Bundeskulturministerium, um die sehr stark konfessionell geprägte Kultuspolitik insbesondere der Länder Bayern und Rheinland-Pfalz aufbrechen zu können. Mit den Erfahrungen seiner erziehungswissenschaftlichen Arbeit seit der Weimarer Zeit reformierte Luchtenberg auch die Pädagogen-Ausbildung für Volksschul- und Berufsschullehrer in Nordrhein-Westfalen neu.

Landwirtschaftsminister Josef Effertz, selbst passionierter Waidmann, setzte sich insbesondere für die Jagd in Nordrhein-Westfalen ein. Eng verbunden war er der Forschungsstelle für Jagdkunde und Wildschadensverhütung. In seine Ministerzeit fiel 1957 auf seine Initiative hin die Errichtung der zunächst privaten Stiftung und die Einrichtung des Instituts im Forsthaus Hardt.

Karl Siemsen widmete als Minister für Bundesangelegenheiten in der Steinhoff-Regierung viel Zeit und Energie dem Aufbau des Westdeutschen Rundfunks (WDR). Er ging aus dem nach dem Krieg gegründeten Nordwestdeutschen Rundfunk hervor, der bereits in Köln ein Funkhaus betrieben hatte. Der WDR gestaltete zunächst ab 1956 zwei Hörfunkprogramme und lieferte Anteile zum Gemeinschaftsprogramm der ARD.

Absicherung der jungen Demokratie

Was Fritz Steinhoff indes während seiner gesamten Amtszeit als Ministerpräsident (und darüber hinaus) umtrieb, waren der Aufbau des demokratischen Gemeinwesens und seine Absicherung – Ausfluss tiefster Überzeugungen nach dem persönlichen Erleben der Weimarer Republik und ihres Endes. Geradezu programmatisch fiel dazu seine Begrüßungsansprache zum 42. Deutschen Juristentag in Düsseldorf aus, in denen er die Unabhängigkeit der Justiz unterstrich: „Ich glaube behaupten zu dürfen, dass dieses Versprechen stets – sowohl früher als auch heute – von der Landesregierung gehalten worden ist. Ein unentbehrliches Element des demokratischen und des sozialen Rechtsstaates ist die Unabhängigkeit der Gerichte; denn sie gehört zu den psychologischen Voraussetzungen dafür, dass der Richter sich ausschliesslich der Suche nach dem Recht und der Wahrheit hingibt. Nur der unabhängige Richter kann der Dynamik unserer gesellschaftlichen Wirklichkeit gerecht werden, kann den Bestand der Demokratie sowie die soziale Gerechtigkeit gewährleisten. Darum habe ich bei meiner Regierungserklärung im Februar 1956 als eine der wichtigsten Aufgaben der Landesregierung herausgestellt, die Unabhängigkeit der Gerichte zu sichern." Und weiter zuspitzend: „Wenn ich mir als Politiker erlaubt habe, einige Gedanken zu den Problemen zu äussern, die Sie hier in Düsseldorf diskutieren werden, so habe ich das getan in dem Bewusstsein, dass Staat und Juristentag, dass der Jurist und der Politiker die gleiche Verpflichtung haben: In einer immer wieder sich erneuernden Anspannung die freiheitliche Rechtsidee des Westens gegenüber allen tyrannischen Ideologien zu verteidigen."

Bemerkenswert ist an dem Grußwort ein weiterer Abschnitt seiner Rede, in der er sich mit der Stellung des einzelnen Bürgers in der Gesellschaft und seinen Freiheitsrechten auseinandersetzt: „Da die moderne Industriegesellschaft, in der wir leben, den Schutz des Einzelnen, seiner Rechte, insbesondere auch seiner Privatsphäre, mehr denn je verlangt, habe ich mit Genugtuung aus Ihrem Programm ersehen, daß eines Ihrer Themen umfaßt, ob die geltenden gesetzlichen Bestimmungen, insbesondere im Hinblick auf die modernen Nachrichtenmittel ausreichen, um das Privatleben gegen Indiskretionen zu schützen. Damit scheint mir eines der dringlichsten Rechtsprobleme unserer Zeit aufgeworfen zu sein. Die Nachrichtentechnik hat heute viele neue Möglichkeiten geschaffen, die man zum Guten gebrauchen, die man aber auch dazu mißbrauchen kann, unbefugt in die privaten Bereiche eines Mitmenschen einzudringen. Die Entwicklung der Fototechnik ermöglicht es, das Angesicht des Anderen unbemerkt von diesem in Augenblicken des tiefsten Schmerzes oder der ungebändigten Freude festzuhalten. Die Technik gibt Mittel in die Hand, heimlich Telefongespräche zu belauschen. Mit Apparaten, die in der Jackentasche versteckt werden, können Gespräche auf Tonbändern festgehalten werden, um sie zu – der Sensationslust dienenden – Enthüllungen in der Öffentlichkeit oder als Waffe im Rechtsstreit oder sogar bei Erpressungen zu gebrauchen. Wenn gegen einen solchen Mißbrauch der technischen Mittel der Gesetzgeber und die Gerichte nicht schützend eingriffen, bestünde die Gefahr, daß das Vertrauen zwischen den Menschen schwinden und auch ihr letzter Rest an Priatleben, der schon klein genug ist, vernichtet würde. Gerade in unserem Land mit seinem hochindustrialisierten Kohlenrevier, in dem sich die Bevölkerung zusammenballt, in dem die Manschen Wand an Wand wohnen, ist ein starker Schutz der Prlvatsphäre besonders dringlich", appellierte Fritz Steinhoff vor den versammelten Juristen und setzte sich damit ebenso früh wie nachdrücklich für Schutzrechte ein, die bis heute die Mediennutzung begleiten.

Durchaus zuversichtlich ging der Landesvater denn auch in den Wahlkampf für die Landtagswahl 1956. „Am 6. Juli werden die Männer und Frauen unseres Landes bei den Landtagswahlen eine wichtige Entscheidung zu treffen haben. Es geht darum, ob die erfolgreiche, beständige und solide Politik der vergangenen 2 Jahre fortgesetzt werden soll oder nicht. Wenn wir heute hier für die Sozialdemokratische Partei den Wahlkampf eröffnen, dann können wir mit Stolz vor aller Öffentlichkeit auf die positiven Ergebnisse verweisen, die seit der Ablösung der CDU-Regierung unter unserer massgeblichen Führung gemeinsam mit den Koalitionspartnern erreicht worden sind. Wer sich einmal die Mühe macht, die Regierungserklärung von 1956 Punkt für Punkt mit den inzwischen durchgeführten Massnahmen zu vergleichen, der wird, wenn er den Willen zur Objektivität hat, feststellen, dass tatsächlich die damaligen Ankündigungen erfüllt worden sind. Was damals beim Regierungsantritt versprochen wurde, das haben wir gehalten", erklärte ein ebenso zuversichtlicher wie selbstbewusster Fritz Steinhoff bei einer SPD-Kundgebung in Essen und damit im Herzen des Ruhrgebiets.

Geradezu empört und empfindlich getroffen zeigte sich der Ministerpräsident von Vorwürfen Bundeskanzler Adenauers, das Land habe gerade auf dem Gebiet des Wohnungsbaus versagt – eben jenem Feld, das Fritz Steinhoff stets besonders am Herzen gelegen hatte: „In der Amtszeit der gegenwärtigen Landesregierung wurden in den Jahren 1956 und 1957 77.921 Wohnungen in Familienheimen mit öffentlichen Mitteln gefördert gegenüber 71.260 geförderten Wohnungen in Eigenheimen und Kleinsiedlungen in den Jahren 1954 und 1955.

Diese Zahlen sprechen für sich. Es kommt aber noch ein Weiteres hinzu. Während in den Jahren 1954 und 1955, also in der Zeit der Regierung des Ministerpräsidenten Arnold, für die Förderung von Gruppenvorhaben von Eigenheimen und Kleinsiedlungen nur 30 Mio. DM zusätzlich bereitgestellt wurden, sind in den Jahren 1956 und 1957 fast 34 Mio. DM diesem Zweck zugeführt worden. Ich habe diese Einzelheiten nur deshalb so ausführlich dargelegt, damit man sich selbst ein Urteil darüber bilden kann, was man von solchen einfach in die Welt gestreuten Behauptungen des Herrn Bundeskanzlers halten kann. Gerade auf dem Gebiet des Wohnungsbaues hat das Land Nordrhein-Westfalen im letzten Jahr Leistungen erzielt, die in keinem anderen Bundesland erreicht werden konnten. Während im übrigen Bundesgebiet die Fertigstellungszahlen von 1957 gegenüber 1956 um 9 % gesunken sind, ist die Zahl der Fertigstellungen in Nordrhein-Westfalen um 3 % angestiegen. Nordrhein-Westfalen liegt damit im Wohnungsbau an der Spitze aller Bundesländer."

Auch der Bundespolitik, die den Wahlkampf schließlich dominierte, mochte sich Karl Steinhoff zum Kampagnenauftakt nicht verschließen; da untermauerte er die Linie der Bundespartei, die sich strikt gegen jede atomare Wiederbewaffnung der Bundeswehr wandte: „Wir werden, wenn wir vom Volk das Mandat bekommen, im Bundesrat unsere Zustimmung zur Mittelbewilligung für die atomare Aufrüstung strikt verweigern."

Deutlich an Stimmen gewonnen, aber das Amt verloren

Weniger spektakulär, als sie zunächst begonnen hatte, ging die Amtszeit von Fritz Steinhoff als NRW-Ministerpräsident 1958 zu Ende. Der Sozialdemokrat hatte für seine Partei zwar ein Vertrauenspolster aufbauen können, die SPD steigerte ihren Stimmenanteil sogar um knapp fünf Punkte auf 39,2 Prozent. Doch die CDU errang mit 50,5 Prozent die absolute Mehrheit der Stimmen. Letztlich konnte Steinhoff dem bundespolitischen Trend nichts entgegensetzen – ja, er

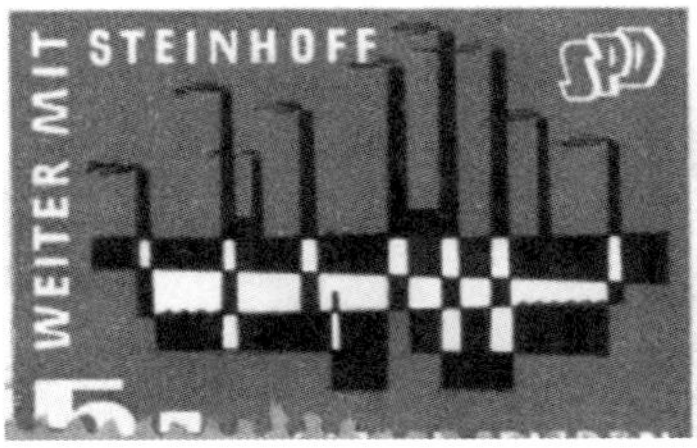

Weiter mit Steinhoff: Wahlplakate (oben) und Sonderbriefmarke (rechts) im Wahlkampf 1958

machte sogar den gravierenden Fehler bei der Planung seines Wahlkampfes, auf Themen der Bundespolitik zu setzen. Und in Bonn prägte gerade die Atompolitik die Stimmung ganz entscheidend: Der CDU gelang es, die Landtagswahlen zum Plebiszit für die atomare Bewaffnung der Bundeswehr im Kalten Krieg zu machen und damit das ausgeprägte Sicherheitsbedürfnis der Bevölkerung nach dem Ungarn-Aufstand zu befriedigen. Auch wenn letztlich nie deutsche Atomwaffen Realität wurden, waren die Würfel gefallen.

Und im Land machte sich zunehmend der Strukturwandel bemerkbar, der sich bald in der Schließung von Schachtanlagen und Feierschichten ausdrückte. Ursachen für die Kohlekrise gab es genügend: Sie reichten vom Abbau der

Nachkriegssubventionen, die zur Sicherung der Energieversorgung eingeführt wurden und allmählich überflüssig wurden, über die Konkurrenzsituation zum noch billigen Erdöl, die schwierigen Abbauverhältnisse oder die Wettbewerbslage gegenüber ausländischen Billiganbietern bis hin zum hohen Lohnniveau. Überdies sank der Steinkohlenanteil in der westdeutschen Energieversorgung. Die Regierung Steinhoff erkannte zwar die Zeichen der Zeit – verfügte aber weder über die nötige Zeit noch über die Instrumente, um die Kohlenkrise eindämmen zu können. Auch die wachsenden Kohlehalden, denen Anfang der 1960er-Jahre dann die Stilllegung von ganzen Zechen folgen sollten, kosteten Stimmen.

Nur weil die eher pragmatisch zusammengekommene Koalition von vornherein keine überschwänglichen Erwartungen geweckt hatte, konnte sie 1958 auch keine tiefgreifenden Enttäuschungen auslösen. Im Gegenteil fand die pragmatische Arbeit der ersten sozial-liberalen Koalition stellenweise sogar durchaus Anerkennung. Insbesondere der ideologieferne, auf Ausgleich bedachte und von Bescheidenheit setzende Stil Fritz Steinhoffs mag dazu beigetragen, dass die Sozialdemokraten bei der Landtagswahl ihren Stimmenanteil steigern konnten. Einbußen in Höhe von 4,4 auf 7,1 Prozent musste allein die FDP hinnehmen, die allerdings weniger als Quittung für die Regierungsarbeit denn als Konsequenz ihrer gewandelten Programmatik zu verstehen sind. Der Konflikt zwischen ihrem rechten nationalgesinnten und dem linksliberalen Flügel dauerte im Übrigen eine ganze Reihe von Jahren weiter an.

Unter dem Strich konnte eine nüchterne Bilanz der Regierungszeit Steinhoff/Weyer nicht schlecht ausfallen: Sie knüpfte an die großen Linien der vorangegangenen Kabinette von Karl Arnold an, entwickelte deren Initiativen weiter, festigte den Wiederaufbau des Landes nach dem Weltkrieg, setzte Akzente vor allem auf den Feldern der Kirchenpolitik, der Forschungsförderung und der Hochschulpolitik. Damit traf die Landesregierung durchaus die Stimmung in der Bevölkerung, die im internationalen Vergleich mithalten wollte.

Insgesamt blieb das Bild auch von Fritz Steinhoff eher blass in den Wochen vor der Landtagswahl 1958. Die Ursachen sind in den eher nüchtern-zurückhaltenden und rhetorisch wenig glanzvollen Auftritten des Ministerpräsidenten ebenso zu suchen wie in einem wenig begeisternden Wahlkampf (Slogan: „Weiter mit Steinhoff") sowie in der Tatsache, dass sich sein Politikertypus zu überleben begann: Politik als Kunst des Machbaren hatte ausgedient, Ermöglicher waren zunehmend gefragt, ja Visionäre. Damit konnte der nüchterne Pragmatiker Fritz Steinhoff nicht dienen.

Auch die Bilanz der Landesregierung in ihrer Gesamtheit fiel eher zurückhaltend aus: Letztlich hatte sie zu wenig Zeit für markante Weichenstellungen und gewann denn auch kein eigenständiges Profil. „Business as usual" hatte gut zwei Jahre lang die Zusammenarbeit von SPD und FDP geprägt – die zwar in der Sache häufig zusammenfanden, sich aber gegenseitig stets kritisch beäugten. Das kam bei der Verteilung der Kabinettsressorts zum Ausdruck, das machte sich auch im parlamentarischen Alltag bemerkbar: Eigens wurde zwischen den beiden Parteien ein Koalitionsausschuss gebildet – ein „Kooperationsmechanismus", so hieß es, der die Arbeit sowohl zwischen den Koalitionsfraktionen im Landtag als auch zwischen den Abgeordneten und der Regierung koordinieren sollte. Auf ein sozialliberales Projekt mit gemeinsamen Inhalten wartete die Bevölkerung vergeblich.

Nach der verlorenen Landtagswahl zog sich Fritz Steinhoff dann auch sehr schnell wieder auf die harten Abgeordnetenbänke zurück – in diesem Fall erneut auf die des Fraktionsvorsitzenden der größten Oppositionspartei. Schon 1957 hatte er in einem Interview mit dem WDR festgestellt, „daß ein Regierungswechsel in einem demokratischen Staat ein ganz natürlicher und verfassungsgemäßer Vorgang ist, den man nicht mit einer beleidigten Miene oder dem Rückzug in den Schmollwinkel, sondern nur mit einer fairen Bereitschaft zur Mitarbeit zum Wohle des Volksganzen beantworten kann". Auf ein Wehklagen über den Regierungsverlust und den Abschied vom Amt des Ministerpräsidenten warteten die Zeitgenossen denn auch vergeblich; Steinhoff setzte seine politische Arbeit ebenso schlicht wie ergreifend an einer anderen Stelle des politischen Betriebs fort. Zeitgenossen beobachteten bei ihm freilich fortan einen Hang zum Staatsmännischen; der Biss, der gemeinhin von einem Oppositionsführer verlangt wurde, fehlte ihm dagegen zusehends. Und sein Einfluss auf die Landespolitik schwand: Die Themenstellungen veränderten sich mit dem gesellschaftlichen Wandel, und eine jüngere Politikergeneration mit dem zwischenzeitlich in die Bundespolitik entliehenen Heinz Kühn drängte zu Höherem und verdrängte damit allmählich Fritz Steinhoff.

Die CDU konnte indes nach der Landtagswahl 1958 in Düsseldorf eine Alleinregierung mit Franz Meyers an der Spitze bilden. Der aus Mönchengladbach stammende Landtagsabgeordnete und frühere Innenminister war eingesprungen, nachdem Karl Arnold als eigentlicher Spitzenkandidat seiner Partei nach einem Wahlkampfauftritt eine Woche vor dem Urnengang im Alter von 57 Jahren überraschend an einem Herzinfarkt gestorben war. Das Angebot der Sozialdemokraten, die Wahl daraufhin zu verschieben, lehnte die Union übrigens ab. Unter Franz Meyers konnte sich die Union die Herrschaft erneut bis 1966 sichern, als die zweite sozialliberale Koalition eingeläutet wurde. Auch da spielten bundespolitische Trends wiederum eine wichtige Rolle. Die NRW-SPD hatte zwar bis dahin an Boden gewonnen, in den zwei Jahrzehnten nach dem Kriegsende aber nie die dominierende Rolle der CDU gefährden können.

Das änderte sich unter dem Einfluss der Bonner Ereignisse: Der langjährige Wirtschaftsminister Ludwig Erhard (1897 – 1977), in dieser Funktion bereits zu Lebzeiten eine Legende, der 1963 die Kanzlerschaft von Konrad Adenauer übernommen hatte, erwies sich in diesem Amt als zunehmend glücklos. Gleichzeitig veränderte sich die gesellschaftspolitische Stimmung nachhaltig: Debatten um starre Strukturen, die rigide Sexualmoral, die Rolle der Frauen in der Gesellschaft, die Nichtaufbereitung des Nationalsozialismus und nicht zuletzt den Vietnamkrieg gewannen an Bedeutung und leiteten die sogenannte 68er-Bewegung ein.

Die sich anbahnende Aufbruchstimmung hatte durchgreifende Folgen für die Landtagswahl am 10. Juli 1966: Nachdem die Sozialdemokraten bereits bei der Bundestagswahl 1965 starke Zugewinne in den NRW-Wahlkreisen verbuchen konnte, verfehlte sie jetzt bei einer hohen Wahlbeteiligung von 76,4 Prozent mit einem Stimmanteil von 49,5 Prozent nur knapp die absolute Mehrheit und wurde erstmals die stärkste politische Kraft in Nordrhein-Westfalen. Trotzdem bildete Meyers zunächst zusammen mit der FDP eine Regierung, die sich freilich nur auf eine Mehrheit von einer Stimme im Landtag stützen konnte.

Dass die angesichts des Stimmungswandels in der Bevölkerung nicht lange währen sollte, deutete Oppositionsführer Heinz Kühn in seiner Entgegnung auf die Regierungserklärung bereits an: „Was hier seinen Ausdruck gefunden hat, ist nicht ein einmaliger Vorgang, nicht ein singuläres Ereignis, sondern ein Ergebnis des Wandels im politischen Bewußtsein eines wachsenden Teils unserer Mitbürger, die die SPD als eine fortschrittliche, moderne Volkspartei erkennen, mit geistig weiter Architektur und sozial breiter Struktur, eine moderne Volkspartei, die niemand mehr weltanschaulich verketzern, nationalpolitisch verteufeln oder gesellschaftlich verfemen kann. Gewiß hat unser Wahlsieg über diese grundsätzliche gesellschaftspolitische Bedeutung hinaus seinen Grund in den besonderen Versäumnissen und Fehlern der CDU/FDP-Koalitionsregierungen in Bonn und Düsseldorf, wobei ich es der innerparteilichen Diskussion der CDU überlassen möchte, in welchem Prozentverhältnis sie das auf Erhard und Meyers aufzuteilen wünscht (...) Ich für meinen Teil bin dabei gern bereit zuzugeben, daß es mehr die Niederlage Erhards als die Niederlage von Meyers war und daß dieser mit einer ritterlichen Geste in der Wahlnacht ein Ergebnis auf sich genommen hat, das er nach meinem Urteil zu einem geringeren

Teil zu tragen hat."

Die letzte Regierung Meyers hielt tatsächlich nur wenige Wochen: Während parallel auch im Bund die Zusammenarbeit von CDU und FDP zerbrach und am 1. Dezember 1966 die Große Koalition von CDU und SPD unter der Kanzlerschaft Kurt-Georg Kiesingers (1904 – 1988) zustande kam, endete parallel in Düsseldorf das schwarz-gelbe Regierungsprojekt: Die FDP, die bei der Landtagswahl im Sommer 7,4 Prozent errungen hatte, suchte und fand die Zusammenarbeit im Landtag mit den Sozialdemokraten; beide bildeten am 8. Dezember 1966 eine neue Koalition unter der Führung von Heinz Kühn. Sie sollte nicht nur über Jahre Bestand haben, sondern auch den Regierungswechsel des Jahres 1969 in der Bundespolitik einleiten. Die Positionen der beiden Parteien hatten sich inzwischen so stark angenähert, dass die Wählerschaft ihnen ein durchgreifendes Modernisierungsprojekt auf den unterschiedlichen politischen Ebenen zutraute. Tatsächlich fanden Sozialdemokraten und Liberale jetzt auch zu größeren politischen Projekten zusammen – von der Verwaltungs- über die Gebiets- bis hin zur Schulreform, sie moderierten aber auch die durchgreifenden wirtschaftspolitischen Veränderungsprozesse, die mit dem Niedergang der einst so erfolgreichen Montanindustrien zunehmend in Gang kamen, mal mehr, mal weniger erfolgreich. Denn auch da stand das Land in Abhängigkeit von bundespolitischen Weichenstellungen.

STEINHOFFS ZEIT IN BONN

Halb zog es ihn, halb sank er dahin, möchte der geneigte Beobachter formulieren, wenn er den Gang Fritz Steinhoffs in die Bundespolitik betrachtet. In Hagen war er völlig unbestritten und genoss außerordentliche Wertschätzung in der Bevölkerung über alle Parteigrenzen hinweg. In der Landespolitik hatte er höchste Ämter errungen, saß aber nunmehr ohne jede Hoffnung eines Neueinstiegs in die Regierungsverantwortung in dem eher mühsamen Amt eines Fraktionsvorsitzenden fest. Ein Aufbruch zu neuen Ufern mag da durchaus reizvoll gewesen sein. Und Bonn machte ihm durchaus Avancen.

Schon früh auf Bundespolitik Einfluss genommen

Auch in der Vergangenheit war Fritz Steinhoff regelmäßig den Rhein hinauf in die Bundeshauptstadt gefahren, um an Sitzungen des Bundesrates oder der Bundespartei teilzunehmen. So gehörte er beispielsweise von 1948 bis 1951 dem Organisationsausschuss beim Parteivorstand an und neuerdings (1961 bis 1965) war er sogar Mitglied des Parteirates beim Parteivorstand. Auch wenn er keine nennenswerten Initiativen ergriff, wurde Steinhoffs Wort in seiner Partei und weit darüber hinaus nicht nur gehört, sondern auch ernst genommen. Das war sicher nicht nur auf seinen redlichen Charakter, sondern auch auf seine starke Stellung als Vertreter des machtvollen SPD-Bezirks Westliches Westfalen zurückzuführen. Schließlich gilt es in der Demokratie stets, nicht nur den sachlichen Kompromiss, sondern dafür auch die erforderlichen Mehrheiten zu schmieden.

Zum 1961 amtierenden Partei- und Fraktionsvorsitzenden Erich Ollenhauer (1901 – 1963), in Person und Überzeugungen eher ein Traditionalist, unterhielt er ebenso gute Beziehungen wie zu aufstrebenden Modernisierern wie dem Berliner Regierenden Bürgermeister Willy Brandt (1913 – 1992) oder Herbert Wehner (1906 – 1990). Insbesondere mit Brandt, den er nicht zuletzt bei Bundesratssitzungen regelmäßig traf und der sein Urteil schätzte, tauschte sich Steinhoff auch immer wieder vertrauensvoll aus. Gern kam der spätere Parteivorsitzende und Bundeskanzler, der in besonderer Weise nach dem Godesberger Modernisierungsparteitag den Aufbruch verkörperte, zu Wahlkampfauftritten sowohl nach Hagen als auch in die umliegende Region. Der Konsenspolitiker war also auch auf Bundesebene außerordentlich gut vernetzt.

Jedoch fiel Fritz Steinhoff in der Bonner Szene kaum durch größere politische Initiativen aus eigener Feder auf. Umgekehrt gilt freilich als gesichert: In Bonn geschmiedete Kompromisse trug er bedingungslos mit. Bisweilen zog er bundespolitische Themen auf Landesebene herunter und unterstrich persönliche Überzeugungen auch bei Landtagsdebatten. So räumte er beispielsweise bereits 1958, noch zur Amtszeit als Ministerpräsident, im Landtag während einer Debatte zur Bewaffnung der Bundeswehr diesem Thema einen hohen Stellenwert ein. Während er der Neuaufstellung generell zustimmte, war er doch entschiedener Gegner ihrer Ausstattung mit Kernwaffen: „Die von der Bundesregierung geplante Ausrüstung der Bundeswehr bringt für das dicht besiedelte Land Nordrhein-Westfalen tödliche Gefahren mit sich. Eine Stationierung atomarer Waffen an Rhein und Ruhr wäre ein lebensgefährliches Experiment. Es würde unser Land und besonders die bevölkerungsreichen Großstädte des Ruhrgebietes in die Gefahr bringen, im Falle eines – hoffentlich nie Wirklichkeit werdenden – kriegerischen Konflikts zu einem der ersten Angriffsziele atomarer Vernichtungswaffen

Außerordentlicher SPD-Bundesparteitag 1959: Parteichef Erich Ollenhauer redet, Fritz Steinhoff sitzt mit auf dem Podium

zu werden. Angesichts dieser ernsten Lage wird die Landesregierung alles in ihrer Kraft stehende tun, um diese Gefahr von der Bevölkerung in Nordrhein-Westfalen abzuwenden", sagte Steinhoff.

Deshalb sei die Landesregierung auch entschlossen, so führte er apodiktisch weiter aus, „1. gegen alle Anträge zu stimmen und jede Bewilligung von Mitteln zu verweigern, die atomare Ausrüstung der Bundeswehr ermöglichen würden; 2. bei der Anforderung von Land für die Errichtung atomarer Militäranlagen durch den Bund grundsätzlich ihr Einverständnis zu verweigern; 3. die Bundesregierung in jeder geeigneten Form auf ihre Verantwortung für den ausreichenden Ausbau des zivilen Bevölkerungsschutzes aufmerksam zu machen; die Bestrebungen der Aktion ‚Kampf gegen Atomtod' in jeder geeigneten Weise zu unterstützen." Damit untermauerte Fritz Steinhoff in Düsseldorf den Bonner Oppositionskurs – machte aber auch deutlich, dass er in der höheren Liga durchaus mitzuspielen bereit war und dafür das spielerische Können besaß.

Zeit polarsierender Themen und Auseinandersetzungen

Das Beispiel lässt erahnen, dass die Bundespolitik ebenso wie die Weltgemeinschaft in den 1960er-Jahren vor gewaltigen gesellschaftlichen Veränderungen stand. Die Nachkriegsjahre mit der Bewältigung der gewaltigen Schäden waren vorbei, das Land begann sich in immer schnellen Schritten zu modernisieren. Das war ablesbar vor allem an der globalen wissenschaftlichen Entwicklung, die 1961 mit dem Russen Juri Gagarin als erstem Menschen im All und der Mondlandung sieben Jahre später durch drei US-Astronauten kulminierte. Das war aber auch am täglichen Leben abzulesen: an den aufkommenden Musikfestivals ebenso wie an der sexuellen Revolution etwa mit dem Aufkommen des Bikinis in der Folge, an der Mode, an der zunehmend prosperierenden Kulturszene mit der schnell sich durchsetzenden Rockmusik vorweg. Selbst die katholische Kirche trat die Flucht nach vorne an und rief ihre Spitzenköpfe zum Zweiten Vatikanischen Konzil zusammen, von dem viele Schritte zur Modernisierung ausgingen.

Gleichzeitig verhärtete sich der Ost-West-Gegensatz, aber auch der Stil der politischen Auseinandersetzung: Die Kuba-Krise führte die Welt an den Rand eines neuen Weltkriegs und atomaren Abgrunds. In den USA tobte der Kampf um die Bürgerrechte; gleichzeitig gewann der Protest gegen den Vietnamkrieg an Fahrt. Dort wurden sowohl Präsident John F. Kennedy als auch der schwarze Bürgerrechtler Martin Luther King ermordet. Der Warschauer Pakt mit der Sowjetunion beendete den sogenannten Prager Frühling mit dem Einmarsch in die Tschechoslowakei. Afrika begann sich mit der Unabhängigkeit des Kongos freizumachen von den Fesseln des Kolonialismus. China schwenkte auf den Weg der Kulturrevolution mit Millionen Opfern in der Folge. Den Nahen Osten schüttelte der Sechs-Tage-Krieg, der Israel unversehens zur stärksten Macht in dieser Weltregion machte, aber den Konflikt insgesamt nicht löste.

Die 1960er waren zugleich die Jahre, als der kollektive Verdrängungsprozess, den die Opfer und Täter nach der NS-Schreckenszeit gleichermaßen eingeschlagen hatten, zugunsten einer tiefgreifenden Aufarbeitung der jüngeren Geschichte aufgegeben wurde. Beispielhaft steht dafür der Beginn des Strafprozesses gegen den früheren deutschen SS-Sturmbannführer Adolf Eichmann, den Organisator des Holocausts in Jerusalem. Er fand weltweite Beachtung – nicht zuletzt, weil da erstmals die „Banalität des Bösen", wie es die Philosophin und Beobachterin Hanna Arendt beschrieb, in aller Offenheit und schlimmster Brutalität aufgearbeitet wurde.

Das trug dazu bei, auch in Deutschland die juristische Aufarbeitung verstärkt aufzunehmen. Die NS-Debatte war wiederum auch einer der Gründe, warum hierzulande die Studentenbewegung besondere Kraft annahm und vielleicht noch gründlicher als in vielen anderen Ländern zu einer nachhaltigen Umwälzung der politischen Kultur führte. Die wäre möglicherweise noch viel schneller vorangeschritten, wäre die Bedrohung durch den Ost-West-Konflikt nicht gerade zu Beginn des Jahrzehnts auf deutschem Boden so brutal hervorgetreten: Die DDR riegelte sich vom 13. August 1961 an mit dem Bau der Berliner Mauer und einer Befestigung ihrer Westgrenzen rigoros ab: Der Eiserne Vorhang drohte völlig undurchlässig zu werden. Im Spannungsfeld zwischen Tradition und Aufbruch, zwischen Bedrohung und Friedenssehnsucht veränderte sich auch die Bonner Landschaft tiefgreifend: Am 12. Oktober 1963 trat Konrad Adenauer und damit die dominierende Kraft der Nachkriegs-Bundesrepublik vom Amt des Bundeskanzlers zurück und übergab es an den von ihm so ungeliebten vormaligen Wirtschaftsminister Ludwig Erhard. Damit war zugleich das Ende der CDU-Dominanz auf Bundesebene eingeläutet: Verlor sie mit den Bundestagswahlen 1961 die absolute Mehrheit im Bundestag, musste sie die Regierung 1969 an die sozialliberale Koalition abheben.

Den Übergang ebnete die Große Koalition unter Kurt-Georg Kiesinger (1904 – 1988), in der mit dem Kanzler ein ehemaliger Nationalsozialist und dem Außenminister Willy Brandt ein ehemaliger Emigrant und Widerständler zusammenarbeiteten. Sie unternahm erste Modernisierungsschritte, löste aber auch erhebliche politische Konflikte aus – unter anderem durch die Verabschiedung der Notstandsgesetze, die mindestens Teile des Grundgesetzes auszuhebeln drohten und im Juni 1968 in Kraft traten. Sie trugen ihren Teil zur Radikalisierung der Studentenbewegung, zur Entstehung der Außerparlamentarischen Opposition und der RAF-Terrorszene bei.

Es sind aber auch Jahre, in denen die Grenzen des Wachstums spürbar wurden: Gerade noch Ex-und-hopp-Werbung, die zum schnellen Austrinken der Bierflasche und ihrer Entsorgung auf dem Müll das Wort redet – und plötzlich beschreibt der Club of Rome detailfreudig das Ende der natürlichen Ressourcen und die Vermüllung unserer Umwelt. Die Grenzen werden politisch auch an anderen Stellen (wenn auch nicht so spektakulär, dann aber im Kleinteiligen mit umso größeren Wirkungen) spürbar: Die bisherige Zersplitterung der kommunalen Familie wird in den 1960er-Jahren erst erdrückend spürbar, weil viele kleine und kleinste Gemeinden nicht mehr lebensfähig sind. Mit den beginnenden Kommunalreformen werden Grenzziehungen, aber auch die politische Kultur vor Ort durchgreifend verändert.

Das sind nur stichpunktartig aufgeführte Rahmenbedingungen, die nur andeuten sollen, in welcher Situation Fritz Steinhoff erst über den Gang nach Bonn nachdenkt und ihn dann beschreitet. Er steuert zwar auf das Rentenalter zu und ist gesundheitlich angeschlagen, alles in ihm drängt aber zu einem neuen politischen Betätigungsfeld. Zugleich ist er ein Mann, der Vieles bei den Jungen nicht mehr versteht – schließlich ist er durch und durch geprägt erst von der Kaiserzeit, dann von der Weimarer Republik. Seine Welt ist geprägt vom strikten Einsatz für die Demokratie und soziale Verbesserungen, aber auch von bürgerlichen Ordnungsvorstellun-

Wahlkampf 1961 zusammen mit Spitzenkandidat Willy Brandt: Fritz Steinhoff stellt sich vor.

gen. Grundlegende Umwälzungen sind seine Sache nicht.

Nicht ohne Grund schreibt er (vielleicht ein Zeichen für seinen Charakter) noch immer am liebsten mit seinem hochwertigen Montblanc-Füllfederhalter mit Goldfeder. Das hochwertige Stück, in das sein Name eingraviert ist, begleitet ihn schon lange: Die Wertschätzung der hervorragenden Handwerksarbeit (heute aufbewahrt im Stadtmuseum Hagen) zeigt, wie stark er hochwertige Arbeit schätzt, wie er sich aber auch in der Wohlstandsgesellschaft der Nachkriegszeit eingerichtet hat: Solides Selbstverständnis und Respekt vor Leistung prägt ihn, Protz und Äußerlichkeiten sind ihm indes zuwider.

Große Beliebtheit in seinem Wahlkreis

Kurzum: Als sich nicht nur die örtlichen Hagener Genossen, sondern sogar der SPD-Bundesvorstand dafür aussprach, er solle in Hagen für den Bundestag kandidieren, entscheidet sich Fritz Steinhoff für diesen Schritt. Dabei mag auch eine Rolle gespielt haben, dass ihn der neuerliche Spitzenkandidat Willy Brandt in seine elfköpfige Wahlkampfmannschaft berief (das Wort vom Schattenkabinett gab es damals noch nicht). Dahinter steckte sicher nicht nur das taktische Kalkül, die Kraft des bodenständigen und allseits anerkannten Westfalen zu nutzen. Vielmehr brachte Fritz Steinhoff inzwischen auch eine gehörige Portion Erfahrung nicht zuletzt in der Führung größerer Verwaltungsapparate mit.

Die Erwartungen seiner Partei: Er sollte der CDU das Direktmandat abnehmen, Tatsächlich legte er sich in dem 1961er-Wahlkampf auch enorm ins Zeug – sowohl bei Kundgebungen in Nordrhein-Westfalen (jawohl, die gab es noch mit hunderten und tausenden Zuhörern), selbstverständlich auch in seinem Wahlkreis. An polarisierenden Themen fehlte es nun wirklich nicht – schließlich hatte die SED wenige Tage vor dem Urnengang die Grenzen geschlossen, die Berliner Mauer errichtet und damit eine tiefgreifende Krise ausgelöst.

Überraschend genug, die Taktik ging auf: Am 17. September 1961 konnte Fritz Steinhoff der CDU-Abgeordneten Dr. Luise Rehling, die als gesetzt galt, das Direktmandat abnehmen. Die entschiedene Christin und Lehrerin hatte ebenfalls erhebliche Reputation – nicht zuletzt, weil sie couragiert und mit scharfer Zunge für sozialpolitische Themen eintrat. Trotzdem konnte sich Fritz Steinhoff mit einem Stimmanteil von 46 Prozent knapp durchsetzen (und lag damit sogar über dem örtlichen Ergebnis seiner Partei, die mit 45,4 Prozent abschnitt und damit das Bundesergebnis weit überflügelte (36,2 Prozent). Luise Rehling indes, die den Wahlkreis zuvor dreimal direkt geholt hatte, zog nun über die Reserveliste ihrer Partei in den Bundestag ein, starb aber noch während der Legislaturperiode im Jahr 1963.

Der Jubel über den Sieg war entsprechend groß – jedenfalls in Hagen. Denn auf Bundesebene verfehlten die Sozialdemokraten trotz eines Zugewinns von 4,4 Prozent erneut ihr Ziel, auf die Regierungsbänke zu gelangen. Herausforderer Willy Brandt zog sich vorerst nach Berlin zurück, Konrad Adenauer blieb für zwei weitere Jahre Bundeskanzler, um das Amt dann an den von ihm geschmähten Ludwig Erhard abzugeben.

Fritz Steinhoff, so erdverbunden er war und so gerne er bislang abends von Düsseldorf nach Hause zum Essen gefahren war, richtete sich also im Bonner Abgeordnetenhaus ein. Ohne Regierungsverantwortung konnte ihm seine Partei aber kein Amt verschaffen – und nach der Konstitution der Gremien stellte sich heraus, dass der Hagener auch keine herausgehobene Aufgabe für seine Fraktion wahrnehmen sollte. Er war entgegen seinen Erwartungen weder in den Bonner SPD-Fraktionsvorstand noch zum Vorsitzenden des kommunalpolitischen Bundestagsausschusses gewählt worden. Und das, obwohl sich Spitzengenossen wie Helmut Schmidt für ihn starkgemacht hatten – wenn auch nicht ohne Hintersinn. So plädierte der in einem handschriftlichen Vermerk an Parteichef Willy Brandt: „M.E. sollte man alles versuchen, Steinhoff in Bonn festzuhalten (z.B. durch Wahl in den Fraktionsvorstand), damit es endlich in Nrh/W zu einer gesunden Entwicklung kommen kann (…) Ich glaube aber, daß wir als PV nicht gut zusehen dürfen, falls die reichlich weit entwickelte Klüngelei in Nrh/W erneut zu einer ‚Mannschaft' Steinhoff zu führen tendieren sollte." Aber auch solche eindringlichen Plädoyers änderten nichts. Alle Hoffnungen Fritz Steinhoffs zerstreuten sich damit schlagartig, er landete auf der Hinterbank. Ein Zeichen dafür: Er hielt keine einzige Rede vor dem Bundestag. Als hätte er es vorher schon geahnt: Bei seiner Verabschiedung aus dem Landtag hatte sich Fritz Steinhoff im November 1961 darüber beklagt, „als fast 64jähriger als Abc-Schütze in der Bundespolitik" anfangen zu müssen. Ein Grund mehr, warum er sich gelegentlich prompt auch weiter in die Landespolitik einzumischen versuchte.

Die deutlich rauere Atmosphäre in Bonn war indes nicht Steinhoffs Sache, nicht die Sprache eines Mannes, der so großen Wert auf Austausch und Ausgleich legte und stets über die politischen Lager hinweg agierte. Dafür gab es in dem konfrontativen Klima der Bundespolitik wenig Spielraum. Gerade seine Stärken konnte Fritz Steinhoff in der Bundespolitik nicht mehr ausspielen.

In Hagen war das nicht zu seinem Schaden. Im Gegenteil: Seine Beliebtheit vor Ort blieb ungebrochen. Deshalb wählte ihn, wie bereits dargestellt, auch der Hagener Rat von 1963 bis 1964 erneut zum Oberbürgermeister. Und bei seiner zweiten Kandidatur für den Bundestag konnte Fritz Steinhoff sein Stimmenpolster ausbauen und kam auf 52,1 Prozent (SPD: 51,4 Prozent). Damit stand er zuhause völlig unangefochten dar.

Auch wenn es Fritz Steinhoff in Bonn nicht mehr gelang, in herausgehobene Positionen vorzudringen, bedeutet das nicht, dass er sich zurückgelehnt hätte. Im Gegenteil: Er versucht mitzudiskutieren, macht sein Wort vor allem bei sozialpolitischen Fragen, die auch seine Wähler im Herzen Westfalens umtreiben, und die im Übrigen für viele Menschen zu Erleichterungen des täglichen Lebens beitragen. Das zeigte er durch seine Mitarbeit im Ausschuss für Inneres sowie im Ausschuss für Kommunalpolitik und Sozialhilfe (vierte Wahlperiode) sowie im Ausschuss für Kommunalpolitik, Raumordnung, Städtebau und Wohnungswesen (fünfte Wahlperiode). Das wird auch deutlich, wenn er sich mit Anträgen und Anfragen an die Bundesregierung ins Zeug legt und sich etwa für die Bekämpfung der chronischen Emphysem-Bronchitis bei älteren Arbeitnehmern einsetzt. Die Schleimhaut-Entzündung beeinträchtigt insbesondere das Leben Zehntausender Bergleute.

Auch wenn er bei den großen Fragen, die in den 1960er-Jahren die Bonner Politik bestimmen, gerne mit am Tisch sitzen würde, hindern Fritz Steinhoff seine Gesundheit und auch eine neue, machtvoll aufstrebende Politiker-Generation daran: Die Modernisierer wollen der Gesellschaft ihren Stempel aufdrücken. Der frühere Ministerpräsident möchte vor allem bewahren: In vielen Stellungnahmen unterstreicht er die Bedeutung des Grundgesetzes, der demokratischen Errungenschaften und ihrer alltäglichen Ausfüllung. Sie sieht er inzwischen wieder häufiger in Gefahr. Und er weiß nur zu gut aus leidvoller eigener Erfahrung, wie wenig das Leben plötzlich wert ist, wenn sie verloren gehen oder gar mit Füßen getreten werden.

Ob er gerne in Bonn gewesen ist? Dazu sind keine Äußerungen überliefert, man mag es aber bezweifeln. Denn da arbeitet Fritz Steinhoff, weil er es eben nicht lassen kann, sich politisch zu engagieren. Da hält ihn zweifellos seine ungeheure Selbstdisziplin zusammen. Es fehlt ihm aber das Soziotop, wie er es aus Düsseldorfer Landtagszeiten gewohnt war. Und, wir erinnern uns: In seiner Düsseldorfer Regierungszeit genoss er es auch, abends zum Essen zu seiner Frau Käthe nach Hagen-Emst nach Hause zu fahren und anschließend eine Runde mit seinen Dackeln Pit und Nixe durch die Nachbarschaft zu drehen.

Allmählich war für Zeitgenossen nicht mehr zu übersehen, dass nicht nur die Inhaftierungen aus der NS-Zeit an ihm zehrten, sondern auch der jahrelange unermüdliche Einsatz in so vielen unterschiedlichen Ämtern. Die gesundheitlichen Probleme nahmen ebenso zu wie die Chancen nachließen, auf den Bonner Betrieb doch noch irgendwann Einfluss nehmen zu können. Wenn Fritz Steinhoff mit dem Tag seines Ausscheidens aus dem Bundestag am 22. Oktober 1969 starb, so rundete sich auch ein politisches Leben: Der kleine Mann, dem eine große Karriere nun wahrlich nicht in die Wiege gelegt war, hatte auf allen politischen Ebenen mitgemischt und hohe Staatsämter errungen, er hatte sich ein Leben lang für die Gemeinschaft aufgerieben – und dies vor allem aber aus den Erfahrungen in der Weimarer Zeit und mit der nationalsozialistischen Schreckensherrschaft für den Wiederaufbau einer lebendigen und stabilen Demokratie.

BAUMEISTER DES LANDES NORDRHEIN-WESTFALEN

Fritz Steinhoff hatte sein Leben vollständig der Politik gewidmet – im besten Sinne und als Funktionär der alten Schule, der für die Menschen und ihre Anliegen da war und bei allen klaren persönlichen Standpunkten und bei allem Willen zur Findung tragfähiger Kompromisse über die Parteigrenzen hinweg letztlich stets Wege zur Verbesserung der alltäglichen Lebensverhältnisse suchte, ausbaute und ebnete. So sehr homo politicus, wie er war, nahmen Phasen der Krankheit, die wohl nicht zuletzt als Folge seiner Lagerhaft unter den Nationalsozialisten zu verstehen sind, in den späten Jahren zu: Zeitzeugen berichteten später, wie er in letzten Lebensmonaten geradezu verfiel, obgleich er eng von einem Arzt begleitet wurde. Er ging regelrecht ein, wirkte immer zierlicher und zerbrechlicher. Nachts ließen ihn immer häufiger bedrängende Angstträume nicht schlafen, die ihn immer wieder mit den unmenschlichen Bedingungen seiner Inhaftierungen konfrontierten, die zudem die hohen psychischen Belastungen seines gesamten Lebensweges widerspiegelten. Die körperlichen Beeinträchtigungen wurden noch verstärkt durch die Bedeutungslosigkeit, in die er als Bundestagsabgeordneter auf den hinteren Reihen des Bonner Politikbetriebs geriet, sowie durch Sorgen um die aktuelle Entwicklung des Landes. Insbesondere in der Mentalität und in den Einstellungen der Jugend sah Steinhoff eine Herausforderung für die Demokratie. Damit reagierte er auf die Studentenproteste der 68er-Bewegung, die ihm bei seinem Werdegang und seinem

Charakter zutiefst fremd sein mussten. Hier wurde deutlich, wie stark er in seiner Prägung konservativ geprägt war, auch wenn er in seiner politischen Sacharbeit eher zukunftsweisend-progressive Positionen vertrat.

Nicht überraschen mag es da, dass Fritz Steinhoff am 22. Oktober 1969 ausgerechnet an dem Tag an Alters- und Herzschwäche morgens gegen 2 Uhr verstarb, an dem sein Bundestagsmandat endete – damit wohl letztendlich an den Spätfolgen der Lagerhaft. Er konnte schlicht nicht mehr. Zurückgezogen hatte er sich – wohl die Veränderungen in der gesamtpolitischen Landschaft erkennend als auch um den neu aufkommenden Politikertypus der Nachkriegszeit wissend – freilich längst vorher. Für persönliche Freundschaften war ohnehin während seiner gesamten politischen Laufbahn wenig Zeit geblieben. Besuch empfing er jedenfalls in seinem Wohnhaus nur noch selten. Als Ratgeber war er weder in Düsseldorf, wo längst eine jüngere Politikergeneration mit einer ganz anderen Mentalität das Ruder übernommen hatte, noch in Hagen länger gefragt. Kaum überraschen mag es da, wenn ihn in stillen Stunden die eine gewisse Wehmut überkam, die Fritz Steinhoff freilich nie nach außen trug. Im Gegenteil: Zeitgenossen beeindruckte er weiter durch seine Klarheit in Auffassung und Formulierung von Gedanken, aber auch seine Ausstrahlung.

„Im Auftreten war er schon eine Autorität. Insbesondere hatte er einen starken politischen Willen“, erinnert sich der Rechtsanwalt Friedrich Grawert, der Fritz Steinhoff schon als Schüler kennengelernt hatte. Als Primaner am Ricarda-Huch-Gymnasium wollte er Fritz Steinhoff in den 1950er-Jahren als Gesprächspartner für eine Großveranstaltung der Oberstufen-Schulen in Hagen einladen, die von den Schülervertretungen ausgerichtet wurde. Ganz überrascht war er, als er plötzlich von dem früheren Ministerpräsidenten eingeladen wurde und der ihm völlig unprätentiös begegnete. „Du kannst Fritz zu mir sagen“, ging der Politiker gleich herzlich auf den Schüler zu. Beide fanden Gefallen aneinander und kamen ins Plau-

Dackel sind eigenwillig, Fritz Steinhoff wusste das zu schätzen.

dern. Eine Gelegenheit, bei der Fritz Steinhoff auch von seinen Inhaftierungen und den Bedingungen sprach – und dem Schüler sogar seine auf dem Arm eintätowierte Häftlingsnummer aus dem Konzentrationslager Sachsenhausen zeigte. „Das war ganz schrecklich, das hat mich sehr bewegt", erinnert sich Friedrich Grawert noch heute sichtlich bewegt an das bescheidene Auftreten des früheren Ministerpräsidenten. Die

Schülerveranstaltung wurde zu einem enormen Erfolg: die Ränge voll besetzt, Fritz Steinhoff auskunftsfreudig, Friedrich Grawert erwarb sich als Moderator Anerkennung, die Schüler folgten gespannt nicht zuletzt den vielen Lebensstationen, die der Politiker preisgab. Grund genug, warum Grawert auch später von Steinhoff gelegentlich eingeladen wurde. Von derartigen Veranstaltungen schien auch Fritz Steinhoff noch einmal zu zehren. Denn zu häufig kam es in den Monaten vor seinem Tod vor, dass er eher allein mit seinen beiden Dackeln kurze Runden durch seine Heimatstadt drehte und kaum einmal zu einem Plausch anhielt, schon gar nicht im Kontakt stand zu vielen früheren Wegbegleitern. Daran änderte auch sein Bundestagsmandat nichts: Das sicherte zwar seine Reputation zuhause im Hagener Wahlkreis; doch nennenswerte neue Kontakte wuchsen dem Bonner Hinterbänkler in den acht Jahren seiner Parlamentszugehörigkeit ebenso wenig zu wie etwa eine eigenständige politische Rolle im Getriebe der damaligen Bundeshauptstadt.

Das Wirken Fritz Steinhoffs wurde von vielen gewürdigt

Der 70. Geburtstag war noch einmal ein Tag, an dem Fritz Steinhoff in den Mittelpunkt rückte – nicht zuletzt, weil ihm an diesem Tag die Ehrenbürgerwürde der Stadt Hagen sowie der Ehrenring der Stadt verliehen wurden – als Auszeichnung und zugleich als Dank für die Anstrengungen. Da fuhr der Politiker Fritz Steinhoff gleichsam die Ernte seines Lebens ein – auch wenn manches Dankeswort schon in diesem Zusammenhang nach Abschied klang.

Nach dem runden Geburtstag wurde es sehr ruhig um den Ministerpräsidenten a.D. und es ging eben auch gesundheitlich bergab. Umso erstaunlicher war es vielleicht, welche Würdigungen Fritz Steinhoff nach seinem Tod erfuhr. Der Pressedienst der Sozialdemokraten schrieb gleich nach Bekanntwerden des Ablebens: „Das Leben von Fritz Steinhoff (...) spiegelt die Tiefen und Höhen der deutschen Sozialdemokratie wider. Alle Wechselfälle dieses Jahrhunderts und

Amtsnachfolger Heinz Kühn würdigt die Verdienste des Verstorbenen beim Staatsakt in Hagen

die damit bedingten Veränderungen in der Gesellschaft, vom Kaiserstaat über die Weimarer Republik zur Hitler-Diktatur und den Wiederaufbau eines freiheitlichen demokratischen Staatswesens, finden im Wirken und im Werdegang von Fritz Steinhoff ihren Niederschlag." Im Kohlenpott als der industriellen Herzkammer Nordrhein-Westfalens habe ihn jeder gekannt. Trotzdem habe er seine Bescheidenheit behalten und sei dafür auch bekannt gewesen. Und weiter: „Fritz

Steinhoff hat sich um Volk und Staat verdient gemacht. Sein Streben galt der Verwirklichung des Humanen in der Gesellschaft und der Chancengleichheit für alle, unabhängig von ihrem Herkommen. Er baute mit an einem demokratischen Deutschland, das wir alle brauchen, um in der Welt bestehen zu können."

Staatsakt in Hagen

Am 27. Oktober 1969, also fünf Tage nach seinem Tod, fand dann im Stadttheater Hagen ein Staatsakt statt, bei dem sich Trauergäste aus Bund, Land, Stadt Hagen und anderen Institutionen das Wirken von Fritz Steinhoff noch einmal vor Augen hielten. Zuvor hatten sich bereits 4.000 Hagener von dem im Rathaus aufgebahrten Sarg mit den sterblichen Überresten des Ministerpräsidenten a.D. verabschiedet. Die Verdienste des Verstorbenen würdigten Hagens Oberbürgermeister Lothar Wrede, Landesminister Werner Figgen in seiner Funktion als aktueller Vorsitzender des SPD-Bezirks Westliches Westfalen, der stellvertretende SPD-Bundesvorsitzende Herbert Wehner, Landtagspräsident John van Nes Ziegler sowie Ministerpräsident Heinz Kühn.

Oberbürgermeister Lothar Wrede hob vor allem die unermüdlichen Leistungen Fritz Steinhoffs bei der unendlich aufwändigen Neuordnung und beim Wiederaufbau der Stadt Hagen hervor, „einer Stadt die in Schutt und Asche lag, deren City zu 100 Prozent zertrümmert war. Wohnungsbau und Wiederaufbau der zerstörten Industriebetriebe waren die ersten Aufgaben. Gleichzeitig wurde der Grundstein zur Lösung künftiger Verkehrs- und Bauprobleme gelegt. Das Hagen von heute basiert auf der vorausschauenden Planung dieser Zeit."

Und weiter: „Fritz Steinhoff war ein zäher und behender Vollblutpolitiker, geistig und körperlich rege, immer geschäftig, ohne dabei über das Ziel hinauszuschießen. Er war umsichtig und weitsichtig. Von seiner harten, doch stets fairen Verhandlungsführung erzählt man noch heute. Die Spuren des damaligen Wirkens erblicken wir überall in unserer Stadt. Was Fritz Steinhoff damals für diese unsere Stadt tat, wird wahrscheinlich erst in späteren Zeiten voll erkennbar sein. Und daß diese Stadt in ihrem Wiederaufbau andere Städte um Längen hinter sich ließ, hat nicht zuletzt seinen Hintergrund in Fritz Steinhoffs Engagement auf höchster Ebene der Landespolitik. (…) Männer wie er sind selten zu finden, zu selten, als daß man sich leicht von ihnen trennen könnte. Männer, die aus langer Lebenserfahrung und geläutert durch harte Prüfungen weise und abgeklärt geworden sind, distanziert zu den Ärgernissen des Alltags. Männer, die auf die Generation nach ihnen nicht herabschauen, sondern ihr beratend beistehen. Wie leicht, wie mühelos ließe sich in vielen Bereichen des Daseins der oft so schwierigen Generationswechsel vollziehen, wenn es mehr Männer gäbe, wie Fritz Steinhoff einer war."

Werner Figgen ging schwerpunktartig auf das Wirken des Parteipolitikers Fritz Steinhoff ein, der sich vom kleinen Funktionär bis hin zum Vorsitzenden des einst mächtigen SPD-Bezirks Westliches Westfalen (ein Amt, das er von 1954 bis 1965 elf Jahre lang innehatte) und zum Mitglied im Bundesvorstand der SPD entwickelt hatte, an dem mithin in den parteiinternen Entscheidungsprozessen kein Weg vorbeiging. Dabei hob er vor allem auf das pragmatische Pflichtbewusstsein seines Vorgängers ab: „Fritz Steinhoff nahm das Steuer mit der Selbstverständlichkeit eines Mannes in die Hand, der dort seine Pflicht tut, wohin man ihn beruft. Dies war es wohl, was uns damals Jüngeren die Dinge so unverwechselbar erscheinen ließ: die Selbstverständlicheit, mit der der Mensch seinen Pflichten nachzukommen hat. Gerade diese schlichte Art des Denkens, die auch typisch sein mag für die Menschen dieser Landschaft, hat uns damals tief beeindruckt, hat uns aber auch angespornt. Ich meine, daß der sprichwörtliche Fleiß so vieler unserer Mitglieder nicht zuletzt hier seinen Ursprung hat. (…)

Fritz Steinhoff hat stets lange über die Dinge nachgedacht, die ihn bewegten. Aber das wissen wir nur noch zu gut:

Wenn er erst einmal im Ziel klar war, dann war es schwer, ihn davon abzubringen. So hat er den Wandel der Sozialdemokratischen Partei mit allem, was die zweite Hälfte dieses Jahrhunderts von uns fordert, in einem sehr frühen Stadium der Diskussion erkannt. Wenn die deutsche Sozialdemokratie über diesen westfälischen Bezirk hinaus ihrem Mitstreiter Fritz Steinhoff zu Dank verpflichtet ist, dann nicht zuletzt deshalb, weil sie in diesen kritischen Jahren der Neubesinnung einen Gesinnungsgenossen von seinem Format an der Spitze des mitgliedstärksten Bezirkes stehen hatte. Ein alter Sozialdemokrat, dem die Fähigkeit mitgegeben war, das Neue zu erkennen und in die Zukunft zu blicken, ein Mann aber auch, der zu streiten bereit war." Damit hob Werner Figgen nicht zuletzt auf den Reformprozess ab, den die SPD auf dem Weg von der sozialistischen Arbeiterpartei der Weimarer Zeit hin zum modernen Godesberger Programm mitgemacht hatte, das ihr erst die Regierungsfähigkeit in den späten 1960er-Jahren auch auf Bundesebene eingebracht hatte. Sie kam in der ersten sozial-liberalen Koalition auf Bundesebene zum Ausdruck, die am Tag zuvor mit der Wahl Willy Brandts zum Bundeskanzler besiegelt worden war.

„Fritz Steinhoffs Persönlichkeit war unverwechselbar und unauswechselbar. Der jugendliche Landarbeiter, der Bergmann, der Torpedobootsmatrose des ersten Weltkrieges, der politische Gefangene des Diktaturregimes, der Abgeordnete und der Staatsmann: er war immer zugleich ein lernender und Gebender. Er verstand die Zeichen der Zeit zu lesen, und er hat sein Bestes getan, sie für seine Mitbürger lesbar und lösbar zu machen. Er machte es sich nicht bequem, und er war nicht bequem. Er bekannte Farbe, und er entschied tapfer, auch wenn es wehtat", formulierte Herbert Wehner, der zu diesem Zeitpunkt eben nicht nur SPD-Vize war, sondern seit ein paar Tagen auch mächtiger Vorsitzender der SPD-Bundestagsfraktion. Fritz Steinhoff habe „früh begriffen, früher als mancher namhafte andere, wie der Staat gestaltet werden muß, wenn die Freiheit der Menschen gedeihen soll, und daß der einzelne

Schlichte Grabplatte auf der letzten Ruhestätte von Käthe und Fritz Steinhoff auf dem Iserlohner Friedhof

in politischer Willensgemeinschaft mit anderen sich darum bemühen muß. Wir handeln in seinem Geiste, wenn wir uns bemühen, das Verständnis für das Verhältnis von Freiheit und Verantwortung zu wecken und lebendig zu halten."

Landtagspräsident John van Nes Ziegler erinnerte an die Lebensstationen von Fritz Steinhoff von seiner Geburt an bis hin zu KZ-Haft unter den Nazis: All das lasse es so erscheinen, als sei die 15-jährige Zugehörigkeit zum NRW-Landtag „mehr gewesen, als er sich hätte zumuten sollen. Er leistete ganze Arbeit, und er stand in der ersten Linie der parlamentarischen Arbeit unseres Landtags. Sieben Ausschüssen gehörte er als ordentliches Mitglied an. Den Haushalts- und Finanzausschuß und den Hauptausschuß hat er zeitweilig als Vorsitzender geleitet, und daneben war er als langjähriger Vorsitzender der SPD-Fraktion im Landtag mit zahlreichen weiteren Aufgaben überhäuft." In diesen Aufgaben habe er Nordrhein-Westfalen entscheidend mitgeprägt. „In zahllosen Diskussionen und Reden hatte Fritz Steinhoff sich als streitbarer Parlamentarier erwiesen, der mit Schärfe und Witz um die sachlich beste Lösung zu kämpfen verstand, der aber trotz politischer Differenzen mit seinen Gegnern nie die gemeinsame menschliche Basis in Frage stellte. Das hat ihm Freundschaft und Achtung auch über den Kreis seiner Partei hinaus eingetragen. (…) Fritz Steinhoff hat seine Rede zur 3. Lesung des Landeshaushalts am 25. März 1958 mit den Worten beendet: Oberstes Gesetz für uns alle ist und bleibt die Verpflichtung gegenüber der gesamten Bevölkerung. Jetzt, am Ende dieses vollen Lebens, wissen wir, daß dieser Leitsatz für Fritz Steinhoff unbedingte Gültigkeit besaß."

FDP-Landesvorsitzender Willi Weyer erinnerte an die hervorragende Zusammenarbeit Fritz Steinhoffs auch mit anderen politischen Kräften, die er selbst als Bürgermeister in Hagen und als Landesminister im Kabinett Steinhoff kennengelernt habe. Steinhoff habe dabei stets eine Basis der rationalen Vernunft gesucht und im Übrigen bei allen Entscheidungen die Frage nach der Finanzierbarkeit gestellt. In einem letzten gemeinsamen Gespräch auf dem Emster Feld habe der frühere Ministerpräsident von seinen Sorgen um sein Vaterland gesprochen, eben weil er stets die Grundlagen des Gemeinwesens im Blick gehabt habe. Dabei habe er die gemeinsame Verantwortung der staatstragenden Parteien für die Demokratie im Blick gehabt. Willi Weyer schloss seine Kondolenzrede mit den Worten: Arthur Sträter, einer seiner Kollegen aus dem Kabinett, verabschiedete sich von Fritz Steinhoff, indem er sagte: Er war der einzige Politiker in Hagen, der keine Feinde hatte. Ich kann das nur abwandeln: Fritz Steinhoff war der einzige Politiker in Hagen, der in allen Parteien nur Freunde hatte."

Zum Schluss ergriff Amtsnachfolger Heinz Kühn das

Wort und würdigte Fritz Steinhoff als „Baumeister unseres Landes". Dabei sei ihm angesichts seines Lebensweges keinesfalls vorgezeichnet gewesen, eines Tages das Amt des Ministerpräsidenten zu bekleiden: „Als es ihm zufiel, dieses Amt, da hat er es nicht im Vollgefühl von Macht und Sieg übernommen, sondern in der Überzeugung, daß ihm - wenn auch in einer höheren und neuen Form - aufgetragen blieb, was er stets als seinen Auftrag angesehen hat: diesem Land und seinen Menschen zu dienen, durch seine nüchterne Arbeit als Regierungschef der Demokratie in diesem Lande ein Stück ihres Weges zu bereiten, Einfach, schlicht, schmucklos, nüchtern, so stellte er sich der Verantwortung, die ihm auferlegt worden war. Geprägt durch eine lange kommunalpolitische Arbeit und Erfahrung sah er in jeder Aufgabe ihre von Ideologien freie Sachbezogenheit, und er gestaltete sie mit jenem zupackenden Realismus, mit jenem klaren Blick für das Notwendige und für das Erreichbare, das den westfälischen Menschen stets so ausgezeichnet hat; und er orientierte die Lösungen, die er suchte, dabei an dem Grundsatz, der ihm Leitmotiv und Lieblingswort zugleich war, wenn er immer wieder sagte: Das Beste ist, was allen zum Vorteil gereicht."

Schon die Regierungserklärung habe die persönliche Handschrift eines Mannes getragen, „der bei allem auf den Tag bezogenen Realismus dennoch klare und genaue Vorstellungen hatte von dem Weg, den dieses Land gehen mußte, um in einer Zukunft bestehen zu können, in der nur der Wandel der Verhältnisse beständig sein würde. (...) So hat Fritz Steinhoff seine Aufgabe als Regierungschef gesehen,so hat er sie gestaltet in den zweieinhalb Jahren, die ihm als Ministerpräsident dieses Landes zugemessen waren. Für einen Politiker, der dem Wandel der gesellschaftlichen und wirtschaftlichen Verhältnisse so nahe stand, dem dieser Wandel so sehr am Herzen lag, war es eine kurze, eine allzu kurze Frist. Aber wer von uns wollte heute bezweifeln, daß in diesen zweieinhalb Jahren für vieles der Grund gelegt worden ist, was in unseren Tagen Früchte trägt."

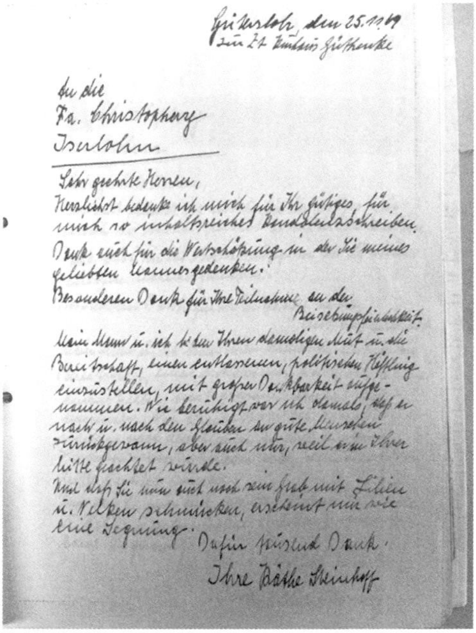

Gütersloh, den 25.11.69
z. Zt. [illegible] Gütersloh

An die
Fa. Christophery
Iserlohn

Sehr geehrte Herren,
Herzlichst bedanke ich mich für Ihr gütiges, für mich so inhaltsreiches Beileidsschreiben.
Dank auch für die Wertschätzung in der Sie meines geliebten Mannes gedenken.
Besonderen Dank für Ihre Teilnahme an der Beisetzungsfeierlichkeit.
Mein Mann u. ich haben Ihren damaligen Mut u. die Bereitschaft, einen entlassenen, politischen Häftling einzustellen, mit großer Dankbarkeit aufgenommen. Wie beruhigt war ich damals, daß er nach u. nach den Glauben an gute Menschen zurückgewann, aber auch froh, weil er in Ihrer Mitte geachtet wurde.
Und daß Sie nun auch noch sein Grab mit Lilien u. Nelken schmücken, erscheint mir wie eine Segnung.
Dafür herzlichen Dank.
Ihre Käthe Steinhoff

Dankesbrief von Käthe Steinhoff an den früheren Arbeitgeber

Zum Abschluss seiner Ansprache suchte Heinz Kühn seinen Amtsvorgänger noch einmal ebenso klar wie anschaulich zu charakterisieren: „Fritz Steinhoff war hineingebunden in die Kontinuität des Werkes und der Bürde, des Werkes, an dem vor ihm Rudolf Amelunxen und Karl Arnold gewirkt, der Bürde, die beide vor ihm getragen hatten.

In den Stationen seines Lebens ist umgriffen, was das besondere Wesen Fritz Steinhoffs ausmachte. Als Bergmann vom Schicksalsberuf dieses Landes geprägt, vom Bildungshunger des Autodidakten in seiner geistigen Persönlichkeit geformt, von Gesinnungsbewusstsein des demokratischen Sozialisten geleitet und von der Verantwortungsbereitschaft des Staatsbürgers erfüllt, so ist Fritz Steinhoff seinen Lebensweg gegangen durch Tiefen und Höhen hinweg, unbeirrbar durch

Verfolgung, aber auch unbeirrbar durch äußeren Glanz. Sein Schicksal hat ihn immer in die Bewährungsprobe schwerer Zeiten gestellt. Er war einer der Baumeister unseres Landes, nicht von jener Sorte Architekten, denen es um glanzvolle Fassaden geht, sondern Kärrner in der Bauhütte eines humanen, freien, sozialen Staatswesens."

Im Anschluss an den Staatsakt wurden die sterblichen Überreste von Fritz Steinhoff auf dem Hauptfriedhof in der Nachbarstadt Iserlohn beigesetzt – vermutlich auf Betreiben seiner Ehefrau, die eben hier im Norden des Märkischen Sauerlandes viele Wurzeln hatte und möglicherweise selbst mit dem Gedanken spielte, im voranschreitenden Alter wieder nach Iserlohn und damit in die Nähe verwandter und bekannter Menschen zurückzukehren. Das Ehrengrab ist markiert durch eine schlichte Granitplatte, die nur die Namen von Käthe und Fritz Steinhoff sowie die Lebensdaten prägt. Jede Erinnerung an die einstigen Aufgaben des Verstorbenen fehlt darauf.

Immer wieder tauchen noch Steinhoff-Dokumente auf

Fritz Steinhoff geriet nach seinem Tod in der breiteren Öffentlichkeit zunehmend in Vergessenheit. Umso überraschter war der Rechtsanwalt Friedrich Grawert, als er ein halbes Jahrzehnt nach Steinhoffs Beisetzung und dann auch seiner am 11. Januar 1974 kurz vor ihrem 71. Geburtstag verstorbenen Frau Käthe vom Hausarzt des Ehepaars kontaktiert wurde. Der informierte ihn darüber dass der Politiker ihn als Vollstrecker seines letzten Willens eingesetzt hatte. „Das hat mich regelrecht erschlagen, dieser Würde war ich mir gar nicht bewusst", sagte der damals noch junge und schnell aufstrebende Jurist.

Allein: Als er erstmals das Steinhoffsche Haus in Hagen-Emst betrat, war er schlicht erschüttert. Käthe Steinhoff war in den letzten Jahren ihres Lebens stark vereinsamt, hatte depressive bis zu skurrile Züge angenommen (unter anderem sammelte sie Hunderte weiß angezogener Puppen), verließ das stark vernachlässigte Haus kaum noch. Entsprechend trug es Züge der Verwahrlosung. Wie Grawert schnell herausfand, waren die Erben (durchweg aus der Familie von Käthe Steinhoff, unmittelbare Nachkommen hatte das Ehepaar nicht) nicht am Nachlass des Politikers interessiert, „sondern nur an Geld".

Friedrich Grawert beauftragte den damals amtierenden Obergerichtsvollzieher, den Nachlass zu sichern. Das geschah dann auch. Obwohl damit nicht durchweg sorgsam umgegangen wurde, finden sich heute viele Zeugnisse über Fritz Steinhoff im Stadtarchiv Hagen sowie im Besitz der Friedrich-Ebert-Stiftung.

Bisweilen tauchen aber auch heute noch überraschende Funde in ganz anderen Zusammenhängen auf: So meldeten sich im Dezember 2022 Finder mit einem antiquierten Überseekoffer voller Briefe Steinhoffs, die er aus der Gestapo-Haft an seine Frau geschickt hatte, und einem Bundesverdienstkreuz beim Stadtarchiv Hagen, den sie bereits eineinhalb Jahrzehnte zuvor auf der Müllhalde eines Entsorgungsunternehmens entdeckt hatten. Dabei handelte es sich durchweg um 50 persönliche Briefe Steinhoffs an seine Frau Käthe, die in Sütterlin verfasst waren. Die Finder versuchten sie zunächst zu entziffern – als das aber größere Mühen verlangte, stellten sie den Koffer beiseite und vergaßen das Fundstück. Erst als sie vom 125. Geburtstag Steinhoffs lasen, erinnerten sie sich an den Koffer und lieferten ihn beim Stadtarchiv Hagen ab, wo wie seither ausgewertet werden.

Im öffentlichen Raum ist Fritz Steinhoff dagegen nur noch wenig präsent. Wohl widmete die Stadt Hagen ihm einen Park und benannte eine Gesamtschule nach ihm. Unweit des Rathauses ist auf dem Friedrich-Ebert-Platz eine 1,55 Meter hohe und damit lebensechte Bronzeskulptur zu finden, die 1989 der Telgter Bildhauer Walter Grüntgens schuf. Die Stadt Unna erinnert gerade mal mit einem Fritz-Steinhoff-Weg im Stadtteil Massen an ihren berühmten Sohn, der hier aufwuchs und seine ersten Schritte hinein ins Berufsleben auf der einstigen Steinkohlenzeche machte. Auch in anderen Städten Nordrhein-Westfalens existieren (wie etwa in Bergkamen) Fritz-Steinhoff-Straßen. Und die Sozialistische Jugend Deutschlands – Die Falken betreiben in Gelsenkirchen ein Fritz-Steinhoff-Haus, das der Kinder- und Jugendarbeit gewidmet ist. Doch wenn nicht Hinweistafeln nähere Erläuterungen liefern, können zufällige Passanten heute in der Regel mit dem Namen nicht mehr viel anfangen.

Zu kurz im Amt, um große Wirkung zu erzielen

Auch wenn Fritz Steinhoff sein gesamtes Leben in den Dienst der Politik stellte, war seine Amtszeit als Ministerpräsident letztlich doch zu kurz und inhaltlich zu wenig prägnant, um sich nachhaltig in Erinnerung zu halten. Andere Landesväter vor und nach ihm haben jedenfalls mehr Prominenz erlangt und deutlichere Spuren als Fritz Steinhoff in der Geschichte des Landes hinterlassen. Schlaglichtartig sollen sie hier beleuchtet sein.

Rudolf Amelunxen (1888 – 1969), erster und noch von den britischen Besatzungskräften eingesetzter Ministerpräsident, der dem Zentrum angehörte, war zwar nur kurz in dem diesem Amt (24. Juli 1946 bis 19. April 1947); er blieb aber als Minister in den Kabinetten seiner Nachfolgers Karl Arnold und Fritz Steinhoff nicht nur aktiv, sondern bildete auch ein konstituives Element für deren Regierungsfähigkeit.

Der Rheinländer Karl Arnold (1901 – 1958, CDU) war der erste frei gewählte Ministerpräsident von Nordrhein-Westfalen. Seine drei Kabinette (1947 – 1956) erwarben sich enorme Verdienste vor allem durch die notwendige Aufbauarbeit nach dem Zweiten Weltkrieg. Außerdem gehörte er neben Hans Böckler zu den Gründungsmitgliedern des Deutschen Gewerkschaftsbundes und leitete in seinem letzten Lebensjahr die einflussreichen CDU-Sozialausschüsse auf Bundesebene. Ganz nebenbei erwarb er von den Briten die Tageszeitungslizenz für die Rheinische Post, die sich nach wie vor im Besitz seiner Nachkommen befindet.

Heinz Kühn (1912 -1992) war der zweite sozialdemokratische Ministerpräsident in NRW (1966 – 1978). Er hatte vor allem die Folgen des durchgreifenden Strukturwandels des einst vor allem von Kohle und Stahlproduktion geprägten Bundeslandes zu bewältigen. Spektakulär scheiterte er allerdings mit dem ersten Anlauf, die 1969 neu entstandene Gesamtschule neben den herkömmlichen Schultypen flächendeckend einzuführen. Von 1983 bis 1987 war er Vorsitzender der Friedrich-Ebert-Stiftung.

Die weitaus größte öffentliche Wirkung und damit Bekanntheit erzielte Johannes Rau (1931 – 2006, SPD). Ab 1970 bereits Minister für Wissenschaft und Forschung unter Heinz Kühn, konnte er sich als dessen Nachfolger durchsetzen und blieb knapp 20 Jahre lang von 1978 bis 1998 unangefochten im Amt. Er war zugleich Landesvorsitzender der SPD, lange stellvertretender Bundesvorsitzender seiner Partei sowie 1987 Kanzlerkandidat der SPD. Von 1999 bis 2004 amtierte Johannes Rau als Bundespräsident.

Wolfgang Clement (1940 – 2020) und Peer Steinbrück (geb. 1947) amtierten beide zwar nicht lange als NRW-Ministerpräsident, der erste von 1998 bis 2002 und der zweite von 2002 bis 2005, machten sich aber im Amt als Modernisierer einen Namen und wechselten jeweils anschließend in die Bundespolitik: Wolfgang Clement als Bundesminister für Wirtschaft und Arbeit, Peer Steinbrück als Finanzminister und später als SPD-Kanzlerkandidat.

Die größte Wirkung erzielten die NRW-Ministerpräsidenten durchweg, wenn sie sich auch bundespolitisch engagierten oder engagiert hatten – oder sogar Trendwechsel auf Bundesebene einzuleiten vermochten. Das gelang vor allem Heinz Kühn, der nach Fritz Steinhoff die zweite sozialliberale Koalition aus der Taufe hob, die auch zum Vorbild für die erste sozialliberale Regierung in Bonn unter der Kanzlerschaft von Willy Brandt wurde. Anders als Fritz Steinhoff, der gleichsam von der FDP ins Amt gehievt wurde, gelang es Heinz Kühn indes, den Machtwechsel in Düsseldorf mit einem Paradigmenwechsel zu verbinden: er leitete die Modernisierung des bevölkerungsreichsten Bundeslandes ein und sicherte der SPD damit eine dominierende Rolle, die sie über Jahrzehnte auch beibehalten sollte – allein unterbrochen von der Amtszeit von Jürgen Rüttgers (geb. 1951), der aus der Bundespolitik nach NRW wechselte und freilich nur eine Wahlperiode lang (von 2005 bis 2010) regierte. Erst mit dem Scheitern der anfangs außerordentlich erfolgreichen ersten Frau an der NRW-Regierungsspitze gewann die CDU die zu Beginn der Landesgeschichte dominierende Rolle wieder zurück: Hannelore Kraft (geb. 1961) regierte von 2010 bis 2017 – anfangs toleriert von der Partei Die Linke.

An die Politik von Fritz Steinhoff knüpfte allerdings keiner seiner Nachfolger mehr an. Vermutlich ist das nicht zuletzt damit zu begründen, dass mit seinem Rückzug auch ein Generationswechsel und damit ein politischer Mentalitätswechsel einsetzte. War Fritz Steinhoff noch ganz von der ersten Hälfte des 20. Jahrhunderts und politisch vor allem von der Weimarer Republik geprägt, machten seine Nachfolger ihre Karriere in der neuen Bundesrepublik oder wurden sie sogar erst in den Nachkriegsjahren geboren und waren deshalb mit einer ganz anderen Sicht auf die Grundsatz- und Sachfragen des politischen Alltags ausgestattet.

TAUGT FRITZ STEINHOFF HEUTE NOCH ALS VORBILD?

Wo liegen die Leistungen von Fritz Steinhoff über den Tag hinaus? Kann er ein Vorbild für nachwachsende Generationen sein? Statt eines Nachworts sprechen darüber zwei ideelle „Nachfolger“: der Bundestagsabgeordnete Timo Schisanowski und der Landtagsabgeordnete Hartmut Ganzke, die beide ebenfalls der SPD angehören und sich (selbst-) kritisch mit Zeitfragen auseinandersetzen – auch da, wo es unbequem wird. Beide haben ihre politische Karriere ebenfalls in der Kommunalpolitik begonnen und fühlen sich dort nach wie vor verankert. Sie führten den Dialog übrigens unweit der gut eineinhalb Meter hohen, lebensecht wirkenden Fritz-Steinhoff-Bronzeskulptur in Hagen auf dem Friedrich-Ebert-Platz, realisiert 1989 von dem Telgter Bildhauer Walter Grüntgens.

Timo Schisanowski: Wie bist Du überhaupt auf die Idee gekommen, Dich mit Fritz Steinhoff zu beschäftigen? Das ist ja nun nicht gerade ein politischer Akteur, der im Bewusstsein der Menschen geblieben ist …

Hartmut Ganzke (lacht): … Nein, das nun wirklich nicht. Da gibt es ganz andere Namen, die sich ständig Gehör verschafft haben oder verschaffen – auch wenn sie längst nicht immer wirklich etwas zu sagen haben. Aber im Ernst: Als begeisterter Leser nehme ich nicht nur Krimis in die Hand, sondern beschäftige mich gerne mit Themen der Geschichte – unter anderem mit Themen wie der Zwangsarbeit in Unna oder eben auch der Historie meines Stadtteils Unna-Massen.

Und irgendwann ist mir dann eben der Name Fritz Steinhoff begegnet, der eben in Massen in ganz bescheidenen Verhältnissen aufgewachsen ist, der als politischer Häftling die Lager des sogenannten Dritten Reiches überlebt hat, und der es zum Oberbürgermeister von Hagen, zum Landtagsabgeordneten, zum Minister und NRW-Ministerpräsidenten und zum Bundestagsabgeordneten gebracht hat. Das hat mich neugierig gemacht, da habe ich angefangen zu recherchieren.

Timo Schisanowski: Für uns in Hagen ist Fritz Steinhoff vielleicht nicht mehr allgegenwärtig, aber viele können mit dem Namen etwas anfangen. Es gibt die Skulptur gleich um die Ecke vom alten Rathaus auf dem Friedrich-Ebert-Platz, den Fritz-Steinhoff-Park und die Fritz-Steinhoff-Gesamtschule. Und mancher, gleichwohl inzwischen sehr alte Hagener erinnert sich auch noch an das Wirken von Fritz Steinhoff. Das Problem ist hier wie bei vielen anderen historischen Figuren: Vielleicht erhält sich der Name in den Köpfen, in Büchern und im öffentlichen Raum – doch nur wenige Menschen können sich wirklich viel hinter diesem Namen vorstellen. Dabei könnte gerade Fritz Steinhoff Orientierung bieten, zumal in der Gegenwart mit ihrer Vielzahl von immer neuen Krisen.

Hartmut Ganzke: Darauf müssen wir noch zu sprechen kommen. Ich würde gerne erst einmal einige Stationen des Lebensweges betrachten. Da kommt einer aus ganz kleinen Verhältnissen, aus dem Proletariat mit seinen bitteren Lebensbedingungen um die Jahrhundertwende – und er ergreift Chancen: Insbesondere bemüht sich Fritz Steinhoff um eine möglichst breite Bildung. Er schließt zwar formal nur die Volksschule ab, die immerhin in Europa als Vorbild für eine fortschrittliche Bildung galt. Aber eben auch nicht mehr. Er bleibt aber nicht dabei stehen, sondern nutzt jede Chance zur Weiterbildung, wo immer sie sich ihm auch bietet: an der Akademie für Arbeit in Frankfurt ebenso wie in der Heimvolkshochschule Dreißigacker in Thüringen oder an der Deutschen Hochschule für Politik in Berlin. Er greift Bildung begierig auf, ist ein hervorragender Autodidakt. Damit nutzt er das Aufstiegsversprechen durch Bildung. Wer sich mit seiner Persönlichkeit beschäftigt, stellt aber auch schnell fest: Die Politik mit ihren ständigen Themenwechseln und immer neuen Herausforderungen bietet Fritz Steinhoff ein zweites Feld, auf dem er tagtäglich neu lernt, dieses Wissen anwendet und in den Dienst anderer stellt.

Timo Schisanowski: Mir ist an keiner Stelle aufgefallen, dass Fritz Steinhoff durch einen besonderen Impuls in die Politik gekommen ist. Der Bergbau, in dem die Arbeiter ein hohes Maß an Solidarität an den Tag legten, sowie das Trauma des Ersten Weltkriegs lassen ihn an die Gewerkschaftsbewegung, die sozialistische Gedankenwelt und an die SPD heranrücken. Ganz selbstverständlich und ohne jede besondere Wegmarke wächst er in sie hinein und wird schnell auch aktiv – erst als Parteisekretär und in anderen Ämtern. Er wirkt ab 1919 auf der Basis des sozialdemokratischen Wertekonzepts und bleibt doch völlig undogmatisch. Stets sucht und findet er Kompromisse mit anderen gesellschaftlichen und politischen Gruppierungen, als wäre es seine eigentliche Natur.

Hartmut Ganzke: Und genau das ist nun wirklich nicht selbstverständlich. Schließlich hat der Mann als Mitglied des sozialdemokratischen Widerstands die Zuchthaus-Haft ebenso überlebt wie das Konzentrationslager Sachsenhausen. Die Haftbedingungen haben ihn gesundheitlich ein Leben lang gezeichnet. Viele andere Häftlinge sind dadurch völlig aus der Lebensbahn geworfen worden. Bei Fritz Steinhoff scheint die Haft in seinem politischen Wirken und in seinem Denken keinen Bruch zu bedeuten: 1945, kaum zurück in Hagen, macht er sich gleich wieder an die Arbeit, engagiert sich, als wäre nichts geschehen. Und er verliert, soweit es überliefert ist, nie ein schlechtes Wort über seine ehemaligen Folterknechte, über die Schergen des NS-Staates. Nur wenigen zeigt er die auf seinem Arm eintätowierte Häftlingsnummer. Mit einem so bitteren Schicksal so gleichmütig umzugehen, dazu gehört schon eine besondere Charakterstärke.

Timo Schisanowski: Dabei wird Fritz Steinhoff von Zeitzeugen eher als zurückhaltende, sensible, beinahe stille Persönlichkeit geschildert. Die große und rhetorisch geschliffene Rede ist ohnehin nicht seine Sache. Erkennbar hat er sich auch in politischen Spitzenämtern nicht in den Vordergrund gespielt, schon gar nicht aufgespielt. Man könnte ja denken, da hat sich einer aus bitterarmen Verhältnissen hochgearbeitet und die NS-Haft überstanden, jetzt zeigt er es allen anderen – mitnichten, er bleibt mit beiden Beinen auf dem Boden der Realitäten und erfüllt ganz unspektakulär seine Arbeit. Das einzige, was seine Mitmenschen an seiner Persönlichkeit auszusetzen hatten, war seine notorische Unpünktlichkeit und seine Ungeduld in Diskussionen. Beides war aber schlichtweg der Tatsache geschuldet, dass er sich beinahe rund um die Uhr engagierte, von einem Termin zum nächsten eilte. Eben ein Politiker, der auf allen Ebenen und in vielen Gremien tätig war. Da blieb keine Zeit für langes Lamentieren.

Hartmut Ganzke: An Fritz Steinhoff sehen wir, dass der heute viel gescholtene Berufspolitiker keine Erfindung der Gegenwart ist. Kaum ist er aus dem ersten Weltkrieg zurück, legt er sich ins Zeug und macht die res publica zu seiner Sache, eben das Wirken für das Gemeinwohl. Fritz Steinhoff hat nie etwas anderes gemacht als Politik. Er lernt sie von der Pike auf. Das kleine ABC des politischen Engagements beginnt bekanntlich in der Kommunalpolitik, der Fritz Steinhoff ein Leben lang verbunden bleibt. Es wirkt bisweilen so, als wäre sie seine ganze Antriebskraft, sein Daseinszweck auch in Düsseldorf und später in der damaligen Bundeshauptstadt Bonn gewesen. Alles wurde von ihm an den kommunalen Interessen rückgekoppelt.

Timo Schisanowski: Ich möchte einen Augenblick beim Berufspolitiker bleiben. Sicherlich ist es so, dass vielleicht unabhängiger in der Politik wirken mag, wer aus einem anderen Brotberuf kommt. Auf der anderen Seite ist meine Erfahrung: Politik braucht profundes politisches Können, das irgendwann gelernt und ausprobiert sein will. Und viele he-

Timo Schiwanowski MdB und Hartmut Ganzke MdL vor der Bronzestatue Fritz Steinhoffs in der Hagener Innenstadt. Einladend ist er da mit gestreckter Hand dargestellt, als wollte er sie seinen Gesprächspartnen zustrecken.

rausgehobene Aufgaben selbst in der Kommunalpolitik verlangen heute einen so großen zeitlichen Aufwand, dass sie im Grunde hauptamtlich ausgefüllt werden müssen. Oder anders formuliert: Weil unsere Gesellschaft ein wenig unehrlich mit diesem Themenkomplex umgeht, findet heute mancher erst gar nicht mehr in die Politik. Gerade etwa Handwerker oder Freiberufler können sich den zeitlichen Einsatz für ein politisches Engagement gar nicht mehr leisten.

Hartmut Ganzke: Es wäre gerade mit Blick auf Fritz Steinhoff lohnend, einmal über die Frage nachzudenken, ob es neben dem Berufspolitiker auch ein Berufungspolitiker sein sollte. Eben ein Mensch, der einem inneren Ruf folgt, sich einer Lebensaufgabe ganz verschreibt und mit seinem ganzen Herzen bei der Sache ist.– Aber das würde vielleicht den Rahmen dieses Gesprächs sprengen.

Timo Schisanowski: Also ganz zweifellos hat sich Fritz Steinhoff stets mit Haut und Haaren seiner jeweiligen Aufgabe verschrieben. Ich frage mich, wo eigentlich sein zentrales Anliegen, sein Lebensthema liegt. Vermutlich liegt es in dem Willen, die ganz alltäglichen Lebensbedingungen der Menschen nach den großen Umbrüchen, Wirtschaftskrisen und Weltkriegen des vorigen Jahrhunderts aufzuwerten. Das klingt lapidar und ist meines Erachtens doch von geradezu faszinierender Bedeutung: Politik hat zuvorderst den Auftrag, das Leben der Menschen besser zu machen. Viele versuchen heute, in die Politik viele andere Zwecke hineinzudeuten und sie vor allem zu etwas Besonderem zu machen. Ich kann mich da sehr gut mit Fritz Steinhoff identifizieren. Denn wenn Politik nicht an den alltäglichen Lebensbedürfnissen der Menschen orientiert ist, wird sie schnell zum Selbstzweck und entfernt sich noch schneller von ihren Auftraggebern, den Wählerinnen und Wählern. Fritz Steinhoff erfuhr jedenfalls dafür von den Menschen höchsten Respekt – und das weit über die Parteigrenzen hinweg.

Hartmut Ganzke: Und er musste sich deshalb über Wahlergebnisse keine sonderlichen Gedanken machen. Weil er so geradeaus gedacht und gehandelt hat, ist ganz automatisch ohne jede Meinungsforschung und ohne akademische taktische Spielereien ein klares Profil entstanden, das die Menschen im Grunde auch heute schätzen. Gleichwohl war es auch für Fritz Steinhoff nach seiner Zeit als Ministerpräsident schon schwer, diesen Kurs durchzuhalten: Da kam eine Generation auch in seiner Partei nachgewachsen, die Politik schon am grünen Tisch plante, die ihr viel von dem unmittelbaren Charme nahm, die später im vorauseilenden Gehorsam Wünsche erfüllte, die die Bevölkerung noch nicht einmal formuliert hatte – und die sich zunehmend krampfhaft von den anderen politischen Kräften abzusetzen trachtete. Mittlerweile muss es den Menschen ja so erscheinen, als sei die Profilierung der einzelnen Parteien und ihrer Handelnden wichtiger als die eigentliche Sachfrage, um die es gerade geht.

Timo Schisanowski: Hier lohnt sich wiederum ein Blick auf Fritz Steinhoff. Bei allen Unterschieden in der Programmatik, in der Kultur und Problembehandlung hat er sich als SPD-Mann nicht künstlich von anderen abgegrenzt. Er stand für ein respektvolles Miteinander. Dieser Politikstil hat auch die Demokratie gestärkt, weil die Wähler gemerkt haben: Da gibt es einen Grundkonsens; da nehmen sich die Akteure gegenseitig ernst; da wird keine Kraft für taktisches Geplänkel vertan; da kümmern sich die Volksvertreter wirklich um meine Problemlagen und nicht um ihre ureigensten Interessen. Gerade hier können wir von Fritz Steinhoff viel lernen, gerade dieses Vermächtnis gilt es zu bewahren.

Hartmut Ganzke: Völlig richtig. Der Respekt vor dem politischen Gegner geht inzwischen zu häufig verloren. Statt dem Verbindenden wird das Trennende gesucht. Statt der Sachfrage tritt allzu gern die Taktik in den Vordergrund. Und die Programmatik der einzelnen Parteien wird so lange hin und her gebogen, bis sie sich den angeblichen Mehrheitsmeinungen in der Bevölkerung anpasst. Das ist nicht nur ein durchschaubares Spiel, das merken die Menschen, sie goutieren es aber nicht. Ganz im Gegenteil: So verliert die Politik an öffentlicher Wertschätzung.

Timo Schisanowski: Der Gerechtigkeit halber muss man aber sagen, dass diese Mentalität nicht nur eine Sache der Politik ist, sondern des gesamten gesellschaftlichen Diskurses. Das Aufblasen von Themen, die gespielte Polarisierung, die ausbleibende Suche nach Gemeinsamkeiten, der bedingungslose Einsatz für Partikularinteressen, die Simplifizierung von höchst komplexen Zusammenhängen – all das bestimmt das Klima in den Diskussionen in der gesamten Öffentlichkeit von den sprichwörtlichen Stammtischen über die sozialen Plattformen bis hin zu den sogenannten Qualitätsmedien.

Und bisweilen werden Minderheitsinteressen so laut, so nachhaltig und so moralisch aufgeladen vorgetragen, dass der öffentliche Eindruck entsteht, dabei handele es sich um die Mehrheit. Die tickt aber häufig ganz anders. Kurzum: Die Debatten von heute hätten Fritz Steinhoff nur abgestoßen.

Hartmut Ganzke: Das zeigt aber auch, dass Politik und Politiker schnell scheitern können, wenn sie Zeitströmungen nicht wahrnehmen und sich an ihnen nicht ausrichten. Trotzdem bleibt richtig: Wir schielen heute zu sehr nach Stimmungen. Das gilt für den Politiker ebenso wie für seine Wählerinnen und Wähler. Die Mütter und Väter des Grundgesetzes haben da ein klares Bild vor Augen gehabt: Die Abgeordneten werden – je nach Parlament – für vier oder fünf Jahre gewählt, sind bei ihrer Tätigkeit dem Gewissen unterworfen und können dann nach Ablauf einer Wahlperiode beurteilt werden. Es braucht Zeit, damit jemand überhaupt Wirkung entfalten kann. Es braucht eine gewisse Ruhe, um gerade in wechselvollen Zeiten Politik beurteilen zu können.

Timo Schisanowski: Es sei denn, etwas läuft völlig aus dem Ruder. Da zeigt die Geschichte der Bundesrepublik aber sehr gut, wie schnell Machtmissbrauch auffällt, dass unsere Institutionen für eine Einhaltung der Spielregeln sorgen und im Zweifelsfall öffentlicher Protest viel bewirken kann.

Hartmut Ganzke: Da sind wir an einem wichtigen Punkt angelangt: Die Einhaltung von Spielregeln ist eine wichtige Voraussetzung, damit Demokratie funktioniert. Das hat Fritz Steinhoff gewusst, dafür hat er sich unermüdlich eingesetzt. Es muss in einer Gemeinschaft erst einmal einen Konsens über die zentralen Spielregeln geben – nennen wir sie vielleicht auch Werte –, und dann muss ihre Einhaltung auch strikt von allen befolgt werden. An vielen Stellen ist es inzwischen so, dass entweder Spielregeln zurechtgebogen werden, um es mal freundlich zu formulieren, oder Partikularinteressen in den Vordergrund gestellt werden. Damit wird ein System leider von innen ausgehöhlt.

Timo Schisanowski: Ja, der Einzelne muss seine verbrieften

Rechte in einer Gesellschaft haben. Es darf sich aber nicht alles um den Einzelnen oder Einzelinteressen drehen. Ganz im Gegenteil: Nur die Gemeinschaft mit anderen macht stark – und dann muss noch viel Glück dazukommen, damit ein Ding überhaupt klappt. Es ist zwar ein sensibles Wort aus der christlichen Tradition, ich will es aber trotzdem hier nutzen: Wir brauchen wieder mehr Gemeinschaft und eine gewisse Demut vor der Gemeinschaft. So funktionieren auch heute noch viele Vereine und Verbände oder die Gewerkschaften.

Hartmut Ganzke: Wir sollten uns insgesamt mehr damit auseinandersetzen, auf welche Grundwerte unsere Gesellschaft aufbaut und offensiv für sie werben. Wer über Themen wie Einigkeit, Recht, Freiheit oder Brüderlichkeit sowie über ihren Wesensgehalt spricht, wirkt schnell antiquiert. Wenn wir sie aber nicht im Kopf haben, dann verlieren wir schnell die Orientierung bei einzelnen Sachfragen.

Timo Schisanowski: Genau, da sind wir wieder beim Thema: Was dient den Menschen wirklich? Was verschafft ihnen Spielraum für ihre Selbstverwirklichung? Und wo sind Grenzen, wo der Spielraum anderer Menschen eingeschränkt wird? Das sind in einer Demokratie mindestens ebenso wichtige Fragen wie die materielle Ausstattung. Wer sie vergisst, kommt schnell in eine kaum aufhaltbare Spirale der Polarisierung, wie das Beispiel der Vereinigten Staaten von Amerika gegenwärtig zeigt: Da zerfällt die Gesellschaft in zwei große Lager, da werden aus politischen Gegnern erbitterte Feinde, da stehen nur noch die Einzelinteressen und nicht die verbindenden Werte im Vordergrund.

Hartmut Ganzke: Haben es da früherer Generationen einfacher gehabt? Sie waren mit ungeheuren Krisen konfrontiert. Fritz Steinhoff hat zwei Weltkriege mitgemacht, hat drei große Wirtschaftskrisen überstanden, hat die Verfolgung durch die Nazis überlebt. So ist es vielen Menschen zu dieser Zeit gegangen: Sie wussten, worum es geht. Und sie hatten das gemeinsame Ziel, aus Not und Elend herauszukommen und eine bessere Gesellschaft zu schaffen. Das verbindet über die unterschiedlichen Interessen hinweg Jung und Alt, Arm und Reich. Keiner wünscht uns derlei einschneidende Krisen im Leben, aber sie sorgen auch für den notwendigen Kitt in einer Gesellschaft.

Timo Schisanowski: Als Arbeitersohn hat Fritz Steinhoff nie vergessen, woher er selbst gekommen ist und welche Lebensbedingungen auch andere Menschen haben. Es ist ihm darum gegangen, die zu verbessern – nicht nur durch staatliche Transferleistungen, sondern auch durch gute Schulen, solide Betreuungs- und Pflegeangebote, eine vernünftige Infrastruktur, letztlich auch durch gemeinsame Projekte. Deshalb ist er bei seinem politischen Wirken immer sehr nahe bei den Menschen geblieben, wie man so schön sagt. Er war ein volkstümlicher Politiker, ohne dabei aber zum Populisten zu werden, der den Menschen nach dem sprichwörtlichen Schnabel redet.

Hartmut Ganzke: Dabei ist es auch geblieben, selbst wenn er in höchste Ämter aufgestiegen ist und hier im Stadtteil Hagen-Emst ein ansehnliches Einfamilienhaus bewohnte. In manchen historischen Quellen wird seine geringe Körpergröße mit seinem Charakter verglichen. Er sei immer eher zurückhaltend gewesen und auf andere Menschen gerne zugegangen.

Timo Schisanowski: Ja, das ist schon begeisternd: wie er als Person war und wie er Politik betrieb: bescheiden, stets nah am Bürger, und vor allem reichte er jedem die Hand. Als Mann des Ausgleichs und der Versöhnung hat er sich um seine Heimatstadt Hagen, Nordrhein-Westfalen sowie allen voran um unsere Demokratie verdient gemacht. Die Skulptur von Fritz Steinhoff hier in Hagen zeigt uns sehr treffend seinen Charakter: Der Mann wirkt selbstbewusst und zugleich bescheiden, er ist hoch korrekt gekleidet und doch völlig uneitel, er hat ein mildes Lächeln um die Gesichtszüge und vor allem scheint er im Dialog mit einem imaginären Gesprächspartner zu sein.

Timo Schisanowski , Jahrgang 1981, ist gebürtiger Hagener, Wirtschaftsjurist, seit 2012 Vorsitzender des SPD-Unterbezirks Hagen und seit 2021 Mitglied des Deutschen Bundestags
Hartmut Ganzke, Jahrgang 1966, ist gebürtiger Unnaer, Rechtsanwalt, seit 2012 Mitglied des Landtages Nordrhein-Westfalen sowie seit 2020 Vorsitzender der SPD-Fraktion im Kreistag des Kreises Unna

Fritz Steinhoff (1897 – 1969)

ANHANG

ZEITTAFEL

1897, 23. November: Fritz Steinhoff wird geboren in Wickede (heute Stadtteil von Dortmund) als eines von elf Bergarbeiterkindern

1911 bis 1917: Dreijährige Tätigkeit als Landwirtschaftsarbeiter, dann als Bergmann

1917/18: Teilnahme am I. Weltkrieg bei der Marine

1918: Beitritt zur SPD aufgrund der Kriegserlebnisse, gehört dem „Hofgeismarer Kreis" der Jungsozialisten an, der (im Gegensatz zum radikalen „Jenaer Kreis") staatsbe-*jahend auftrat*

1921: Schüler der Volkshochschule Dreißigacker in Thüringen

1921 bis 1923: Erneute Tätigkeit als Bergmann

1923: Von seiner Gewerkschaft entsandt auf die Akademie der Arbeit nach Frankfurt/Main

1923 *bis 1926*: Besuch der Hochschule für Politik in Berlin, verdient seinen Lebensunterhalt unter anderem als Zeitungsverkäufer

1926 bis 1928: Volontariat bei der „Westfälischen Allgemeinen Volkszeitung"

1928 bis 1933: Sozialdemokratischer Parteisekretär und unbesoldeter Stadtrat in Hagen

1933 bis 1944: Von den Nationalsozialisten wegen illegaler Parteiarbeit für mehrere Jahre im Zuchthaus Oberems inhaftiert; anschließend dreijährige Tätigkeit als Metallarbeiter in Iserlohn

1944 bis 1945: Im Zusammenhang mit dem 20. Juli 1944 ins KZ Sachsenhausen deportiert
1945: Befreiung aus der Haft durch US-amerikanische Truppen
1945 bis 1946: Mitbegründer der SPD in Nordrhein-Westfalen
1946 bis 1961: Mitglied des Landtages von Nordrhein-Westfalen
1946 bis 1957: Oberbürgermeister der Stadt Hagen
1947: Stellv. Bezirksvorsitzender des SPD-Bezirkes Westliches Westfalen; 1954 – 1965 Vorsitzender
1948 bis 1951: Mitglied des Organisationsausschusses beim Parteivorstand der SPD
1949 bis 1950: NRW-Wiederaufbauminister
1950 bis 1955: SPD-Unterbezirksvorsitzender in Hagen-Ennepe-Ruhr
1951 bis 1965: Mitglied des Landesausschusses Nordrhein-Westfalen beim Parteivorstand
1954 bis 1956: Fraktionsvorsitzender der SPD im Landtag von Nordrhein-Westfalen
1956 bis 1958: Nach konstruktivem Misstrauensvotum gegen Karl Arnold (CDU) wird Steinhoff Ministerpräsident in einer Koalitionsregierung aus SPD, FDP und Zentrum
1958 bis 1961: wiederum Fraktionsvorsitzender der SPD im Landtag von Nordrhein-Westfalen
1958: Vorsitzender des Siedlungsverbandes Ruhrkohlenbezirk
1961 bis 1965: Mitglied des Parteirates beim SPD-Parteivorstand
1963 bis 1964: Oberbürgermeister von Hagen
1961 bis 1969: Mitglied des Deutschen Bundestages
1969, 22. Oktober: Fritz Steinhoff erliegt im Alter von 71 Jahren in Hagen seinen in Zuchthaus und KZ erworbenen Leiden

DIE NRW-MINISTERPRÄSIDENTEN

Ministerpräsident	*Partei*	*Amtszeit*	*Bemerkungen*
Rudolf Amelunxen (* 30. Juni 1888 in Köln; † 21. April 1969)	Parteilos, ab 1947 Zentrum	30. August 1946 – 19. April 1947	Ernannt durch britische Militärregierung
Karl Arnold (* 21. März 1901 in Herrlishöfen; † 29. Juni 1958 in Düssel-dorf)	CDU	16. Juni 1947 – 19. Februar 1956	vom 27. Juli bis 15. September 1950 geschäftsführend, abgewählt durch konstruktives Misstrauensvotum
Fritz Steinhoff * 23. (November 1897 in Wickede (Dortmund); † 22. Oktober 1969 in Hagen)	SPD	20. Februar 1956 – 20. Juli 1958	
Franz Meyers (* 31. Juli 1908 in Mönchengladbach; † 27. Januar 2002 ebenda)	CDU	21. Juli 1958 – 7. Dezember 1966	abgewählt durch konstruktives Misstrauensvotum
Heinz Kühn (* 18. Februar 1912 in Köln; † 12. März 1992 ebenda)	SPD	8. Dezember 1966 – 19. September 1978	

Johannes Rau (* 16. Januar 1931 in Wuppertal; † 27. Januar 2006 in Berlin)	SPD	20. September 1978 – 26. Mai 1998	
Wolfgang Clement (* 7. Juli 1940 in Bochum; † 27. September 2020 in Bonn)	SPD	27. Mai 1998 – 20. Oktober 2002	Amtsverzicht nach Übernahme des Bundesministeriums für Wirtschaft und Arbeit
Michael Vesper (* 6. April 1952 in Köln)	Grüne	21. Oktober 2002 – 5. November 2002	kommissarisch
Peer Steinbrück (* 10. Januar 1947 in Hamburg)	SPD	6. November 2002 – 21. Juni 2005	
Jürgen Rüttgers (* 26. Juni 1951 in Köln)	CDU	21. Juni 2005 – 14. Juli 2010	vom 9. Juni bis 14. Juli 2010 geschäftsführend
Hannelore Kraft (* 12. Juni 1961 in Mülheim an der Ruhr)	SPD	14. Juli 2010 – 27. Juni 2017	von 14. Juli 2010 bis 19. Juni 2012 in einer Minderheitsregierung
Armin Laschet (* 18. Februar 1961 in Aachen)	CDU	27. Juni 2017 – 26. Oktober 2021	Rücktritt wegen Annahme eines Bundestagsmandats am 25. Oktober 2021, danach geschäftsführend
Joachim Stamp (* 21. Juni 1970 in Bad Ems)	FDP	26./27. Oktober 2021	kommissarisch
Hendrik Wüst (* 19. Juli 1975 in Rhede, Westfalen)	CDU	seit 27. Oktober 2021	

DANKSAGUNG

Bei der Erstellung dieses Buches konnten wir uns auf die Mitwirkung vieler Männer und Frauen, die sich mit Fritz Steinhoff auseinandergesetzt haben, stützen. Ihnen allen gilt unser herzlicher Dank – besonders dem bildenden Künstler Cyrus Overbeck für seine Grafiken; Jochen Becker für seine Mitarbeit an dem Kapitel über die Zeit Fritz Steinhoffs als Hagener Oberbürgermeister; Helga Tillmann, die in Gesprächen über das Leben ihres Vaters Max Tillmann und seine Freundschaft mit Fritz Steinhoff Auskunft gegeben hat; den Mitarbeiterinnen und Mitarbeitern des Stadtarchivs Hagen; den Mitarbeiterinnen und Mitarbeitern der NRW-Landtagsbibliothek; dem Historiker Stefan Klemp für seine Auskunft über die Verhältnisse in der Steinwache Dortmund; dem Rechtsanwalt Friedrich Grawert für seine Auskünfte über den Menschen Fritz Steinhoff; Jörg Meier, Ortsvereinsvorsitzender der SPD Hagen-Emst-Bissingheim für seine Hinweise zum Wirken Fritz Steinhoffs in Hagen; sowie dem Historischen Verein zu Unna und Peter Kracht (†) für die Anregung, dieses Buch überhaupt zu realisieren.

Besonders hervorheben möchten wir die *Sparkasse Dortmund*, die *Sparkasse an Volme und Ruhr in Hagen* sowie die *Sparkasse UnnaKamen*, ohne deren großzügige finanzielle Unterstützung diese Biografie nicht erschienen wäre.

VERWENDETE LITERATUR

150 Jahre SPD Hagen, Jubiläumsband, Hagen o.J.

Archiv des Deutschen Bundestags

Barfuss, Grischa: Ministerpräsident Fritz Steinhoff, herausgegeben von der Staatsbürgerlichen Bildungsstelle des Landes Nordrhein-Westfalen, Düsseldorf 1958

Bertels, Leo: Zur Entwicklung der Hagener Innenstadt, Zerstörung und Neuordnung der sozial-räumlichen Struktur, in: Brandt Peter/Hobein, Beate: 1746/1996, Beiträge zur Hagener Geschichte, Essen 1996

Bierbach, Wolf, Machtwechsel in Düsseldorf. Der Beginn der zweiten sozialliberalen Koalition 1966, in: Geschichte im Westen, Jg. 2, Heft 1 (1987) S. 59-71

Düding, Dieter: Zwischen Tradition und Innovation. Die sozialdemokratische Landtagsfraktion in Nordrhein-Westfalen 1946–1966, Bonn 1995.

Düding, Dieter: Volkspartei im Landtag. Die sozialdemokratische Landtagsfraktion in Nordrhein-Westfalen als Regierungsfraktion 1966–1990, Bonn 1998.

Gösmann, Sven: Unsere Ministerpräsidenten in Nordrhein-Westfalen, Neun Porträts von Rudolf Amelunxen bis Jürgen Rüttgers, Frankfurt am Main, 2008

Jörg Engelbrecht: Fritz Steinhoff (1897–1969). In: Sven Gösmann (Hg.): Unsere Ministerpräsidenten in Nordrhein-Westfalen, Düsseldorf, 2008, S. 70–97.

Faulenbach, Bernd/Högl, Günther: Eine Partei in ihrer Region, Zur Geschichte der SPD im Westlichen Westfalen, Essen, 1988

Funke, Liselotte: Leben in Hagen nach der Kapitulation, Aus Tagebuchaufzeichnungen von 1945, in: Heimatbuch Hagen + Mark, Ausgabe 1995, Hagen 1995

Hombach, Bodo (Hg.): Heimat & Macht, Von Arnold bis Rau, von Clement bis Laschet, Eine kurze Landesgeschichte NRWs, Baden-Baden, 2019

Hösel, Sebastian: Fritz Steinhoff (1897–1969). Vom Bergmann zum Ministerpräsidenten – Skizze einer politischen Biografie. In: Geschichte im Westen 19 (2004), S. 117–126.

Insernhinke, Karina: Das Strafgefangenenlager Oberems, Das nationalsozialistische Lagersystem im Gebiet des heutigen Kreises Gütersloh, Bielefeld, 2015

Keinemann, Friedrich: Fritz Steinhoff, Oberbürgermeister von Hagen und nordrhein-westfälischer Ministerpräsident, Umrisse einer politischen Biographie, Hagen 1975

Mielke, Siegfried (Hg.), unter Mitarbeit von Marion Goers, Stefan Heinz, Matthias Oden, Sebastian Bödecker: Einzigartig – Dozenten, Studierende und Repräsentanten der Deutschen Hochschule für Politik (1920–1933) im Widerstand gegen den Nationalsozialismus, Berlin 2008

Niethammer, Lutz/Hombach, Bodo/Fichter, Tilman/Borsdorf, Ulrich (Hg.) Die Menschen machen ihre Geschichte aus freien Stücken, aber sie machen sie selbst, Einladung zu einer Geschichte des Volkes in NRW, Berlin/Bonn 1985

Presse- und Informationsamt der Landesregierung Nordrhein-Westfalen (Hg.): Zum Gedenken an Fritz Steinhoff, Dokumente und Meinungen, Bonn-Bad-Godesberg, o.J.

Schledorn, Uwe: Vom Parteisekretär zum Widerstandskämpfer, Die Hagener Frühzeit von Fritz Steinhoff 1926 – 1938, in: Brandt, Peter/Hobein, Beate (Hg.): 1746/1996, Beiträge zur Hagener Geschichte, Essen 1996

Steinhoff, Fritz, im WDR-Interview mit Walter Erasmy vom 14.10.1966, in: Biografische Kompendien des Landtags von Nordrhein-Westfalen

Steinhoff, Fritz, Dokumente im Archiv und Bibliothek des Landtages des Landes Nordrhein-Westfalen

Steinhoff, Fritz, Dokumente im Stadtarchiv Hagen

Steinhoff, Fritz, Dokumente im Landesarchiv Nordrhein-Westfalen

Steinhoff, Fritz, Dokumente im Landtagsarchiv Nordrhein-Westfalen

Sydow, Heinz (unter Mitwirkung von Joachim und Wolfgang Huske): Massener Tiefbau 1854–1925. Die Geschichte einer Zeche am Ostrand des Ruhrreviers, Unna 1991

Wickert, Christl: Der Freiheit verpflichtet. Gedenkbuch der deutschen Sozialdemokratie im 20. Jahrhundert, hrsg. vom Vorstand der Sozialdemokratischen Partei Deutschlands, Marburg 2000

Die Autoren

Hartmut Ganzke, Jahrgang 1966, ist gebürtiger Unnaer, Rechtsanwalt, seit 2012 Mitglied des Landtages Nordrhein-Westfalen, und

Thomas Horschler, Jahrgang 1959, ist gebürtiger Unnaer, Redakteur,

setzen sich seit Jahren mit der Historie ihrer Region auseinander und sind begeistert von Fritz Steinhoffs Eintreten für Freiheit und Demokratie.

Bildnachweis

Stadtarchiv Hagen, SPD Hagen, Landtagsarchiv Nordrhein-Westfalen, Helga Tillmann, Hartmut Ganzke, Thomas Horschler, Peter Kracht (†)

Im Horschler-Verlag ebenfalls erschienen

Der Horschler-Verlag realisiert seit mehr als 20 Jahren die unterschiedlichsten Bücher. Dies sind vor allem regionale Publikationen aus Westfalen mit historischem Bezug. Entdecken Sie die verschiedenen Jahrbücher, Ratgeber und Reiseführer des Horschler-Verlags.

Geschichte der Stadt Fröndenberg und ihrer Stadtteile
Band 1, von den Anfängen bis 1945
Band 2, vom Kriegsende 1945 bis 1985

Die Stadt Fröndenberg/Ruhr, hervorgegangen 1968 aus dem Amt Fröndenberg, hat eine lange Geschichte. Sie reicht von der Vor- und Frühgeschichte, über Burgen des Mittelalters und der märkischen Grafenherrschaft bis zum Beginn der preußischen Provinz Westfalen 1815. Sie geht weiter und führt über die Industrialisierung, über das neue Kaiserreich von 1871 in den 1. Weltkrieg und die Jahre der Weimarer Demokratie bis 1933. Die Stadt Fröndenberg/Ruhr verändert sich nach Ende des Krieges nachhaltig. Neu- und Wiederaufbau der Industrie, der Schulen und Wohnungen prägen die Nachkriegsjahre. Geflüchtete, Neusiedler und Zugezogene in der Kernstadt und den umliegenden Stadtteilen finden ein neues Zuhause und werden integriert. Die Großprojekte Gesamtschule, Schmallenbachhaus und Krankenhaus prägen die 1970er und frühen 1980er Jahre. Fröndenberg wandelt sich strukturell von einer Industriegemeinde in eine Dienstleistungskommune.

Band 1: ISBN 978-3-944430-15-7
Band 2: ISBN 978-3-944430-18-8
Herausgeber: Stadt Fröndenberg/Ruhr

Der Dortmunder Hafen

Eine Zeitreise in Bildern und Erzählungen

von Peter Kocbek

Der Dortmunder Hafen ist Europas größter Kanalhafen, zentrale Warendrehscheibe der Region sowie wichtigster Wirtschaftsmotor der Stadt mit über 160 Unternehmen und 5.000 Beschäftigten. Wie hat sich das Leben und Arbeiten hier früher angefühlt? Welche architektonischen Besonderheiten gab es in der Entstehungszeit und welche Glanzpunkte werden zukünftig gesetzt? Das reich illustrierte Buch lädt zu einer anschaulichen Zeitreise ein und kombiniert dabei große Entwicklungslinien mit spannenden Details.

ISBN 978-3-944430-19-5
Herausgeber: Dortmunder Hafen AG

Historische Ausflugsziele im Kreis Unna

Das Jahrbuch des Kreises Unna 2023, Band 44

In der 44. Ausgabe geht es um historische Ausflugsziele, die die Randregion der ehemaligen Montanindustrie hergibt. Geschichte erlebt man am besten hautnah, indem man direkt in sie hineintaucht. Acht Städte und zwei Gemeinden auf über 500 Quadratmetern Fläche: selbstredend, dass sich hier viel Geschichte verbirgt. Sie werden erstaunt sein, wie geschichtsträchtig der Kreis Unna ist und welche schönen Ecken auf Sie warten. Entdecken Sie Spuren der Industrialisierung, des Kaiserreichs, der Neuzeit und des Mittelalters – und ja, gar der Jungsteinzeit, die im gesamten Kreis Unna zu finden sind.

ISBN 978–3 944430–20 1
Herausgeber: Peter Kracht †

Menden Verführungen

Aus Liebe zur Natur, dem Wandern und der Heimat

Für Mendener und alle, die die Stadt und ihre naturnahe Umgebung entdecken möchten, hat Iris Knaak einen einzigartigen Reiseführer geschaffen. Die gebürtige Mendenerin weiß ihre Heimatstadt zu schätzen. Sie kennt die spannendsten Orte, die besten Geschichten der Menschen und die lauschigsten Plätze im Grünen. Die zahlreichen Wanderrouten, die einen großen Teil dieses einmaligen Stadtführers ausmachen, sind von Iris Knaak höchstpersönlich auf Erlebnis-Garantie geprüft. Gehen Sie also auf eine Reise durch die historischen Gassen, durchzogen von geschichtsträchtigen Museen, beeindruckender Architektur, vergessenem Handwerk und bezaubernder Kunst. Entdecken Sie das Tag- und Nachtleben von Menden und lassen sich von kulinarischen und kulturellen Highlights verwöhnen, vor allem von der Natur der Stadt Menden und ihrer umliegenden Gemeinden.

ISBN 987-3-944430-23-2
Herausgeber: Horschler Verlagsgesellschaft